Pay it Forward 트레버

PAY IT FORWARD
Copyright ⓒ 1999 by Catherine Ryan Hyde
All rights reserved.
Korean Translation copyright ⓒ 2000, 2008 by Danielstone Publishing
This korean edition published by arrangement with
the original publisher, Simon & Schuster Inc.

이 책의 한국어판 저작권은 한국저작권센터(KCC)를 통한
저작권자와의 독점계약으로 뜨인돌출판(주)에 있습니다. 저작권법에 의해
한국 내에서 보호를 받는 저작물이므로 무단 전재와 복제를 금합니다.

트레버

초판   1쇄 발행 2000년 11월 20일
        37쇄 발행 2008년 7월 15일
개정판 1쇄 펴냄 2008년 11월 15일
        23쇄 펴냄 2022년 5월 6일

지은이 캐서린 라이언 하이디
옮긴이 공경희

펴낸이 고영은 박미숙
펴낸곳 뜨인돌출판(주) | 출판등록 1994.10.11.(제406-251002011000185호)
주소 10881 경기도 파주시 회동길 337-9
홈페이지 www.ddstone.com | 블로그 blog.naver.com/ddstone1994
페이스북 www.facebook.com/ddstone1994 | 인스타그램 @ddstone_books
대표전화 02-337-5252 | 팩스 031-947-5868

ISBN 978-89-5807-223-2 03840

열두 살 소년의 아름다운 제안

트레버

캐서린 라이언 하이디 지음
공경희 옮김

뜨인돌

옮긴이의 편지

___

알리슨에게

　그곳 스코틀랜드는 한창 가을을 지나 겨울로 다가가겠군요. 위도가 제법 높아서 여름은 밤 11시까지도 뿌옇지만 가을에 접어들면 오후 4시만 돼도 짙은 잿빛 하늘이 되어 버리지요. 매일 비도 부슬부슬 내리고…. 그곳 사람들은 날씨만 빼면 모든 게 다 좋다고 말하지만, 이렇게 푸른 한국의 가을 하늘 아래서 글을 쓰는 저는 왠지 그 '끔찍한 날씨' 마저도 그립습니다. 물론 그 그리움의 밑자락에는 말수는 적지만 마음이 따뜻한 알리슨 당신이 있습니다.

　우리 두 집이 몇 집 건너 살았던 그 1년이 아득하게만 느껴집니다. 이삿짐을 챙겨 한국으로 돌아오던 게 벌써 2년 전이군요. 어제 받은 당신의 이메일에도 적혀 있듯이 우리가 헤어진 이 계절만 되면 저도 마음이 쓸쓸합니다.

　며칠 전, 『트레버(원제 : Pay it forward)』라는 소설 번역을 마무리했습니다. 사실 그 작업을 하면서 당신 생각을 자주 했습니다. 왜 그랬는지 설명은 조금 미루도록 하지요.

　『트레버』는 트레버라는 열두 살 난 소년이 온 세상을 바꾸는 이야기입니다. 미혼모인 어머니와 따뜻한 마음을 가진 아들이 캘리포니아의 소도시에 살고 있었습니다. 루벤이라는 사회 선생님이 '세상을 바꿀 수 있는 아이디어를 생각해서 실천하라' 라는 특별 과제를 내주면서 세상 바꾸는 이야기는 시작됩니다. 트레버는 고민 끝에 세 사람을 도와주고, 그 세 사람이 각기 세 사람씩 도와주는 식으로 도움이 퍼져 나가면, 세상이 살기 좋은 곳으로 바뀔 거라는 아이디어를 떠올립니다. 그래서 남을 돕기 시작합니다. 이 소설은 바로 그런 이야기입니다. 도움을 간절히 필요로 하는 사람들을 찾아내서 아픔을 덜어 주고, 그 도움을 받은 사람은 힘겹게 사는 다른 사람들에게 도움을 줍니다. 그렇게 도움이 이어지고 이어지며 바뀌어 가는 세상…. 하지만 쉽게 척척 세상이 바뀌는 것은 아닙니다. 큰 희생을 치른 후에야 사람들의 마음이 눈처럼 녹습니다. 그래서 세상이 하얗게 변합니다.

　당신을 자주 생각한 이유가 여기 있습니다. 트레버의 이야기를 번역하는 내내, 그런 세상이 되길 간절히 바랐습니다. 하지만 누군가 먼저 도움 주기를 시작해야 하는데, 저는 늘 이런저런 핑계를 댔습니다. 공연한 짓이 아닐까… 내 생각을 이어받아 주는 사람이 있을까… 사람들이 비현실적이라고 생각할 테지…. 한데 알리슨, 당신이라면 어땠을까요. 세 살 난 아들 제임스가 자폐증 판정을 받자, 1주일에 이틀씩 패밀리 닥터로 일하던 것도 접고 아이를 위해 시간을 보내던 당신이라면, 자폐아 가족 모임에 적극적으로 참여하면서 사정이 나쁜 자폐아 가족을 돕던 당신이라면 어땠을까요. 자기 아들도 자폐아이면서 슬픔에 내몰리지 않고 공동체의 일원으로 최선을 다해 사는 당신이라면 어땠을까요.

잊지 못하는 일이 있습니다. 한번은 모금 행사를 한다고 했지요. 미국에 좋은 자폐아 교육 기관이 있는데, 한 아이가 부모와 거기에 가서 치료받고 올 수 있도록 기금을 모으고 있다고요. 부모가 그 기관에서 시행하는 치료법을 배워서 영국의 자폐아 가정에도 가르쳐 줄 수 있다고 했습니다. 저는 그때, 제임스를 생각하며 '다른 아이 생각할 것 없이 얼른 제임스나 데려가서 고쳐 주지.'라는 생각을 했습니다. 부끄럽지만 그랬습니다. 하지만 당신은 모금에 열심이었지요. 자기 아이가 자폐아라는 아픔을 안고서도 다른 아이를 돕고 그로 인해 모두가 도움을 받을 수 있다고 믿는 당신. 알리슨 당신이야말로 또 한 사람의 '트레버'입니다.

이 가을, 이 책을 세상에 소개하며 많은 생각을 합니다. 트레버와 당신의 아이 로라와 제임스, 제 아이 유나… 그들이 살아갈 세상을 떠올리며, 트레버가 벌인 '다른 사람에게 베풀기' 운동을 생각합니다. 그곳 스코틀랜드에서도 생각해 주세요. 열두 살 소년도 해냈는데, 우리 어미들이 영국과 한국에서 같이 시작하면 더 빨리 세상을 좋은 곳으로 바꿀 수 있지 않겠습니까. 이 책을 통해 트레버 같은 아이들이, 또 우리 같은 어미들이 같은 마음을 가지게 되리라 믿습니다. 그게 바로 변화의 시작일 겁니다.

변화 많은 날씨에 건강 조심하십시오.

_사랑을 담아서 친구 공경희

❋··· 프롤로그 ···❋

내 이름은 크리스 챈들러. 몇 해 전까지 독자적으로 사건을 취재하는 기자였다. 당시 나는 펜 하나로 세상을 바꿔 보겠다고 큰소리치는 자신만만한 청년이었다. 적어도 트레버를 만나기 전까지는.

어느 날 아침, 전화 한 통을 받았다. 폭력배 사망률이 급격히 줄고 있는데 뭔가 숨은 이유가 있는 것 같다는 제보 전화였다.

그 얘기를 듣는 순간 드디어 세상을 깜짝 놀라게 할 대단한 특종을 잡았다는 생각이 퍼뜩 스쳤다.

나는 앞 뒤 잴 것 없이 이 일에 뛰어들었다. 그러나 시간이 지날수록 조사는 점점 미궁으로 빠져들었다. 나는 지칠 대로 지쳐서 결국 이 일에서 손을 떼리라 마음먹었다. 바로 그때 트레버를 만났다.

우리가 처음 만났을 때 트레버는 주인도 없는 집의 정원을 손질하고 있었다. 내가 의아해서 왜 그러고 있냐고 물었더니 트레버는 "정원의 주인이 하늘에서 보면 기뻐할 것 같아서요."라고 했다. 참 엉뚱한 대답이었다.

  나는 이 소년 주위의 사람들—베트남에 참전했던 사회 선생님, 버림받은 미혼모, 마약에 중독된 부랑자, 냉대받는 동성애자—을 만나면서 그동안 무슨 일이 일어나고 있었는지 알게 되었다.

  이야기는 캘리포니아의 작은 마을로 한 선생님이 전근 오면서 시작된다.

루벤

상대방이 너무 예의 바르게 웃자, 그는 오히려 마음이 불편했다.

"교장 선생님께 세인트 클레어 선생님이 오셨다고 말씀드리겠어요. 교장 선생님은 선생님과 직접 얘기를 나누고 싶어하실 거예요."

그녀는 두어 걸음 옮기다가 뒤를 보고 말했다.

"제 말씀은, 교장 선생님은 누구하고나 대화하길 좋아하신다는 뜻이랍니다. 어느 선생님이 새로 오시든…."

"그러시겠지요."

이제 이런 분위기에 익숙해질 때도 됐건만 쉽지 않았다.

3분 정도 지나서, 그녀가 이번엔 지나치게 환한 미소를 지으며 교장실에서 나왔다.

'저렇게 내놓고 웃다니…'

사람들은 받아들이기 힘들 때 오히려 열려 있는 척한다는 것을 루벤은 이미 알고 있었다.

"안으로 들어가시지요, 세인트 클레어 선생님. 교장 선생님께서 만나시겠답니다."

"감사합니다."

루벤보다 10살쯤 연상으로 보이는 교장은 약간 말랐지만 매력적인 얼굴의 백인 여성이었다. 루벤은 교장처럼 매력적인 여성을 보면 늘 마음이 콕콕 찔리는 듯 아팠다. 멋진 여성에게 데이트 신청을 했다가 차인 기분이랄까.

"이렇게 얼굴을 뵙게 돼서 반갑습니다, 세인트 클레어 선생님."

교장은 '얼굴'이란 말을 꺼낸 게 만회할 수 없는 실수라도 되는 듯 얼굴을 붉혔다.

"루벤이라고 불러 주십시오."

"그래요, 루벤. 난 앤이라고 해요."

교장은 흔들림 없는 눈길로 루벤을 응시했다. 전혀 놀란 표정이 아니었다. 아마 비서에게서 듣고 마음의 준비를 단단히 하고 있었으리라. 그러나 어쩌면 준비되지 않아서 당황하는 것보다, 너무 단단히 준비해서 아무렇지도 않은 척하는 게 더 나쁜 건지도 모른다. 루벤은 이런 순간이 끔찍했다.

교장은 의자를 가리켰고, 루벤은 앉아서 다리를 포갰다. 신경써서 다림질한 바지 주름이 고르게 잡혀 있었다. 넥타이는 양복에 어울리는 것으로 어제 미리 고른 것이다. 그는 옷차림에 무척 신경을 쓰는 타입이었다. 잘 차려입어 봤자 아무도 알아채지 못한다는 것은 잘 알고 있었지만 말이다.

"제 모습이 기대하셨던 것과는 다르지 않은가요, 앤?"

교장 선생을 이름만 부르는 게 마음에 걸려서 최대한 정중하게 물었다. 매력적인 여자와 대화하기란 정말 힘든 일이다.

"어떤 면에서요?"

"애쓰실 필요 없습니다. 제가 이런 일을 얼마나 많이 겪었는지 짐작하고도 남으실 텐데요. 빙빙 돌려서 이야기하는 것은 좋아하지 않습니다."

교장은 평소 동료와 대화하듯이 흔들림 없는 눈빛으로 루벤을 보려 애썼지만 마음처럼 되지 않았다.

"이해해요."

'과연 그럴까요….'

루벤은 속으로 중얼거렸지만 입 밖으로 말하지는 않았다.

"어떤 사람의 모습을 마음속에 그려 보는 것은 인간의 본성이지요. 이력서와 지원서를 읽어 보셨을 테니, 제가 44세의 흑인 남성이고 학벌이 좋은 참전 용사라는 걸 아셨겠지요. 그래서 그 이력에 걸맞은 모습을 머릿속에 그리셨을 겁니다. 선입견이 없는 분이시니까 흑인 남자라도 고용할 마음이 있으셨겠지요. 하지만 막상 저를 보시니 선생님의 여린 마음의 한계를 시험하게 된 게 아닌가요?"

"루벤, 그렇다고 일자리를 얻기 어려울 거라고 생각한다면 공연한 걱정이에요."

"정말로 새로 오는 선생님들 모두와 이런 대화를 하시나요?"

"물론이지요."

"첫 수업을 하기 전에요?"

"반드시 그런 건 아니에요. 난 그저⋯ 우리가 맨 먼저 적응해야 할 것에 대해 얘기해야 된다고 생각했을 뿐이에요."

"제 외모가 학생들을 놀라게 할까 봐 걱정하시는군요."

"과거의 경험에 의하면 어떤가요?"

"학생들은 늘 쉽답니다. 지금이 오히려 어려운 순간이죠."

"그렇겠군요."

"말씀은 그렇게 하셔도 정말 이해하진 못하실걸요."

루벤이 말했다. 이번에는 소리내어서.

루벤이 신시내티에 있는 학교에 근무할 때, 루이스 타타글리아라는 교사와 친하게 지냈다. 루이스는 낯선 학급에 처음 들어갈 때 분위기를 제압하는 기술을 갖고 있었다. 비결은 막대기였다. 그는 첫날 아침, 막대기로 손바닥을 탁탁 두드리며 교실에 들어갔다. 학생들은 처음엔 선생이 어떻게 나오는지 보려고 마구 떠들어댄다. 루이스가 조용히 하라고 해도 학생들은 말을 듣지 않는다. 그러면 루이스는 셋까지 헤아린 후, 머리 위로 그 막대기를 번쩍 들어서 책상에 탁 하고 내리친다. 막대기는 두 동강이 나 버리고 잘려나간 반 토막은 공중으로 날아가 칠판에 부딪혔다가 요란스럽게 바닥에 떨어진다. 그러면 침 넘어가는 소리까지 들릴 정도로 교실 안은 조용해지고, 루이스는 담담하게 "고맙습니다"라고 말한다. 그러고 나서부터 학생들 다루기는 식은 죽 먹기라는 게 그의 주장이었다.

루벤은 그러다가 막대기 반 토막이 엉뚱한 방향으로 날아가서 학생이 맞으면 날벼락을 맞게 될 거라고 경고했지만, 막대기는 늘 루이스가 의도한 방향으로 날아갔다.

"내가 전혀 예상치 못했던 반응을 보이니까 아주 조용해지는 거라고. 일단 그러고 나면 칼자루는 선생이 쥐게 된다니까. 그러는 자네는 시끄러운 학생들을 어떻게 제압하는가?"

"글쎄. 그런 걸 염려해 본 적이 없네. 늘 돌덩이 같은 침묵을 경험할 뿐이지." 루벤이 교실에 들어가는 것 자체만으로도 학생들은 전혀 예상치 못한 일을 겪게 되는 셈이다.

"참, 그렇지."

루이스는 눈치껏 묻지 말았어야 했는데 공연한 질문을 했다는 투로 대답했다.

첫 시간. 루벤은 학생들 앞에 섰다. 조용한 것이 고맙기도, 동시에 싫기도 했다. 그의 오른편 창밖에는 캘리포니아가 펼쳐져 있었다. 캘리포니아에 와 본 것은 이번이 처음이었다. 나무부터가 달랐다. 신시내티에서 보아온 하늘과도 달랐다. 그는 신시내티를 '집'이라고 부르지 않았다. 그의 '집'이 아니었으니까. 하지만 이곳도 '집'은 아니었다. 이 이방인 같은 기분이 점점 신물이 났다.

루벤은 재빨리 책상이 몇 줄 놓였으며, 한 줄에 몇 명이 앉았는지 헤아렸다.

"빈자리가 없는 것 같으니 출석을 부르는 일은 생략하지요."

그가 입을 열자 학생들은 마법에서 풀리기라도 한 듯 조금씩 움직이며 저희들끼리 눈을 맞췄다. 이쪽 줄에서 저쪽 줄로 소곤소곤…. 다른 때보다 나을 것도 나쁠 것도 없었다. 그는 흔연스레 대처하기 위해 칠판에 'St. 클레어'라고 적었다. St. 밑에는 발음이 헷갈릴까 봐 '세인트'라고 적었다. 그러고는 다시 몸을 돌리고 학생들이 칠판에 적힌 이름을 읽을 때까지 가만히 기다렸다. 그는 곧장 아이들에게 과제를 내줄 생각이었다. 하지만 우선 자신이 누구인지부터 알려야 했다.

"오늘은 첫날이니까 이야기를 좀 하지요. 여러분이 나에 대해 전혀 모르니까 우선 외모에 대해 이야기해 봅시다. 여러분은 외모를 보고 그 사람을 어느 정도까지 판단하나요? 규칙 같은 것은 없으니 뭐든 하고 싶은 말을 해보세요."

학생들은 그의 말을 믿지 않았다. 누구나 말은 그렇게 해도, 실제로 하고 싶은 말을 다 했다가는 뒤통수 맞기 십상이니까. 그런데 갑자기 뒷줄에 앉아 있던 남학생이 선생님은 혹시 해적이냐고 물었다. 루벤은 농담으로 받아들였다.
"아니, 해적은 아닙니다. 난 교사입니다."
"저는 해적만 눈에 안대를 하는 줄 알았는데요."
"눈을 잃은 사람은 대부분 안대를 착용합니다. 해적이냐 아니냐는 상관없지요."

수업이 끝나고 학생들이 교실에서 빠져나가자 그제서야 루벤은 마음이 놓였다. 고개를 드니 교탁 앞에 학생 한 명이 서 있었다. 마른 체격의 백인 남자아이였다. 머리가 검은 걸로 봐서 라틴계인 듯했다. 아이가 "선생님" 하고 불렀다.
"그래, 무슨 일이지?"
"얼굴이 어쩌다 그렇게 되셨어요?"
루벤은 씩 웃었다. 이건 별로 당해 본 적이 없는 일이다. 루벤은 아이가 자신과 마주보고 앉을 수 있도록 의자를 빼주었다. 아이는 머뭇거리지 않고 의자에 앉았다.
"이름이 뭐지?"
"트레버예요."
"성은?"
"맥킨니요. 혹시 제가 마음을 상하게 해드렸나요?"
"아니다, 트레버. 그렇지 않아."
"사람들에게 그런 걸 물으면 안 된다고 엄마가 그러셨어요.

마음을 상하게 할지도 모른다고요. 엄마는 전혀 눈치 채지 못한 것처럼 자연스럽게 행동해야 한다고 하셨어요."

"글쎄다. 트레버의 어머니가 내 입장이 되어 보지 않으셨기 때문에 잘 모르시는 것 같구나. 네가 아닌 척해도 나는 네가 나를 이상하게 느낀다는 걸 알 수 있단다. 두 사람 모두 같은 생각을 하면서도 그것에 대해 말하지 못한다면, 분위기가 오히려 이상해질 거야. 무슨 뜻인지 알겠니?"

"제 생각도 그래요. 그럼 제 질문에 대답해 주세요."

"전쟁에서 부상당했어."

"베트남에서요?"

"맞아."

"우리 아빠가 거긴 지옥 같다고 하던데…."

"나도 어느 정도는 동의한다. 하지만 베트남에는 7주밖에 있지 않았지."

"우리 아빠는 2년 동안 있었어요."

"부상당하셨니?"

"조금요. 그래서 무릎이 아프신 걸 거예요."

"나도 원래 2년간 있으려고 했는데, 심하게 다쳐서 돌아와야 했지. 어떤 면에선 거기 더 머무르지 않게 됐으니 운이 좋았다고도 할 수 있어. 또 어떤 면에선 심하게 다치지 않으신 네 아버님이 운이 좋았다고 할 수도 있고. 내 말을 이해할 수 있겠니?"

트레버는 알아듣지 못하는 것 같았다. 루벤이 덧붙였다.

"언젠가 네 아버님을 볼 수 있으면 좋겠구나."

"안 될걸요. 지금 어디 계신지 모르거든요. 그런데 그 안대 안쪽엔 뭐가 있어요?"

"아무것도 없어."

"어떻게 아무것도 없을 수 있죠?"

"원래 아무것도 없었다고 생각하면 돼. 보고 싶니?"

"네."

루벤은 안대를 벗었다. 그가 아무리 '아무것도 없다.'라고 말해도, 사람들은 직접 보기 전에는 상상하지 못했다. 트레버는 자기도 모르게 흠칫 놀랐지만, 이내 고개를 끄덕였다. 역시 아이들은 어른보다 한결 쉬웠다. 루벤이 다시 안대를 썼다.

"얼굴이 그렇게 되어서 유감이에요. 하지만 한쪽 눈만 그러니 다행이잖아요. 다른 쪽 눈은 아주 잘생기셨는데요."

"고맙다, 트레버. 그런 칭찬은 처음 들어 보는구나."

"이제 그만 가볼게요."

"잘 가라, 트레버."

루벤은 창가로 가서 운동장을 내다보았다. 학생들이 모여서 수다를 떨기도 하고, 운동장에서 달음질치며 놀고 있었다. 그리고 건물 계단을 내려가는 트레버의 모습도 보였다.

루벤은 이런 순간에도 자신을 방어할 준비가 단단히 되어 있는 사람이었다. 그는 트레버가 다른 아이들에게 달려가서, 새로 온 선생에 대해 방금 알게 된 사실을 떠벌리는지 꼭 봐야 했다.

운동장에서 나누는 말소리가 2층 교실까지 들리지는 않을 테니, 트레버가 무슨 말을 하는지는 상상할 수밖에 없었다. 한데 트레버는 아이들을 쳐다보지도 않고 저쪽으로 걸어갔다. 트레버는 걸음을 멈추거나 다른 아이들에게 말을 걸지 않았다.

루벤의 두 번째 수업이 시작될 시간이었다. 그는 수업 준비를 했다. 같은 과정을 되풀이할 마음의 준비를 하면서.

크리스의 취재 노트 중에서

———

내 얼굴이 그렇게 이상하거나 흉측한 건 아닙니다. 객관적으로 봐도 그렇습니다. 문제는 객관적으로 볼 수 있는 사람이 나뿐이라는 거예요. 면도용 거울에 비친 얼굴을 똑바로 볼 수 있는 사람은 나밖에 없으니까요.

지금까지 수술을 열한 번이나 받았습니다. 처음에는 도저히 눈뜨고는 볼 수 없는 상태였습니다. 허벅지에서 피부를 떼서 왼쪽 눈이 있었던 자리와 뺨, 눈썹 밑의 없어진 뼈와 근육 자리를 메웠거든요. 그래서 여러 번의 이식수술과 성형수술을 해야 했습니다. 사실 그 많은 수술 중에서 건강이나 기능상 필요했던 수술은 몇 차례 안 됩니다. 대부분은 사람들에게 혐오감을 주지 않기 위한 수술이었습니다. 결국 한쪽 눈이 있었던 자리는 마치 원래 아무것도 없었던 것처럼 완전히 텅 비었습니다. 뺨과 목의 근육과 살이 많이 떨어져 나갔고, 왼쪽 입꼬리엔 신경 손상을 입었어요. 말하자면 입술 끝이 축 처진 거지요. 하지만 여러 해에 걸친 발음 치료 덕분에 말은 사람들이 잘 알아들을 수 있을 정도가 되었습니다.

왼팔은 꼭 필요할 때만 씁니다. 길이도 짧아졌고, 쇠약해져서 아주 얇거든요. 하지만 사람들은 아주 가깝게 지내기 전에는 눈치 채지 못합니다. 워낙 얼굴이 눈길을 끄니까요.

교직원실에서는 누가 일회용 반창고만 붙이고 나타나도 동료들이 야단법석을 떨며 대체 무슨 일이냐고 묻곤 하지요. 만약 누군가 깁스라도 하고 나타나면 한 달 반은 그 이야기를 하게 될 거고, 여기저기로 이야기가 전해지면서 몇 배로 과장되기도 합니다. 그런 지경이니 나도 질문 공세를 받을 준비를 단단히 했지요. 그런데 나에겐 아무도 묻지 않는 거예요. 참으로 이상한 노릇이에요. 동료 교사들이 갑자기 질문을 던지면 이왕 대답할 거 더 그럴듯하게 하기로 마음을 먹었거든요. 한데 그들이 묻지 않는 이유가 더 이상하지요. 그들은 내가 차마 말도 꺼내지 못할 비극 덩어리라도 되는 것처럼, 내가 그들에게 충격일 뿐만 아니라 그들도 내게 충격이 될 것처럼 행동하더군요.

가끔 왼팔에 대해서 말하는 사람이 있긴 있어요. 늘 똑같죠.

"그나마 왼팔을 다쳤으니 다행이네요."

하지만 위로한답시고 해주는 이 말도 사실은 잘못 짚은 이야기지요. 난 왼손잡이거든요.

  베트남에서 배를 타고 고국으로 송환될 때까지 내겐 엘레노어라는 약혼녀가 있었어요. 지금도 우리 둘이 찍은 사진을 갖고 있어요. 우린 멋진 한 쌍이었지요. 우리가 헤어진 사연을 모르는 사람들이 들으면, 아마 그녀를 냉정하기 짝이 없는 여자라고 생각할지도 모르겠네요. 차라리 엘레노어가 냉정한 여자였더라면 좋았을 것을. 그랬다면 나도 여자 때문에 이렇게 꼬여 버린 척할 수 있을 텐데…. 하지만 불행하게도 그런 게 아니었어요. 우리는 상처에 신경 쓰지 않기로 너무 강하게 약속한 나머지, 의식하지 않으려고 지나치게 노력한 거예요. 그게 우리가 헤어진 진짜 이유였습니다.

  그녀는 지금 다른 남자와 결혼해서 디트로이트에 살고 있어요. 엘레노어는 성형외과 의사죠. 그녀가 성형외과 의사라는 사실이 우리의 파혼에 얼마나 영향을 미쳤는지는 나도 잘 모르겠어요.

  아마 아주 조금은 영향이 있었겠지요.

트레버의 일기
······

　이틀 전쯤 뉴스에서 이상한 장면을 봤다. 영국에 사는 어떤 아이에 대한 얘기였는데, 그 아이는 중무장을 하고 있었다. 헬멧과 팔꿈치 보호대, 무릎 보호대까지 하고 있었다. 혹시 다칠까 봐 그러고 있는 것 같았다. 하긴 언제 무슨 일이 생길지 어떻게 알아?

　처음에는 '와, 저 애는 무슨 일이 생겨도 끄떡없겠군.' 하는 생각이 들었다. 하지만 진짜 그럴지는 모르겠다. 어렸을 때 엄마에게 왜 우리가 아픔을 느끼냐고 물어보았다. 엄마는 우리가 손을 뜨거운 난로에 댄 채 서 있지 않게, 위험을 가르쳐 주기 위해서라고 말씀하셨다. 하지만 통증이 밀려들 때는 이미 너무 늦기 때문에 부모가 있는 거라고 했다. 아마 엄마도 그래서 여기 있는 걸 거다. 나를 가르치기 위해서. 그래서 나는 뜨거운 난로를 건드리지 않는 거다.

　가끔 우리 엄마도 그런 상황에 처해 있다는 생각이 든다. 다른 사람이 볼 수 없는 마음속이 그런 거다. 나랑 로레타 아줌마, 보니 아줌마나 그걸 알겠지. 난 엄마가 아프다는 걸 안다. 그런데도 엄마는 아직도 뜨거운 난로 위에 손을 올려놓고 있다. 마음속에서 말이다. 하지만 마음속에 쓸 헬멧이나 보호대 같은 것은 팔지 않을 거다.

　내가 엄마에게 가르쳐 줄 수 있으면 좋을 텐데.

아를렌

정확히 말하면 집에 돌아온 것은 리키가 아니라 리키의 트럭이다. 그나마도 성한 데가 없었다. 어디서 얼마나 굴렸는지 꼬락서니가 말이 아니었다. 겨우 시동은 걸렸지만 바퀴는 헛돌기만 했다. 아를렌은 이 포드 트럭의 꼴이 마치 버림받은 자신의 모습처럼 느껴져 서글펐다. 한때는 둘을 이어 주던 소중한 트럭이 그 모양이 된 걸 보자, 잠도 잘 오지 않았다. 새벽 3시까지 뒤척이며 애써 자 보려고 했지만, 아를렌은 결국 일어나서 창가로 갔다.

그녀는 거기에 서서 달빛을 받은 유령 같은 트럭을 다시 살펴보았다. 차체는 은빛으로 빛났지만 칠이 벗겨진 자리는 까맸다. 차를 저 모양으로 만들어 놓고 아무렇지도 않게 떠날 수 있는 사람은 리키밖에 없을 것이다.

'깡패들에게 끌려간 게 아닐까? 아니야, 말도 안 되는 소리 그만둬, 아를렌. 정신 똑바로 차리라고. 그 인간은 지금쯤 술집에 앉아서 어느 가여운 아가씨한테 사탕발림이나 하고 있을걸.

뻔하잖아… 어쩌면 아닐지도 모르지만…'

병원에 실려 갔을지도 모른다. 혹은 죽었거나. 트럭에는 안전띠 같은 것이 없었다. 게다가 동네에서 그를 봤다는 사람도 없다. 어딘가에 그의 무덤이 있을 수도 있다. 하지만 팁을 받아서 무덤에 꽂을 꽃 한 다발 산다 해도, 어디에 둬야 할지 알 수가 없다.

'어디다 갖다 놓을지도 모르는 꽃다발 생각이나 하다니. 그만둬, 아를렌. 그냥 침대에 눕기나 하라고.'

꿈속에서도 리키는 몇 달이고 다른 고장을 떠돌면서도 그녀에게 연락 한번 주지 않았다. 잠에서 깬 아를렌은 다시 창가로 달려가 잠 못 이룬 핑계를 트럭에게 돌렸다.

크리스의 취재 노트 중에서

───

성모 마리아처럼 원죄 없는 임신은 아니었어요. 그저 방심했다가 덜컥 임신이 된 거죠. 하지만 지금은 오히려 감사해요. 피임 생각을 안 한 것이 아니지만, 실제로 말을 꺼내지는 않았어요. 그랬다가는 분위기를 망쳐 버릴 테니까요. 두 사람만 있을 때는 이성을 찾기 어려운 법이잖아요. 남자가 다가왔을 때 눈을 똑바로 뜨고 "혹시 지갑에 콘돔 갖고 다녀요? 나 피임약 안 먹는다고 했지요?"라고 말한다면 분위기가 어떻게 되겠어요?

　게다가 리키와 그의 부인 쉐릴은 아이를 가지려고 부단히 노력했어요. 안타깝게도 끝내 아이를 갖진 못했지만요. 그래요, 그이는 유부남이었어요. 처음에는 그랬어요. 이건 좀 복잡한 문제예요. 어쨌거나 나는 춤추러 가지도 못한다며 투덜대곤 했죠. 뉴욕에 살았다면 어디든 쏘다녔겠지만, 이곳 애타스카데로에서는 유부남과 거리를 쏘다니는 건 불가능했거든요. 적어도 누가 누구랑 부부인지는 훤히 아는 동네니까.

　"춤추러 가고 싶어? 내가 데려가 주지."

　리키는 그렇게 말했고 실제로 그 약속을 지켰어요. 우리는 차를 타고 쿠에스타 그레이드를 따라 달리다가, 타운의 불빛이 내려다보이는 곳에 멈췄어요. 멀리서 마을을 보니 불빛이 아름다웠죠. 우리는 차에 시동을 건 채로 고물 세단에서 내렸어요. 그러면 배터리가 금방 닳을 테지만, 당시 우린 그런 것에 신경도 쓰지 않았죠.

　그는 라디오 채널을 세 군데쯤 돌리다가 느린 노래가 나오는 곳을 찾아냈고, 그 다음엔⋯ 그때의 기분을 설명하기란 힘들어요. 그는 온 세상을 손에 쥔 듯 내 작은 등을 감쌌죠. 그 무엇도 그의 손보다 듬직한 건 없었고 앞으로도 없을 것 같았어요. 그가 내 몸을 바싹 끌어당기자 목덜미를 파고드는 따뜻한 숨결이 느껴졌어요. 그 숨결은 예전부터 거기 머물렀던 것 같았죠. 그리고 영원히 떠나지 않을 것 같은 느낌이었어요. 마치 둘이 꼭 맞게

빚어진 것처럼요. 그가 다른 사람과 결혼반지를 주고받고 나서 우리가 만난 것이 누구의 잘못인지는 잘 모르겠어요. 그건 마치 지도 같은 거죠. 빨간 줄로는 주를 나누고, 파란 줄로 강을 표시하고, 갈색은 산이고. 어느 게 더 중요할까요? 여기부터는 아이다 호가 아니라고 정해 놓은 규칙이 더 중요할까요, 아니면 누군가가 선을 긋기 전부터 있던 산과 강이 더 중요할까요?

나와 리키는 언제까지나 함께할 거라는 확신이 들었어요. 리키가 그 사랑을 어디로 가져갔는지는 모르지만….

우리가 처음으로 사랑을 나누었을 때, 난 뭔가 잃은 것 같았어요. 아무것도 남아 있지 않은 것 같았죠. 하지만 내 생각이 틀렸어요. 내가 갖게 될 소중한 게 있었거든요.

―――

아침 9시부터 리키의 전 부인 쉐릴이 쳐들어왔다.

그녀는 거실에 서서 대뜸 말했다.

"술 좀 있어?"

알코올 중독 치료를 돕는 후견인 보니는 술이란 술은 다 버리라고 경고했지만 아를렌은 그러지 않았다. 물론 보니에게는 "조만간 그럴게요."라고 했다. 보니는 나중에 한다는 것은 말도 안 된다고 쏘아붙였다. 보니는 이제 해묵은 감정을 모두 정리해야 할 때라고 했다. 지금까지 그러지 못했으니 아를렌이 리키의 전 부인을 집에 들이는 거라고도 했다. 리키와 쉐릴이 아직 부부일 때 리키와 잠자리를 같이한 데 대한 죄책감 때문이 아니냐면서 말이다. 하긴 미안한 마음이 없었다면 전에 쉐릴이 차를 몰고 와서 "두 얼굴의 여자 노릇을 해줘서 고맙군!" 하며 비아냥댈 때 "천만에!"라고 받아쳤으리라. 예전 같으면 아를렌은 정말 그랬을지도 모른다.

쉐릴이 쏘아붙였다.

"리키가 어디 있는지 알면서도 말해 주지 않는 거지?"

"그가 어디 있는지 안다면 트럭에 쏟은 내 돈의 3분의 1이라도 건져 보겠다고 트럭을 해체하는 일 따윌 했겠어요? 그를 찾으면 해결사를 불러서 땡전 한 푼까지 다 받아낼 거예요. 입고 있는 속옷 쪼가리까지 다 벗겨낼 거라고요!"

"당신이 보증을 서 줬으니까 할말 없지. 당신이 감당할 일이라고."

아를렌은 뭐라고 대꾸하려 했지만, 딱히 할말이 떠오르지 않았다. 마음 약한 소리가 나올까 봐 걱정되기도 했다. 그래서 호세 쿠에르보를 잔에 손가락 두어 마디 높이로 따랐다. 평생 그녀에게 거짓말을 안 한 남자는 이 호세 쿠에르보뿐이었다.

"당신을 오라고 한 건 일이 이렇게 돼서 나도 유감이라고 말하기 위해서였어요."

그러자 쉐릴이 말했다.

"내 그럴 줄 알았어. 아무렇지도 않게 내 집에 손님으로 와서, 내가 차려준 음식을 먹고 친구라도 된 것처럼 그렇게 친한

척을 하더니….”

"하필 왜 지금 그런 얘기를 하는 거예요?"

쉐릴은 숨을 크게 내쉬었다. 격앙된 감정을 추스를 때 나는 숨소리였다.

"트럭이 여기 있다는 말을 듣고 나는…."

"무슨 생각을 했는데요? 리키도 여기 와 있을 거라고?"

"아마도."

도대체 리키의 무엇이 여자들로 하여금 그를 간절히 기다리게 만드는 걸까? 그가 나타나면 일이 더 복잡해지기만 할 텐데.

"보시다시피 아니에요."

"그래, 내 눈으로 확인했어."

문이 열렸다. 아를렌의 아들 트레버가 들어왔다. 몰골이 말이 아니었다.

"트레버, 어디 있다 왔니?"

"조네 집에요."

"내가 조네 집에 가도 된다고 말했던가?"

"아뇨."

트레버는 눈을 내리깔았다. 아를렌은 트레버가 거울을 보고 그 표정을 연습한 게 틀림없다고 생각했다. 트레버는 쉐릴이 왜 여기 있는지는 몰랐지만, 어쨌거나 즐거운 일이 아니라는 건 알았다. 아이들도 분위기 파악은 할 줄 아니까.

"죄송해요."

트레버의 눈이 술잔에 쏠렸다. 트레버는 비판하지 않고 그냥 조용히 상황을 파악하려고 애썼다. 어른들이 왜 술을 마시는지 이해하려 하다니, 또래 아이치고는 지나치게 성숙했다. 사실 트레버는 어른들이 아무리 술을 마셔 본들 뜻대로 되지 않는다는 사실도 아는 아이였다.

"괜찮아, 조네 집에서 더 놀다 오렴."

"다시 가라고요?"

"한 번만 엄마 말대로 해줄래?"

트레버는 더 이상 말대꾸하지 않고 집을 나섰다. 아를렌은 나중에 아이스크림 집에 데려가야겠다고 생각했다. 둘은 기분이 언짢을 때마다 아이스크림으로 풀곤 했다. 트레버가 문을 쾅 닫고 나가자, 아를렌의 마음이 몹시 아팠다. 아직도 탯줄이 끊기지 않은 걸까.

아를렌이 두 사람의 잔을 다시 채웠다.

"아이 앞에서 아무 말도 안 해줘서 고마워요."

"리키를 많이 닮았네."

"리키의 아이가 아니에요."

"빼닮았는데 뭘."

"트레버는 12살이에요. 내가 리키와 만나기 시작한 건 10년 전이고요."

이건 아를렌이 새 인생을 시작하는 데 도움이 될 만한 거짓말은 아니었다. 그저 너무 오래 해왔기 때문에 되돌릴 수 없는 거짓말일 뿐이었다.

"아이가 리키랑 많이 닮았는데…."

"아니라니까요."

갖고 싶은 무언가를 얻지 못하면 어딜 가든 그게 눈에 띄는 법이다. 하지 못하는 것, 갖지 못하는 것을 다른 사람이 갖고 있으면 참기 힘들다는 것을, 아를렌은 이해할 수 있었다.

그날 저녁 9시, 보니가 연락도 없이 아를렌의 집으로 왔다.

"보니, 안 그래도 전화하려던 참이었는데…."

아를렌이 말했다.

"아를렌이 할 얘기가 있을 것 같아서 찾아왔지."

"초능력이라도 있나 봐요?"

"아니야. 당신 아들이 내 자동응답기에 메시지를 남겼더군."

생각지 못했던 이야기에 아를렌은 울음을 터뜨렸다. 왜 눈물이 나는지는 정확히 알 수 없었다. 요즘엔 시도 때도 없이 톡 건드리면 금세 눈물이 쏟아질 것 같았다. 보니는 150킬로그램은 족히 돼 보이는 몸으로 성큼성큼 들어와선 아를렌을 안아 주었다. 커다란 쿠션에 얼굴이 파묻히듯 아를렌의 얼굴이 보니의 넓은 가슴에 안겼다. 한참 후 두 사람은 찬장에 있는 술을 모두 꺼내 개수대에 쏟아 버렸다.

"내일부터 끊을 작정이었는데… 지금 당장 하게 됐네요."

"잘됐지, 뭐. 이제 예전처럼 지낼 수 있어."

"그래요."

보니가 아를렌을 따라 침실 창가로 가서 차고 쪽을 내려다보았다. 한때는 그 무엇보다도 귀중했지만 이젠 퇴물이 되어 버린 트럭에 달빛이 쏟아졌다. 아를렌은 뭐라 말해야 좋을지 알 수 없었지만 그래도 보니에게 문제가 뭔지는 알려 주고 싶었다.

"나무 소리 들려요?"

아를렌이 물었다.

"무슨 소리?"

"나무들이 밤이면 나한테 노래를 불러 줘요. 아주 생생하게. 그래서 잠을 잘 수가 없어요. 리키도 노래를 불러요. 들리지 않아요? 저놈의 트럭이 집에 오기 전에는 나무들이 노래를 부르지 않았어요. 아니, 하긴 했겠지만 저런 노래는 아니었어요."

"저건 그냥 바람소리야."

"보니에게는 그렇겠죠."

보니는 아를렌을 침대에 눕히면서 말했다.

"아침에 다시 올게."

"그래요, 집에 있을게요."

아를렌은 나무들의 노랫소리와 함께 남겨졌다.

한참 후 그녀는 일어나서 트레버의 방으로 갔다. 그러곤 침대 끝에 걸터앉아 아이의 이마에 내려온 검은 곱슬머리를 쓸어 넘겼다.

"괜찮아요, 엄마?"

트레버는 부시시 눈을 뜨더니 걱정된다는 투로 물었다.

"내가 한 일 중 가장 훌륭한 일은 바로 너를 낳은 거야."

아를렌이 자주 하는 말이었다.

"엄마도 참…."

트레버는 늘 똑같은 대답을 했다.

아를렌이 방에서 나갈 때까지 트레버는 눈을 뜨고 있었다. 어쩌면 그도 노랫소리를 들었으리라.

트레버의 일기

......

    가끔 아빠가 베트남전에 참전하지 않았을지도 모른다는 생각이 든다. 왜 그런지는 모르겠지만 그냥 그런 생각이 든다.
    조이 아버지도 베트남에 갔었고 종종 그때 이야기를 해준다고 한다. 그러니 조의 아버지는 진짜로 베트남전에 참전한 것이다. 그런데 우리 아빠는 사람들이 자랑스럽게 여기거나 안쓰러워할 만한 얘기들을 지어내는 것 같다.
    엄마도 아빠가 베트남전에 참전했다고 가여워한다. 그러니까 아빠에게 문제가 있는 것도 당연하다고 생각한다. 그래서 나는 아빠가 베트남에 가지 않은 것 같다는 말은 엄마에게 하지 않는다.
    세인트 클레어 선생님은 굉장히 멋있다. 아니가 뭐라고 하든 상관없다. 선생님은 훌륭하시다. 그래서 나는 선생님이 깜짝 놀랄 정도로 그 과제를 잘 해낼 생각이다.

제리

제리는 자동차 정비소 뒤편의 대형 쓰레기장에서 밤을 보냈다. 아침 9시쯤에는 여기서 두어 블록 떨어져 있는 곳에 가볼 작정이다. 그 생각에 밤새 뿌듯했다. 한동안 희망이라곤 없이 살았는데. 하지만 잠에서 깨자 마치 면접시험 직전의 기분이 들어서 뱃속이 쿡쿡 쑤셔왔다. 일이 어떻게 될지 훤히 보였기 때문이다.

'항상 그렇듯이 이번에도 꼬이겠지.'

그에겐 매사가 잡힐 듯 잡히지 않았다. 줄을 서 있으면 한두 사람 앞에서 차례가 끝이 나곤 했다. 하지만 처음 그 광고를 봤을 때 좋은 예감이 들었다. 지금 그 광고지는 얌전하게 접혀서 셔츠 주머니에 들어 있다. 땀이 배어서 검은 잉크가 번지고 종이는 구겨질 대로 구겨졌지만, 내용은 잘 보였다.

행운의 인물에게 돈을 드리고 도움도 드립니다.
토요일 아침 9시에 '엘 카미노'의 길모퉁이로 오세요.

그런데 광고문을 봐도 예전의 그 감정이 되살아나지 않았다. 어떤 일을 앞두고 '바로 이거야!' 하는 기분 말이다. 요즘엔 그런 기분을 못 느껴서 이렇게 밑바닥 신세인 걸까?

'하늘이 내 존재를 잊었는데 뭔들 잘 되겠어? 빌어먹을 세상. 아무 희망도, 의미도 없는 세상이 코앞에 떡 버티고 있군.'

다시 그 광고를 읽자니, 다른 사람들도 읽었을 거란 생각이 들었다.

'또 길고 긴 줄을 서게 되겠군.'

하지만 일단 가보기로 했다.

'엘 카미노'라는 자동차 부품 가게 안을 들여다보니 아직 7시 30분밖에 되지 않았다. 어쨌거나 길모퉁이에 가서 기다리기로 했다. 사람들이 길게 늘어설 경우를 대비해 앞자리를 차지할 요량으로. 하지만 모퉁이를 돌기도 전에 이미 늦었음을 깨달았다. 벌써 17명이나 와 있었다. 생쥐에게 뱃가죽을 야금야금 씹히는 듯한 기분이었다. 그는 사람들 틈에 끼어 섰다. 아무도 서로 눈을 마주치지 않았다.

'지독하게 춥군. 여기 캘리포니아 맞아? 캘리포니아는 햇살이 좋은 곳 아니었나?'

그는 속으로 이런 말만 되뇌었다. 낮에는 날씨가 좋았지만 밤에는 0도 이하로 내려가곤 했다. 몇몇 사람은 장갑을 끼고 있었다. 하지만 그는 장갑이 없었다. 할 수 없이 손바닥을 비벼서 열을 냈다. 달리 할 일도 없었다.

기다리는 사람들은 거의 남자였다. 앞니가 빠진 여자가 딱 한 명 끼어 있었다. 몇 사람은 행색이 괜찮아 보였지만, 몇 사람은 제리만도 못해 보였다. 그러자 문득 자기 차림은 어때 보일지 궁금해졌다. 하지만 거울을 본 지 꽤 오래되어 짐작도 할 수가 없었다.

'저 사람들이 바로 내 거울이야.'

제리는 모든 게 엉망이 된 후 처음으로 자기 모습을 똑똑히 보았다. 여기 모인 사람들은 그와 같은 부류였다. 그러자 여길 떠나고 싶어졌고, 하마터면 정말 떠날 뻔했다. 하지만 세 사람이 더 와서 뒤에 서자, 그들이 공짜로 돈을 받을 자격이 있다면 자신도 그럴 자격이 있다는 생각이 들었다. 9시가 거의 다 된 모양이었다. 그를 빼고도 모두 48명이 모였다.

12살, 13살쯤 됐음직한 남자아이 하나가 자전거를 타고 왔다. 하긴 공짜에는 어른, 아이가 없는 법이다. 자전거를 타고 온 아이는 줄을 선 사람들의 수를 헤아리듯 훑어보더니 이마에 주름살처럼 골이 패었다. 아이가 입을 열었다.

"맙소사, 모두 광고를 보고 온 거예요?"

아이의 말에 몇 사람이 머리를 들었다.

"맙소사."

아이는 한 번 더 되뇌이더니 고개를 저었다. 그러곤 혼잣말을 중얼거렸다.

"난 딱 한 사람만 원했는데."

그러자 덩치가 큰 대머리 남자가 앞으로 나왔다.

"네가 광고를 냈냐?"

제리는 그가 어떤 종류의 사람인지 알았다. 그는 뻣뻣하게 굴면서 타운 주변을 어슬렁대는 부랑자였다. 하지만 아이는 별로 조심스러워하는 기색도 없이 "네, 그랬어요."라고 딱 부러지게 대답했다. 덩치 큰 작자가 말했다.

"쳇, 헛걸음했군."

줄 서 있던 많은 사람들이 마치 그가 메시아라도 된다는 듯 졸졸 쫓아가 버렸다. 아이에게 돈이 없을 거라고 생각한 건지 아니면 아이한테는 돈을 받기 싫어서인지 알 수 없었다. 제리는 그들이 서로 떠밀면서 웅성대는 소리를 들었다. 그들은 "장난짓거리인 줄 진작에 알았어야 했는데."라든가 "진짜 웃기는 놈이구만." 하면서 지나갔다. 하지만 제리는 어떻게 해야 좋을지 몰라 그냥 제자리에 서 있었다. 아이도 한참을 그대로 있었다. 좀 안심이 된다는 듯한 눈치였다. 남은 사람은 10명, 아니면 11명이었다. 그 정도면 얘기를 해볼 만했다.

제리가 아이에게 다가가서 친절하게, 아이가 겁먹지 않도록 다정하게 말을 걸었다.

"광고는 장난이었니?"

"아뇨, 진짜예요. 저는 신문을 돌려서 1주일에 35달러를 벌거든요. 그 돈을 다른 사람에게 주고 싶어요. 그 돈을 이용해서 일을 시작하게 해주려고요. 음식이랑 옷이랑 버스비처럼 꼭 필요한 걸 대주는 거죠."

뒤에 있던 사람이 제리 어깨 너머로 고개를 내밀며 말했다.

"그러면 어떤 사람을 도와줄 건데?"

그렇다. 그게 문제였다. 아이는 한참을 생각하더니 종이를 줄 테니 왜 자기가 도움을 받아야 하는지 써 달라고 했다. 그 말이 떨어지기 무섭게 6명이 가버렸다. 이번엔 앞니 빠진 여자가 말했다.

"넌 모든 사람이 글을 쓸 수 있다고 생각하니?"

아이의 표정이 그런 생각은 미처 해보지 못했다는 걸 알려 주었다.

나는 왜 그 돈을 받을 자격이 있다고 생각하는가?
― 제리 부스코니

내가 다른 사람보다 더 돈을 받을 자격이 있다고 말하진 않겠다. 난 완벽한 사람이 아니고, 어쩌면 다른 사람이 자기야말로 완벽하다고 말할지도 모르니까. 너는 똑똑해 보이니까 그런 사람들이 말만 거창하다는 걸 금방 알 것이다. 난 솔직하게 말하겠다.

너는 행운의 인물을 찾는다고 했지. 하지만 알고 있니? 그런 건 모두 헛소리라는 걸. 오늘 나온 사람들만 봐도 그렇다. 우린 부랑자일 뿐이야. 어떤 사람은 운이 나빠서 그렇게 됐다고 하겠지. 하지만 난 그렇게 생각지 않는다. 꼬마야, 우린 스스로를 그렇게 몰아간 거야.

나? 그래, 이따금 문제를 일으킨다. 마약 때문에. 이건 순전히 내 잘못이지 우리 어머니의 잘못도, 신이나 정부의 잘못도 아니다. 그들이 내 팔에 바늘을 꽂진 않았으니까. 하지만 지금은 몇 주째 마약을 하지 않고 있다. 난 깨끗한 상태다.

그것 때문에 몇 가지를 잃었다. 차. 별로 좋은 것은 아니었지만. 그리고 아파트. 감옥에도 갔다. 나와 보니 일자리도 없어졌다. 하지만 난 할 수 있는 게 많다. 기술이 있거든. 건물 철거반이랑 정비소에서 일한 적이 있다. 기술자로 일하기도 했지. 난 뛰어난 기술자다. 지금도 그렇다는 것은 아니다. 전에 그랬다는 거지. 지저분한 일도 기꺼이 했다. 기술자에게 그런 건 문제가 되지 않으니까.

하지만 지금은 불황이라 직장을 구하는 사람이 많다. 기술자를 하겠다는 사람도 많지. 그들은 옷도 말끔하게 잘 입고, 주에서 발행한 자격증까지 가진 사람도 있다.

면접관들은 말한다. "이 서류에 인적사항을 기재하세요." 그 정도는 할 수 있다. 보다시피 난 꽤 잘 읽고 쓸 줄 안다. 그런데 전화번호를 적으라고 한다. "자리가 생기면 우리가 전화하지요."라면서. 쓰레기 처리장에서 머무르고 있는 나에게 전화가 있을 리 없다. 그래서 난 이렇게 말한다. "이제 막 자리를 잡기 시작해서요." 그러면 그들은 주소를 남기라고 한다. "그러면 엽서를 보내드리지요." 그들도 내가 노숙자라는 걸 눈치 챈 것이다. 그리고 내게 문제가 있음을 어렴풋이 알게 된다. 그렇다, 나도 안다. 하지만 다시 일자리를 얻을 기회가 생긴다면 예전처럼 망치지 않겠다. 이번에는 다를 것이다.

아까 가버린 다른 사람들, 그들을 봐라. 그들은 지금의 생활에 익숙해졌다. 거리에서 자는 것도 이제 자연스럽다. 그들에겐 노숙이 괜찮은가 보다. 난 아니다. 난 그 정도로 바닥까지 떨어지진 않은 것 같다. 아직까지는. 그러니 나를 선택해 준다면 후회하지 않을 것이다.

내가 할말은 이것뿐이다.

고맙다. 남에게 돈을 주겠다는 아이는 지금까지 본 적이 없다. 난 네 나이에 직장이 있었지만, 번 돈은 혼자 써 버렸다. 너는 틀림없이 좋은 아이일 거다.

이만 줄이겠다. 시간을 내줘서 고맙다.

제리가 고개를 드니, 아이를 제외한 다른 사람은 다 가버리고 없었다.

아를렌

아직 7시도 안 된 시각, 최근 트럭 때문에 잠을 설친 아를렌이 달콤한 아침잠에 빠져 있었다. 누군가 어깨를 흔들자, 아를렌은 눈을 뜨지 않고도 아들임을 알았다.

"엄마? 깨셨어요?"

"음."

"제리를 들어오게 해서 샤워하라고 해도 될까요?"

그녀는 눈을 게슴츠레 뜨고 시계를 보았다. 아직 30분은 더 잘 수 있다.

'내가 꿈을 꾸나? 아니야, 트레버가 말을 하잖아.'

"제리가 누군데?"

"제 친구요."

'트레버에게 제리라는 친구가 있었나?'

이런 생각을 하다 보니 트레버가 처음 뭘 물었는지 기억이 나지 않았다.

"알아서 하렴. 난 30분 후에 일어날 테니."

그녀는 베개를 접어서 머리밑에 괴고 다시 잠에 빠졌다. 그러다가 알람시계가 울리자, 시계를 냅다 던졌다. 알람시계한테가 아니라 그놈의 트럭이랑 리키에게 화가 났다. 하지만 그만하면 트럭도 욕을 먹을 만큼 먹었고, 리키는 여기 없었다.

몇 분 후, 따끈한 우유에 콘플레이크를 부은 그릇을 트레버 앞에 놓아 주는데, 생전 처음 보는 사람이 복도에서 부엌으로 들어왔다. 아를렌은 너무 놀라서 비명조차 지르지 못했다.

하지만 세 사람 중에서 가장 덜 놀란 사람이 그녀인 것 같았다. 아를렌의 눈에 그는 40대 정도였고, 작은 키에 면도를 깨끗이 하고 있었다. 머리가 조금씩 빠지기 시작했으며 새 청바지와 빳빳한 데님 셔츠 차림이었다.

"누구세요?"

그가 빨리 대답하지 않자 트레버가 말했다.

"제리예요, 엄마. 제리가 들어와서 샤워해도 된다고 엄마가 그러셨죠?"

"내가 언제 그런 말을 했지?"

"일어나기 직전에요."

제리는 변명을 늘어놓진 않았지만, 환영받지 못하는 곳과 때를 아는 사람이었다. 그는 슬그머니 현관으로 몸을 돌렸다.

"친절하게 대해 주셔서 감사합니다, 부인."

제리가 손잡이를 잡고 인사하자, 트레버는 버스비가 필요하냐고 물었다. 아이가 어른에게 물을 말은 아니었다. 제리는 훈장이라도 되는 듯 잔돈을 한 움큼 꺼내 보였다. 25센트와 10센트짜리가 수북했다.

"이걸 남겼지. 옷 살 돈에서 떼어 놨어."

"빨리 직장을 구하길 바라요."

제리가 나가자, 트레버는 고개를 들어 엄마를 보았다. 그리고 아무 일도 없었다는 듯이 말했다.

"지금 입을 벌리고 계시다는 거 아세요?"

그러고는 얼른 콘플레이크로 시선을 떨어뜨리고 설탕을 젓는 데 열중했다.

"트레버, 도대체 저 사람은 누구니?"

"말씀드렸잖아요. 제리예요."

"대체 제리가 누구냐고?"

"제 친구요."

"난 저 사람이 들어와서 샤워해도 된다고 말한 적 없다."

"아뇨, 했어요. 저보고 알아서 하라고 하셨잖아요."

기억에는 없지만 아마 트레버의 말이 사실일 것이다. 아까는 계속 자고 싶었으니까.

"낯선 사람을 우리 욕실에 들어가서 샤워하게 해준 게 네 판단력이라면, 그 수준을 한참 높여야겠구나."

트레버는 그 사람은 낯선 사람이 아니라 친구 제리라고 말하려 했지만, 아를렌이 전혀 들으려 하지 않아서 그만두었다. 아를렌은 다 먹고 학교에 가라고, 다시는 집에 제리가 오는 걸 원치 않는다고 분명히 말했다. 어떤 상황에서도, 기온이 영하로 내려간다고 해도 절대로 안 된다고.

트레버가 문을 나선 순간, 아를렌은 왜 그 사람의 버스비 따위를 신경 쓰느냐고 묻지 않은 걸 후회했다. 아를렌은 곧장 욕실로 갔다. 제리는 놀라울 정도로 욕실 정리를 깔끔하게 했지만, 아를렌은 사방을 소독하기 시작했다.

사흘쯤 지났을까, 아니 나흘 후였을 것이다. 아를렌은 '레이저 라운지'에서 일을 마치고 새벽 3시쯤 집에 도착했다. 한데 차고 옆에 널브러져 있는 트럭 위에 누군가 전등을 켜 놓고 있었다. 그녀가 차고로 차를 몰고 들어가 세울 때까지 그 사람은 뭔가를 분주히 하고 있었다.

아를렌이 걱정했던 일이 벌어지고 있었다. 사람들이 트럭 부품을 보러 와서 사지 않고 가버릴 때마다, 밤에 와서 미리 봐둔 부품을 떼어 가면 어쩌나 걱정했었다. 그 일이 지금 눈앞에서 일어나고 있었다!

아를렌은 살그머니 침실로 올라가 옷장 문을 열었다. 리키가 두고 간 12구경 권총이 거기 있었다. 혹시 트레버가 호기심을 느낄까 봐 총을 상자에 넣고 옷장 문을 잠가 놓았었다. 아를렌은 총을 볼 때마다 기분이 좋았다. 총을 쓸 수 있어서가 아니라 리키가 총을 가져가지 않은 것은 곧 돌아올 작정이라는 뜻으로 보였기 때문이다. 아를렌은 상자 안의 낡고 큼직한 수건 덩어리 속에서 총을 꺼냈다. 창으로 들어오는 달빛에 검은 총신이 아름다운 짙푸른색으로 보였다. 기름 냄새가 나자 밤마다 텔레비전 앞에서 총에 기름칠을 하던 리키의 모습이 떠올랐다.

아를렌은 치명적이지 않은 새 사냥용 산탄 세 발을 총에 넣었다. 그리고 숨을 깊이 들이마신 뒤 차고 쪽으로 연결된 뒷문을 걷어차고 나갔다. 사내는 그때까지도 웅크리고 앉아 범퍼 위의 전등 불빛 속에서 뭔가를 하고 있었다. 전등의 전선 플러그는 차고의 콘센트에 끼워져 있었다. 그걸 보자 더 화가 치밀었다.

'좀도둑 녀석이 내 전기까지 쓰다니!'

사내는 그제야 화들짝 놀라서 벌떡 몸을 일으켰다. 아를렌에겐 이제부터가 문제였다. 무기를 사람 몸에 대고 철컥 소리를 내니 짐작했던 것처럼 기분이 좋았다. 그 소리에 상대방은 공포감을 보였다.

언젠가 리키는 이 총을 두고 이렇게 말한 적이 있다.

"만화를 보면 사람이 벽을 뚫고 나가니까 사람 모양이 벽에 그대로 남는 장면이 있지? 이걸 쏘면 꼭 그렇게 된다니까."

사내는 바닥에 납작 엎드렸다.

"제발 쏘지 마세요, 부인. 접니다."

"저라니 누구예요?"

"제리입니다."

오. 이런!

"도대체 내 트럭에서 뭘 빼내고 있는 거죠?"

아를렌은 총을 그대로 겨눈 채 물었다.

"부품을 차고에 차곡차곡 쌓아 놓았어요. 트레버가 그러는데 부인이 트럭 부품을 판다면서요. 이렇게 미리 분해해 놓으면 훨씬 값을 잘 받을 수 있어요. 사러 온 사람이 직접 하게 하면 돈을 많이 못 받습니다."

"그러니까 나를 도와주고 있다는 거군요."

아를렌은 헛소리 말라는 투로 쏘아붙였다.

"그렇습니다."

"지금이 새벽 3시라는 건 알아요?"

"네, 부인. 낮에는 직장에서 일을 하거든요. 카미 거리에서 몇 마일 떨어진 '퀵 루브 & 툰'이라는 뎁니다. 그래서 밤에 올 수밖에 없었습니다."

아를렌은 제리의 얼굴을 똑똑히 보고 싶었지만, 너무 어두웠다. 그녀는 총을 내리고 제리가 범퍼에 붙여 놓은 전등을 떼서 차고 구석으로 갔다. 과연 그의 말대로 트럭의 부품들이 차곡차곡 쌓여 있었다. 문짝 하나, 범퍼 한 개, 좌석… 그리고 부품마다 유성펜으로 '운전석', '전면', '후면'이라고 적혀 있었다. 아를렌은 다시 밖으로 나와서 제리를 향해 전등을 비췄다. 그는 반사적으로 눈을 가렸다.

"내가 언제 도와달라고 한 적 있나요?"

"아닙니다. 하지만 이건 제가 잘하거든요, 전에 정비소에서 일한 적이 있습니다. 그리고 아드님이 저를 많이 도와줬고요."

"트레버가 당신에게 돈을 주고 있나요?"

"그렇습니다. 제가 자립할 수 있게 도와주었지요. 댁에서 몸을 깨끗이 씻은 덕분에 직장도 얻었어요."

"그럼 이제 직장을 얻었으니까 트레버에게 돈을 갚을 수 있겠네요?"

"아, 그런데 트레버가 못 갚게 해요. 저는 제가 받은 은혜를 다른 사람에게 베풀어야 합니다."

"다른 사람에게 베풀다니요? 그게 무슨 뜻이죠?"

제리는 그녀가 알아듣지 못하자 놀란 기색이었다.

"모르시나요? 부인은 아드님과 대화를 좀 하셔야겠군요. 사회 시간 과제라더군요. 트레버가 더 잘 설명할 수 있을 겁니다. 어쨌거나 크레인을 빌리면 엔진도 들어낼 수 있습니다. 10달러면 빌릴 수 있지요. 한군데 모아 놓고 방수포로 덮어 두세요. 그러면 훨씬 값을 잘 받을 수 있어요."

"당신에게 개인적인 감정은 없어요. 하지만 전 트레버에게 당신이 제 집 주변에 얼씬거리지 못하게 하라고 했는데요."

"저를 집에 들이지 말라고만 하신 줄 알았는데요."

"그게 그 얘기 아닌가요?"

"아니죠. 하나는 제가 집 안에만 못 들어가는 거고, 또 하나는 집 밖에도 있으면 안 되는 거죠."

"실례하겠어요. 나는 들어가서 애랑 얘기를 좀 해야겠어요."

하지만 트레버는 너무 졸려서 제대로 얘길 할 수가 없었다.

"엄마 왔어요? 오늘 어땠어요?"

제리가 차고 옆에서 트럭을 분해한다는 말에는 "잘됐네요."라는 대답뿐이었다. 아를렌은 트레버의 태도에 화를 낼 수가 없었다. 그런 면이 너무나 제 아빠랑 비슷했다.

모르는 사람에게는 울분을 토하기가 쉬운 법이므로 아를렌은 학교로 달려갔다. 세인트 클레어 선생과 직접 대화하기 위해서였다. 트레버와 부딪치지 않기를 바라며 수업 시작 전에 교무실로 찾아갔다. 교무실에서 위층으로 올라가라고 알려 주었다. 그러나 아를렌은 교실로 들어서다 말고 걸음을 딱 멈추었다. 지금까지 솟구치던 분노가 일순간 달아나 버렸다.

우선, 그리 중요한 건 아니었지만 세인트 클레어 선생은 흑인이었다. 아를렌은 흑인에 대해 그다지 편견이 없었다. 오히려 흑인을 차별하지 않는다는 것을 보여 주려고 노력하는 편이었다. 아를렌은 놀란 기색을 감추고 자연스럽게 행동하려고 안간힘을 썼다. 그리고 대뜸 소리치지는 않기로 했다.

하지만 막상 루벤이 고개를 들자 아를렌은 또다시 말문이 막혔다. 말 그대로 입도 벌리지 못했다. 얼굴을 반쪽만 가진 남자는 생전 처음 봤기 때문이다. 한 1분 정도는 적응할 시간이 필요했다. 하지만 만일 1분 동안 아무 말도 하지 않으면, 그는 자기 얼굴 때문이라고 생각할 테고, 그건 아주 무례한 행동이 될 터였다. 아를렌은 학교로 달려오면서 선생을 만나 어떻게 따질지 각본을 잘 짜두었다. 화를 내고, 하나하나 꼬집어 지적하려고 했는데, 상황은 예상과 전혀 다르게 돌아가고 있었다.

아를렌은 선생의 책상으로 다가갔다. 25년 전 학생시절로 돌아가서 몸이 아주 작아진 기분이었다. 그때는 선생님의 책상이 얼마나 커보였던가.

루벤은 그녀가 용건을 꺼내기를 기다리고 있었다.

"선생님, '다른 사람에게 베풀기'라는 게 뭔가요?"

"뭐라고 하셨습니까?"

"'다른 사람에게 베풀기' 말입니다. 그게 대체 뭐죠?"

"도통 무슨 말씀인지 모르겠군요."

"그건 제가 드릴 말씀인데요."

"그런데 혹시 누구신지 여쭤봐도 되겠습니까?"

"어머나, 제가 그것도 말씀드리지 않았나요? 죄송합니다. 저는 아를렌 맥킨니입니다."

그녀가 손을 내밀자 루벤이 악수했다. 아를렌은 그의 얼굴을 쳐다보지 않으려고 애쓰다가, 그의 왼팔이 어딘지 이상하다는 것을 알아챘다. 크기였다. 아를렌은 잠시 오싹했다.

"제 아들이 선생님의 사회 수업을 듣습니다. 트레버라고 하는데요."

그러자 그의 얼굴이 약간 변했다. 호의적인 분위기랄까. 트레버라는 이름을 듣고 루벤이 보인 반응을 보자, 아를렌은 그가 약간 좋아졌다.

"아 그러시군요. 전 트레버를 참 좋아합니다. 아주 솔직하고 정직한 학생이지요."

아를렌은 냉소조의 웃음을 터뜨리려 했지만 돼지 같은 소리가 나오고 말았다. 그녀는 자기도 모르게 얼굴을 붉혔다.

"네, 좋게 봐 주시니까 그렇겠지요."

"아닙니다. 정말 그렇게 생각합니다. 그런데 '다른 사람에게 베풀기' 말씀인데요. 왜 제가 알고 있을 거라고 생각하시지요?"

아를렌은 웃음을, 아니 미소라도 지을 수 있기를 바랐다. 그래야 지나치게 딱딱한 그의 태도를 부드럽게 만들 수 있을 것 같았다. 하지만 지금의 분위기가 영 못마땅할 따름이었다.

"선생님이 내주신 과제라고 하던데요."

"아, 네. 그거요."

그가 아를렌이 있는 칠판 쪽으로 다가오자 아를렌은 서로의 몸이 가까이 닿지 않도록 찬바람을 일으키며 휙 비켰다.

"제가 정확히 어떤 과제를 냈는지 써드리지요."

그는 칠판에 이렇게 적었다.

세상을 바꿀 수 있는 아이디어를 생각해서 실천에 옮기시오.

그는 분필을 내려놓고 몸을 돌렸다.

"단지 이것뿐입니다. '다른 사람에게 베풀기'는 트레버가 생각한 아이디어일 겁니다."

"단지 이것뿐이라고요? 지금 이것뿐이라고 말씀하셨나요?"

아를렌은 귀가 조여지는 기분을 느꼈다. 안 그래도 분통을 터뜨리려고 찾아왔는데, 목적을 이룰 수 있게 되어서 만족스러웠다. 이때다 하고 몰아붙였다.

"아이들더러 세상을 바꾸라는 걸 '이것뿐'이라고 하시는 거예요? 참나… 더 엄청난 숙제를 내주지 않은 게 다행이군요."

"맥킨니 부인…."

"미스 맥킨니입니다. 전 혼자 살고 있어요. 선생님, 트레버는 이제 겨우 12살입니다. 그런데 세상을 바꾸라니요. 그런 괴상한 소리는 처음 듣네요."

"우선 이건 자율적인 과제라는 걸 말씀드리고 싶습니다. 특별 점수를 위해서죠. 학생이 너무 무리한 아이디어를 냈다면 실천하지 않아도 괜찮습니다. 둘째로 제가 학생들에게 원하는 것은 세상에서 자기 역할이 무엇인지 확인하고, 세상을 바꿀 방법을 생각하라는 겁니다. 이건 아주 건강한 연습입니다."

"에베레스트 산에 올라가는 것도 건강한 연습이지만, 아이에게는 너무 지나친 일이지요. 트레버가 부랑자를 집으로 데려왔다는 건 아세요? 그 부랑자는 강간범일 수도 있고, 유괴범이거나 알코올 중독자일 수도 있었다고요."

그녀는 더 심하게 말하고 싶었지만, 자기도 알코올 중독자라는 데에 생각이 미치자 '알코올 중독자' 부분은 별로 좋은 예가 아니라는 생각이 들었다.

"선생님이 일으킨 문제를 왜 제가 해결해야 하나요?"

"아드님과 대화를 해보시죠. 규칙을 정하는 겁니다. 트레버에게 이 과제를 위한 트레버의 노력이 가정의 안전을 위협하면 안 된다고 말씀하세요. 아드님과 대화는 하시지요?"

"무슨 질문이 그렇지요? 당연히 하지요."

"그저 '다른 사람에게 베풀기'가 뭔지 알아보기 위해 여기까지 오신 거라면, 좀 이상한 것 같아서요. 트레버가 잘 설명할 수도 있었을 텐데요…."

아를렌은 점점 교실에서 빨리 나오고 싶어졌다.

"찾아온 게 실수였던 것 같군요."

목적을 이루지 못하고 있었다. 계속 바보 같고 작아지기만 하는 기분이니….

"미스 맥킨니?"

교실 밖으로 성큼성큼 나가는데 뒤에서 그가 불렀다.

아를렌은 계속 걸음을 옮겼지만, 전화벨이 울리면 결국 받지 않을 수 없는 것처럼 그의 부름에 돌아볼 수밖에 없었다. 아를렌은 몸을 홱 돌려 노골적으로 그가 싫다는 표정을 지었다. 그건 그의 얼굴 때문도, 그가 흑인이어서도 아니었다.

"뭐죠?"

"이렇게 여쭤보는 걸 용서하시기 바랍니다. 혹시 트레버 아버님이 돌아가셨나요?"

아를렌은 뺨이라도 맞은 것처럼 눈을 깜빡거렸다.

"아뇨. 물론 아니에요."

'아니기를 바라죠.' 그녀는 속으로 덧붙였다.

"트레버가 그렇게 말하던가요?"

"그건 아닙니다만, 이상한 말을 해서요. '아빠가 어디 계시는지 몰라요.'라고 하더군요. 그래서 혹시 완곡하게 말하는 걸까, 하는 생각을 했습니다."

"사실 저희는 그이가 어디 있는지 모릅니다."

"아, 네. 죄송합니다. 그냥 궁금해서 여쭤봤습니다."

아를렌은 완전히 엉망진창이 된 마음으로 문을 박차고 나갔다. 바보가 된 기분이었다. 아이 아버지가 집에 크리스마스 카드 한 장 안 보낸다고 인정해 버리고 말았으니. 빨리 가서 사전을 꺼내 '완곡'이 무슨 뜻인지 찾아봐야 했다. 그자가 무슨 말로 아들을 비난했는지 알아내야 한다.

모욕이 아니었으면 좋으련만… 아를렌이 생각할 수 있는 것은 그뿐이었다.

트레버의 일기

······

가끔 이 아이디어가 엄청나게 멋지게 마무리될 거라는 생각이 든다. 지금도 훌륭하긴 하다. 하지만 열 살 때쯤에도 어떤 일이 아주 훌륭하다고 생각했던 적이 있는데 지금 이렇게 크고 보니 아무것도 아니었다. 이러다가 꽝 되면 어떡하지? 그저 그런 아이디어라면 세인트 클레어 선생님은 나한테 감동하지 않을 텐데…. 몇 년 후에 지금을 되돌아보면 '아이고, 이런 멍청이'라는 생각이 들 테고….

자랄 때는 어떤 게 좋은 아이디어인지 진짜로 알기 힘들다. 시간이 지나면 내가 떠올린 아이디어는 물론이고 나 자신도 변할 거다.

엄마는 제리를 미워하신다. 제리는 아빠랑 많이 닮았는데…. 그런 걸 보면 참 우습다. 아빠가 더 깨끗하긴 하지만, 만약 엄마가 제리를 집에 들어오게 해주면 제리도 더 깨끗해질 거다. 엄마가 아빠를 집에 들어오지 못하게 하면 아빠도 제리랑 똑같이 지저분할 거고. 어쩌면 아빠는 이미 그렇게 지저분해졌을지도 모른다.

제리

그녀는 제리가 막 잠자리에 들려는 찰나에 무시무시한 경찰처럼 들이닥쳤다. 제리에게는 쉼터 삼아 어느 건물 지하실로 숨어들었는데 집 주인 여자가 들이닥친, 그런 기분이었다. 아를렌은 마음을 정한 것 같았다. 아를렌에게 제리는 벌레였을 뿐이다.

트럭 분해는 막 끝난 참이었다. 엔진은 빼지 않았지만, 조임 부분과 이음선을 다 풀어 놓았다. 그래도 할 일은 여전히 많았다. 제리는 예전과 달리 차를 아주 정밀하게 조립했다. 처음엔 그 때문에 차고로 들어갔던 것이다. 그런데 한쪽 구석에 낡은 깔개가 세워져 있길래 그걸 펼치고 누워 아직 채 눈도 감지 않았을 때, 그녀가 들어와서 전등을 켰다. 제리가 눈을 깜빡거렸다.

"접니다, 제리예요. 잠깐 한숨 자려고 했어요. 그 다음에 트럭에 손볼 게 더 있어서요."

"당신이 우리 차고에서 살고 있다는 거 알아요."

"아닙니다, 부인. 그냥 잠깐 눈만 붙이려고 그런 겁니다."

"그럼 어디서 지내죠?"

"일하는 가게에서요. 주인이 대기실 소파에서 자게 해주었습니다."

"일어나세요. 거기까지 태워다 줄 테니까."

젠장. 제리는 불리한 입장이었다. 아를렌에게는 남들이 다가서기 어렵게 하는 두 가지 면이 있었다. 첫 번째는 그녀가 몹시 예쁘다는 것이었다. 나이도 20대 정도로밖에 안 보여서 트레버 또래의 아이가 있다고 전혀 믿기지 않았다. 체구는 작고 귀여운 것이 꼭 인형 같았다. 하지만 이것도 입을 열기 전까지다. 성격은 아마존 밀림 같았고, 체구보다 열 배는 더 걸걸했다. 그래도 어쨌든 미인은 미인이다. '만일 둘이 바에서 만났다면… 그리고 그녀에게 술 한 잔 살 돈만 있었다면, 상황이 지금 같진 않을 텐데…' 전혀 터무니없는 생각도 아니다. 또 다른 하나는 아를렌이 그를 벌레 보듯이 한다는 것이다. 하지만 그렇다고 그녀에게 나쁜 감정을 가질 수는 없다. 그녀의 말이 사실이니까.

제리는 차의 조수석에 올라탔다. 차의 실내등 불빛으로 운전석에 앉은 그녀의 얼굴이 더 똑똑히 보였다. 제리는 그녀를 보면서 '당신과 나는 그렇게 다르지 않아요. 당신도 그걸 알걸요.' 라고 속으로 중얼거렸다. 하지만 입 밖에 내어 말하지는 않았다.

그들은 말 없이 타운의 중앙도로인 카미노 거리를 달렸다. 한밤중이어서 거의 유령 도시 같았다. 사람도 없는데 뭣 때문에 필요한지 몰라도 신호등 불빛이 계속 바뀌었다.

"아주 좋은 차를 갖고 계시네요."

초록빛 닷지 다트. 고물이었지만 잘만 관리하면 영원히라도 쓸 수 있는 차종이었다. 아니, 잘 관리하지 않아도 가능하다.

"비꼬는 건가요?"

"아닙니다. 있는 그대로 말했을 뿐입니다. 이 6기통 엔진은 이 회사에서 지금껏 만든 엔진 중 최고지요. 엔진을 절단내려고 해도 잘 되지 않을 겁니다."

"가끔 뭔가 절단내고 싶으신가 보죠?"

무슨 말을 해도 가시 돋친 말로 받아넘긴다. 쌀쌀맞은 여자다. 하지만 예쁘다. 귀엽기도 하고.

"부인이 저를 싫어한다는 걸 압니다."

"그렇지 않아요."

"아니면요?"

"이봐요, 제리."

신호가 빨간불로 바뀌자 차가 천천히 멈추었다. 초록불이어도 길을 건널 사람이라곤 아무도 없는데, 어쨌든 그들은 멈춰서 신호가 바뀌기를 기다렸다.

"나는 내 아이를 혼자 힘으로 잘 키워 보려고 노력하고 있어요. 누구한테도 도움을 얻을 수가 없는 형편이거든요. 하지만 늘 트레버를 쫓아다니며 지킬 순 없잖아요."

"아드님에게 해를 입힐 생각은 없습니다."

"그러시겠죠."

신호등이 바뀌었고, 자동차에서 끼익 소리가 났다. 너무 갑자기 액셀러레이터를 밟은 탓이었다.

아를렌은 '퀵 루브 & 툰' 앞에 차를 세웠다. 그러나 제리는 차에서 내리고 싶지 않았다. 그래도 된다면 얼마나 좋을까. 찬 데서 덜덜 떨면서 웅크리고 자지 않아도 된다면 얼마나 좋을까. 사실 그는 가게 열쇠를 갖고 있지 않았다. 백만 년이 지난다 해도 가게 주인은 소파에서 자라고 하지 않으리라.

"태워다 주셔서 고맙습니다, 부인."

"개인적으로 당신한테 나쁜 감정은 없어요. 정말이에요."

"네, 잘 알겠어요."

그는 따뜻한 차에서 내려 찬바람 속으로 들어섰다. 1분쯤 지났을 때 아를렌이 그의 등뒤에 와서 섰다.

"이봐요, 제리. 세상이 지금 같지 않았다면, 또 누가 알아요? 우리가 친구가 되어 있을지. 하지만…."

그가 홱 돌아서자 둘의 얼굴이 마주쳤다. 하지만 그건 일순간이었고 그녀의 시선이 곧 그의 신발로 내려갔다. 그녀가 신발을 보지 않았다면 좋았으련만. 제리는 닳아빠진 운동화를 버리고 새 운동화를 살 여유가 없었다. 작업용 부츠를 하나 봐두긴 했다. 내일은 살 수 있을 것이다. 봉급을 타는 날이니까. 아니다, 지금은 새벽 3시가 넘었으니 오늘이다.

"그렇게 말씀하시니 좋네요. 가끔 부인이 절 대하는 걸 보면, 저는 사람도 아닌 것처럼 느껴지거든요."

"그럴 의도는 전혀 없었어요."

"의도야 없었겠죠."

아를렌이 다시 차를 향해 걷자 제리는 그녀의 뒷모습을 지켜보았다. 그러다 순간, 둘은 동시에 보았다. 하늘에서 긴 선을 그으며 떨어지는 별을. 별이 빠른 속도로 땅을 향하자, 하늘은 번개 친 것처럼 환해졌다. 그건 마치 꼬리가 달린 불덩이가 떨어지는 것 같았다.

"세상에! 봤어요? 저걸 뭐라고 하죠? 유성이라고 하나?"

"별똥별일걸요. 잘 모르겠네요. 내가 어렸을 때는 모두 별똥별이라고 불렀는데. 별이 떨어지는 걸 보면 꿈이 이루어진대요."

아를렌은 몸을 돌려 그를 바라보았다. 그녀의 얼굴에 부드러운 미소가 떠올랐다. 아를렌은 부랑자에게도 어린 시절이 있었다는 생각은 해본 적이 없었다. 다른 사람처럼 꿈이 있고, 그게 이루어지길 바란다는 생각도.

아를렌이 물었다.

"이런 순간이 싫지 않아요?"

"이런 순간이라니요?"

"우리가 똑같은 기분을 느낄 때요."

"아뇨, 저는 좋습니다."

"그렇군요. 행운을 빌어요."

"부인!"

"네?"

"오늘 첫 봉급을 받습니다. 그 돈으로 싼 방을 구할 겁니다. 앞으로는 부인 댁에 얼씬대지 않겠어요. 트레버는 저를 도와준 것을 결코 후회하지 않을 겁니다. 부인도 실망하지 않으실 거예요. 이제 저도 다른 사람에게 베풀겠어요."

아를렌은 한동안 그대로 서 있다가 겨우 입을 열었다.

"설명 좀 해주실래요? '다른 사람에게 베풀기'는 어떻게 하는 거예요?"

그는 눈을 껌뻑거렸다.

"트레버가 말하지 않았나요?"

"내가 물어보지 않았어요."

크리스의 취재 노트 중에서

그래서 나는 아를렌에게 '다른 사람에게 베풀기'에 대해 설명했죠. 일단 나무 막대기를 하나 집어서 흙바닥에 그림을 그렸어요. 우리 둘 다 눈을 가늘게 뜨고 있었죠. 날씨가 몹시 추웠거든요. 아를렌은 당장이라도 따뜻한 집에 들어갈 수 있었지만 그렇게 하지 않았어요. 갈 데가 없어서 추운 데 있는 것과는 완전히 다른 거예요. 왜 그랬는지 내가 어떻게 알겠어요.

나는 흙바닥에 원 세 개를 그렸어요. 그리고 설명했죠. 그 아이가 나한테 해준 설명 그대로요.

"자, 이 원은 바로 접니다. 이 두 원은 아직 누군지 모르지요. 트레버가 도와줄 다른 사람들이 될 겁니다. 이런 게 늘어나면 규모가 커집니다. 큰 도움이 되는 거죠. 어머니가 동생을 위해서 뭘 해주는 것과는 전혀 다릅니다. 생판 남을 도와주는 거니까요. 트레버는 나를 그렇게 도와줬죠. 저는 다른 세 명을 도와줄 거고요. 다른 두 사람도 각자 세 명에게 도움을 줘야 합니다. 그러면 9명이 되고, 그 사람들이 또 각자 3명에게 도움을 주는 거예요. 그러면 27명이 되지요."

내가 정신없이 흙바닥에 원을 그리고 있을 때 또 하늘에서 유성인지 뭔지가 떨어졌어요. 아, 처음에 우리가 유성을 봤던 얘기를 했던가요? 아마 했을 거예요. 그걸 또 보게 되었지요. 떨어지는 별을, 아니, 떨어진다고 해야 할지 총알처럼 쭉 날아간다고 해야 할지 모르겠어요. 어쨌든 하룻밤에 유성을 두 번이나 본 건 처음이었어요. 아주 기분이 묘하더라고요.

우린 바닥에 그려진 원들을 내려다보면서 이건 정말 굉장한 일이라고 생각했어요. 물론 성공적으로 이루어졌을 때 말이지만요. 하지만 우리는 알고 있었죠. 생각처럼 되지는 않을 거라는 걸요. 사람들은 그렇게 착하지 않잖아요.

그때 아를렌이 나한테 얘기하기 시작했어요. 자기 아들과 대화하기가 힘들다고요. 믿을 수가 없더군요. 나한테 그런 얘기를 하다니. 다른 사람도 아니고 나한테요. 그녀는 그런 면에서 아들

이제 아버지를 닮았다고 했어요. 일일이 캐묻고 싶지가 않다고, 아이한테 화를 낼 수가 없다고. 자기가 아이를 믿지 않는 것처럼 보이는 건 원치 않는다고요. 그런 식으로 여러 가지 일을 그냥 넘어갔대요. 그런 얘기를 나한테 다 털어놓았어요. 우리는 뭐랄까… 정말 대화를 나누고 있었다고 할까. 처음이었어요, 그런 대화는. 참 놀랍더라고요.

나는 아를렌에게 이제 큰일을 하겠다고 말했어요. 다른 사람에게는 어떨지 몰라도 내 입장에서는 아주 큰일을 하겠다고요. 아파트를 얻고 닷지 다트를 사서 몰겠다고 했어요. 그러자 아를렌은 자기 차를 사라더군요. 아주 싸게 준다면서요. 난 그녀에게 오늘이 봉급날이라고 다시 말했죠. 봉급날… 모든 게 변하는 날.

한참 동안 같은 얘기를 몇 번이고 반복했어요. 그래도 기분이 좋았어요. 시간이 늦어서 그녀는 집으로 돌아갔어요. 하지만 그 때부터 나의 밤이 달라지기 시작했어요. 뭐랄까… 그다지 춥지 않았다고 할까. 하여튼 좀 다르더라고요.

―――

9시 30분, 제리는 봉급으로 수표를 받았다. 내일까지 휴무였기 때문에 수표를 바꾸러 바로 은행에 갔다. 그리고 현금 100달러를 손에 쥐게 되었다.

작업용 부츠를 살 시간이다.

그는 꽤 오랫동안 버스 정류장에 서 있었지만 버스가 오지 않는다. 하지만 괜찮다. 오늘은 멋진 날이니까. 대형 마켓인 'K 마트'까지 돈을 주머니에 불룩하게 넣은 채 슬슬 걷기로 했다. 스스로 번 돈이다. 완전히 새로운 날이었다. 밤에 별똥별이 떨어졌으니 어떤 좋은 일이 생길지 누가 알겠는가? 바로 그때 '스탠리'라는 술집 앞을 지났다. 전에 잘 가던 술집이었다.

'맥주 한잔 하자. 주머니에 돈도 두둑하고, 무엇보다 오늘은 좋은 날이잖아. 맥주 한잔 하면서 자축할 여유도 없다면 왜 살아? 돈은 뭐 하러 벌고?'

짐작대로였다. 술이 기가 막히게 잘 넘어갔.

가게엔 제리가 먹고살 만할 때 알고 지내던 두 사람이 와 있었다. 제리는 그들 틈에 끼었다. 제리가 그동안 어떻게 살았는지 그들은 모른다. 둘은 제리에게 그간 어디 있었느냐고 물었다. 제리는 "샌프란시스코에"라고 거짓말을 했다. 늘 가보고 싶었던 곳이었으니까. 형편이 된다는 걸 뽐내기 위해 두 사람에게 맥주를 한 잔씩 샀다. 그들은 제리가 주머니에서 돈뭉치를 꺼내는 것을 보았다. 제리는 여유 있는 척하려고 맥주를 한 잔 더 마셨다. 오늘은 별로 급한 일도 없다. 함께 내기 당구를 한두 게임했다. 누군가 티토에게 전화를 걸어서 제리가 돈을 많이 갖고 있다고 말했다. 티토도 예전에 알던 사람이었다.

"빨리 와서 좀 봐."

티토가 물건을 갖고 달려와서 제리에게 말했다.

"자네가 하고 싶어하는 거 다 알아. 그러니까 관심 없다는 말은 하지 말라고."

"이젠 안 해."

"이러지 말라니까."

그들은 당구를 몇 게임 더 쳤다. 제리를 제외한 세 사람은 화장실로 마약을 하러 갔다. 어쩐지 공평치 못한 것 같았다. 그들은 하는데 왜 나만 못 하지? 대체 왜 참아야 하는 거야? 법에 얽매이면 그게 무슨 새로운 세계야? 제리는 홧김에 맥주를 더 마셨다. 그때 티토가 다시 다가오자, 제리는 조금만 사기로 했다. 부츠 살 돈은 남겨야 하니까.

제리는 팔뚝에 바늘을 찌르고 나서 그동안 얼마나 이 기분을 그리워했는지 깨달았다. 정신이 아득해지는데 가게 문이 닫히고 있었다. 어떻게 이럴 수 있지? 조금 전만 해도 아침이었는데⋯.

정신을 차리고 보니 꼬박 하루가 지났다. 그는 '데니' 식당에서 커피를 마셨다. 허기가 몰려왔고 수염이 자라 얼굴이 꺼칠했다. 속이 메스꺼워 기분이 나빴다. 아침 식사를 하면 괜찮아질 것 같은데 그럴 수가 없었다. 커피값을 마지막으로 한 푼도 남지 않은 것이다. 주머니를 두 번이나 뒤졌지만 소용없었다.

루벤

월요일 아침 교실에 들어가니 트레버가 평소와는 달리 앞줄에 앉아 있었다. 둘이 잠깐 눈이 마주쳤을 때, 루벤은 트레버가 자신에게 할말이 있음을 눈치 챘다.

"무슨 생각을 하고 있니, 트레버?"

"세인트 클레어 선생님, 결혼하셨어요?"

"아니, 아직 미혼이란다."

"그럼, 하고 싶으세요?"

루벤이 트레버를 '대단히 솔직하고 정직한' 아이라고 말하자, 아를렌이 "그래요, 그런 면도 있지요. 한데 그게 큰 장점이라도 되는 듯이 말씀하시는군요."라고 쏘아붙이던 일이 기억났다. 사실 그날 이후로 루벤은 아를렌을 자주 떠올리곤 했다. 비바람을 몰고 오는 구름처럼, 어느 아침 그의 교실에 찾아왔던 그녀를.

"그건 대답하기 힘든 질문이구나. 결혼도 결혼 나름이거든."

"네?"

"결혼에는 좋은 결혼과 나쁜 결혼이 있다는 뜻이야."
"그럼 선생님은 좋은 결혼이라면 하고 싶으신가요?"
"하, 두 손 들었다. 그래, 무슨 일 때문에 그러는데?"
"아무것도 아니에요. 그냥 궁금해서요."

그때 메리 앤 텔민이 들어왔다. 루벤이 내준 특별과제를 수행하고 있는 또 다른 학생이었다. 어느 날 수업이 끝난 후에 메리 앤은 루벤에게 과제에 대해 아주 오랫동안 설명했다. 일명 '재활용 프로젝트'라고 했다. 메리 앤은 귀엽고 인기 있는 여학생이다. 하지만 메리 앤은 과제에 진지하게 접근한다기보다 과시하려는 듯한 느낌을 주었다. 그래서 루벤은 트레버의 프로젝트를 비밀에 부치기로 했다. 멋진 비밀이 될 것이다. 다른 사람에게 베풀기라…. 다른 학생이 오기 전에 더 자세히 물어보려고 했지만, 트레버의 엉뚱한 질문 때문에 그 얘긴 꺼내지도 못했다.

수업이 끝나자 학생들이 교실을 빠져나가기 시작했다. 루벤이 트레버에게 손을 흔들며 부르려고 했다. 그러나 이번에도 트레버가 먼저였다.
"선생님께 말씀드리고 싶은 게 또 하나 있어요."
트레버가 루벤의 책상 앞으로 와서 말했다. 트레버는 양손을 주머니에 찌르고 서서, 마지막 학생이 교실을 빠져나가기를 기다렸다. 두리번거리고 발꿈치를 흔드는 것으로 보아 뭔가 중요한 말인가 보다 싶었지만, 그게 무슨 내용인지는 짐작도 되지 않았다. 좀 긴장하는 기색마저 있었다. 마침내 둘만 남았음을 확인한 트레버가 말했다.

"저희 엄마가 선생님께서 내일 밤에 저녁 식사를 하러 오실 수 있는지 여쭤보라고 하셨어요."

"어머니가?"

"네, 엄마가 그러셨어요."

루벤은 아를렌의 친절에 순간 감동했다. 예전엔 미처 느끼지 못했던 감정이었다. 루벤은 너무 빠져들지 말라고 자신에게 경고했지만 소용없었다. 어쩌면 아를렌은 루벤이 생각하는 만큼 루벤을 싫어하는 건 아닌가 보다. 하지만 뭔가 석연치 않았다.

"왜 엄마가 나를 저녁 식사에 초대하셨을까?"

"모르겠어요. 그러면 안 되나요?"

"엄마가 나한테 화가 나셨거든."

"글쎄요…. 제리에 대해 얘기하고 싶으신 게 아닐까요? 제리는 제 친구예요. 제 프로젝트이기도 하고요.

루벤은 그제야 저녁 초대의 이유를 깨달았다.

"학교로 오셔서 면담을 하시면 안 될까?"

"글쎄요. 엄마는 직장이 두 군데라 좀 바쁘시거든요. 엄마가 선생님이 집으로 와주시면 고맙겠다고 하던데요."

"그래. 그것도 괜찮을 것 같구나. 몇 시가 좋겠니?"

"제가 엄마한테 여쭤보고 내일 알려 드릴게요."

다음날 아침, 1교시가 시작되기도 전에 아를렌의 두 번째 벼락이 떨어졌다. 루벤은 둘의 만남이 앞으로 쭉 이런 식이 될까 봐 걱정스러웠다. 이번에는 루벤이 뭐라고 말할 새도 없었다. 아를렌이 무척 화가 난 상태였기 때문에 그녀 혼자 분노를 터뜨리면 되었다. 루벤은 그런 아를렌이 감탄스럽다 못해 부럽기까지 했다. 어떻게 하면 그렇게 감정을 표현할 수 있는지 가르쳐 달라고 부탁하고 싶은 심정이었다. 루벤처럼 화내기에 소질이 없는 사람에게 아를렌은 좋은 선생이 될 테니까.

"왜 아들에게 우리가 집에서 만나야 한다고 하셨죠?"

"전 그렇게 말하지 않았는데요. 우리가 만나야 된다는 말조차도 한 적이 없습니다."

"안 했다고요?"

그녀가 순간 멈칫했다. 그러나 이내 누구에게랄 것도 없이 다시 화를 내기 시작했다.

"트레버가 선생님이 저녁 식사를 하러 올 거라면서 치킨 화이타를 만들라고 하더군요. 자기 프로젝트에 대해서 선생님이 제게 하고 싶은 말이 있다면서요."

"정말입니까?"

'흥미로운데.' 루벤은 속으로 이렇게 생각하며 말을 이었다.

"트레버는 제게 어머니가 저를 식사에 초대했다고 했습니다. 프로젝트에 대해서 어머니가 제게 하고 싶은 말이 있기 때문인 것 같다고 하면서요."

"대체 이녀석이 무슨 짓을 꾸미고 다니는 거지?"

아를렌은 루벤이 교실에 없는 것처럼 혼잣말을 중얼댔다.

"우리에게 프로젝트 이야기를 하고 싶었던 게 아닐까요?"

"그렇다면 어째서 학교에서 만나자고 하지 않았죠?"

"트레버 말로는 어머니가 직장이 두 곳이어서, 제가 집으로 가는 게 더 편하겠다더군요."

"지금 제가 와 있는 게 안 보이세요?"

"저는 그애의 말을 그대로 전하고 있는 겁니다."

"네, 알았어요. 그런데 트레버가 왜 선생님을 집으로 모시려는 걸까요?"

루벤은 이유를 짐작했다. 그걸 말하면 아를렌이 다시 불같이 화를 낼 테지만 루벤은 아랑곳하지 않았다. 아를렌은 늘 분명하게 화를 냈고, 그녀가 화를 내고 있다는 것을 금세 알 수 있으니까 겁날 것이 없었다.

"어제 아침에 트레버가 제게 결혼했느냐고 묻더군요. 결혼하고 싶냐고도 하고요."

"그래서요? 트레버는 원래 궁금하면 참지 못해요."

"제 생각에는…."

"네?"

"트레버가 우리 둘을 이어 주려는 것 같은데요."

"우리를요?"

아를렌은 그 자리에서 얼어붙어 버렸다. 그 모든 감정이 얼굴에 적나라하게 드러났다.

안 그래도 지금 입장이 말이 아닌데, 또 한 번 체면을 잃게 생긴 것이다. 우리를? 설마 농담이겠지.

"우리야말로 세상에서 제일 안 어울리는 짝이지만, 어쨌거나 트레버는 어린 마음에 그런 생각을 할 수도 있었겠지요."

루벤은 그녀의 마음이 비틀거리는 것을 보았다. 잠시 후 마음을 수습한 아를렌이 겨우 대꾸했다.

"트레버가 그럴 리가 없어요. 아빠가 집에 돌아오리란 걸 아니까요."

"그냥 생각만 했겠지요."

"그런데 왜 저녁을 먹으러 오겠다고 하셨지요?"

"지난번에 그렇게 가신 후에 자책감이 들었거든요. 제가 내준 과제 때문에 생긴 문제로 도움을 청하러 오셨는데 그렇게 가시게 해서 말입니다."

창을 통해 들어온 아침 햇살을 받은 아를렌은 교실 안의 그 무엇보다도 환하게 빛났다. 레이스 달린 티셔츠 아래쪽의 가슴 파인 곳에 햇빛이 비추었다. 햇살에 그을리지 않은 하얀 피부가 도자기 인형의 표면 같았다. 만지면 부서질까 봐 선반 뒤편에 진열해 놓은 귀한 물건 같았다. 아를렌은 그렇게 섬약해 보였지만 입을 열면 영 딴판이었다.

"선생님이 절 좋아하시지 않는다는 걸 알아요."

아를렌이 불쑥 말했다. 루벤으로서는 전혀 예상치 못했던 애기였다. 그녀에게 감탄하고 있기에 더욱 그랬다. 그는 언제나 투명하게 자신의 감정을 내보인다고 생각했는데, 사람들은 아무리 가까이 있어도 그의 마음을 제대로 읽지 못하는 것 같았다.

"어째서 그렇게 생각하시지요?"

"방금 우리가 세상에서 제일 어울리지 않는 짝이라고 하셨잖아요. 그게 선생님이 저를 경멸한다는 뜻이 아니고 뭐겠어요?"

'그것은 당신이 나를 경멸한다는 뜻입니다. 그걸 알기 때문에 그렇게 말할 수밖에 없었던 겁니다.'

하지만 루벤은 말하지 못했다.

"제가 그것도 모를 만큼 머리가 나쁜 줄 아세요? 그래요, 전 선생님처럼 배우지 못했고, 말도 교양 있게 못하지만, 머리까지 나쁜 건 아니에요."

"저는 그렇게 말한 적이 없는데요."

"그걸 말로 해야 아나요?"

"그런 생각은 한 번도 해본 적이 없습니다. 당신이 어떤 교육을 받았는지 궁금해한 적도 없고요. 너무 과민하신 것 같네요."

"제 느낌에 대해 선생님이 뭘 안다고 그러세요?"

"과민 반응에 대해서라면 제가 전문가지요. 어쨌든 저녁 초대는 제가 먼저 꺼낸 이야기가 아니었습니다. 그러니 제가 댁에 가는 게 꺼려지신다면 가지 않겠습니다."

"아, 아니에요. 그건 아니에요. 괜찮아요. 사실은…."

루벤은 그녀가 말꼬리를 흐리며 짓는 표정을 보고 알았다. 만일 지금 아를렌이 말을 잇는다면, 다른 사람에게는 하기 힘든 말을 그에게 하리라는 것을.

"사실 과제 문제에 대해서 트레버랑 제대로 대화하지 못하고 있어요. 도움을 주시면 좋겠군요. 6시에 오시겠어요?"

크리스의 취재 노트 중에서

───

그녀의 집에 갔습니다. 집이 생각과 다르더군요. 어떤 면으로는 그녀를 진짜로 멸시하고 있었다는 자책감이 느껴지기도 했습니다. 그럴 의도는 전혀 없었는데도 말입니다.

소박한 주택이었지만, 안팎이 흠잡을 데 없이 깨끗하게 잘 정돈되어 있었습니다. 현관까지 들어가는 길에 꽃이나 나무는 없었지만 흰 테를 두른 창틀에 얼룩 하나 없더군요. 딱 하나, 차고 옆에 망가진 트럭이 눈에 거슬리더군요. 아를렌이 집안 구석구석 가꾸어 놓은 것을 보니, 우리 어머니가 예전에 집 단장을 하면서 '자랑스러운 집'이라고 말씀하시던 일이 떠올랐어요.

아를렌을 보고 우리 어머니를 떠올리게 되다니. 정말 의외였어요. 그러자 갑자기 모든 게 마음을 초조하게 했어요. 가정을 자랑스러워했던 어머니를 떠올리자 분노 뒤에 숨은 자존심이 떠올랐거든요. 그러자 힘이 쭉 빠지는 기분이었습니다.

아를렌이 문을 열어 주었는데 그녀는 가슴이 덜컥 내려앉을 정도로 아름다웠어요. 정식으로 저녁 식사에 손님을 초대한 것처럼 파란색 꽃무늬 원피스를 입고 있더군요. 난 꽃다발을 들고 거실까지 갔죠. 현관에서 꽃을 줘야 했는데 너무 얼어 버려서 그러지 못했어요. 아주 오랫동안 우리 둘 다 아무 말도 못 할 것 같더군요. 다행히도 그때 트레버가 나타나서 구해 주었지요.

―

아를렌이 그릇을 치우자마자, 트레버는 방에서 계산기를 가져왔다. 계산기 없이는 너무 복잡해서 설명할 수가 없다고 했다.

"이 프로젝트는 아빠가 해준 이야기에서 시작됐어요."

이 말에 아를렌은 귀가 솔깃해져서 의자를 끌어다 놓고 앉았다. 트레버의 어깨 너머로 계산기를 잘 들여다보려는 듯했다.

"엄마, 아빠가 내던 수수께끼 기억나요?"

"글쎄, 뭘 말하는 건지 모르겠구나. 아빠는 수수께끼를 많이 알았지."

루벤은 기분 좋은 만족감을 느꼈다. 식탁 맞은편에 나란히 앉아 있는 모자를 바라보고 있자니 긴장이 풀렸다. 그가 가져온 꽃은 식탁 위 화병에 꽂혀 있었다. 장미는 아니었다. 장미 선물은 너무 사적이고 특별한 관계처럼 느껴질 수 있으니까. 루벤은 첫인상을 나쁘게 가진 데 대한 사과의 뜻으로 마른 꽃과 데이지 종류를 섞어서 선물했다. 꽃을 선물한다는 것은 다정한 인사치레에 불과했지만 아를렌은 좀 당황한 눈치였다.

"30일 동안 일하는 얘기 말이에요."

"글쎄… 트레버. 엄마는 기억이 안 나는구나."

"아빠가 그랬잖아요. 어떤 사람이 30일 동안 일한다고 치고, 하루에 100달러씩 월급을 받는 것과, 첫날엔 1달러를 받고 다음 날부터 전날의 두 배를 받는 것 중 어느 쪽을 선택하겠냐고요. 나는 하루에 100달러씩 받겠다고 했죠. 하지만 아빠는 그러면 손해라고 했어요. 그래서 계산기로 계산을 해봤죠. 하루에 100달러씩 30일 동안 일하면 3천 달러를 받아요. 하지만 매일 전날 받은 액수의 두 배씩 받는다면, 30일째 되는 마지막 날 일당은 5백만 달러가 넘어요. 선생님이 내주신 과제를 하면서 그 얘기가 생각이 났어요. 보세요. 제가 세 사람에게 아주 좋은 일을 해주는 거예요. 그 사람들이 어떻게 은혜를 갚으면 되냐고 물으면, 다른 사람에게 베풀라고 하는 거죠. 그러면 세 사람이 각각 세 사람씩 돕게 될 거고, 다 합쳐서 9명이 도움을 받게 되죠. 그 다음에는 27명이 도움을 받게 될 거예요."

트레버는 계산기를 톡톡 두드리면서 계속 설명했다.

"그 다음에는 81명, 그 다음에는 243명이죠. 또 그 다음에는 729명이 도움을 받게 되고요. 그 다음에는 2천187명이네요. 얼마나 도움을 주고받는 수가 많아지는지 아시겠죠?"

"하지만, 트레버. 거기엔 작은 문제가 하나 있잖니."

"뭔데요, 엄마?"

"세인트 클레어 선생님께서 설명해 주실 거야."

루벤은 자기 이름이 나오자 화들짝 놀랐다.

"제가요?"

"그래요. 문제가 뭔지 트레버에게 말씀해 주세요."

"내 생각에… 네가 제리를 도와주고 싶어하는 건 좋은 일이지만 어머니로서는 걱정이 되시나 보다."

"아니, 그게 아니에요. 트레버, 제리 일로 내가 너를 힘들게 했던 것은 알아. 하지만 그후 난 제리와 긴 이야기를 했어. 결국 내가 그에 대해 잘못 판단했는지도 모른다는 생각을 하게 됐단다. 제리는 아주 좋은 사람이었어. 이젠 살 곳도 마련한 모양이구나. 며칠 동안 보이지 않으니 말이야."

그러자 트레버는 이맛살을 찌푸리더니 계산기를 껐다.

"사실 제리는 체포됐어요."

"뭣 때문에?"

아를렌이 몹시 놀란 목소리로 물었다. 루벤은 순간적으로 그녀가 몹시 실망했음을 알아차렸다. 아를렌과 제리라는 사나이 사이에는 얇은 끈 같은 게 있었던 듯했다. 잠깐이긴 해도 그녀로 하여금 자기 편에 서게 했을 그 뭔가가.

"저도 확실히는 모르겠어요. 제리가 일하던 곳에 가봤거든요. 그곳에선 제리가 급료를 받아간 후 다시 오지 않았다고 했어요. 제리가 법규를 위반해서 붙들려갔다고요."

"트레버, 정말 유감이구나. 바로 그게 세인트 클레어 선생님께서 네게 설명해 주시려 했던 부분이란다."

루벤은 무릎에서 냅킨을 거둬 식탁 위에 올려놓았다. 아를렌과 트레버가 그를 이용하고 있음이 분명해졌다. 애야, 여기 선생님께서 네가 듣기 거북해할 모든 걸 말씀해 주실 거란다.

'미안합니다, 미스 맥킨니. 당신 아들에게 인간은 이기적이고 은혜를 모른다고 믿게 하고 싶으시다면 직접 말하세요.'

그는 억지로 웃으면서 고개를 내젓고는 입을 다물었다. 아를렌이 활활 타오르는 표정으로 쏘아보았지만, 루벤은 겁나지 않았다. 그것을 아를렌, 그리고 자기 자신에게 증명해 보이기 위해 그녀의 눈을 똑바로 쳐다보았다. 그러다가 그녀의 눈동자 색깔이 결 고운 머리카락과 똑같은 갈색임을 알아냈다.

"트레버, 일단 아이디어는 좋구나. 더 자세히 말해 볼래?"

아를렌이 말했다. 그러자 트레버가 계산기의 도움으로, 결국 얼마나 큰 수가 될 수 있는지 설명했다. 16번만 계속 되면 도움을 주고받는 사람의 수는 4304만 6천721명에 달했다. 트레버의 낙관에 비해 계산기가 너무 작았다. 하지만 트레버는 거기서 몇 번만 더 나가면 전 세계 인구수보다 큰 수가 된다고 자신했다.

"그러면 어떻게 되는지 아세요?"

아를렌은 루벤을 쳐다보았지만, 루벤은 트레버에게 직접 듣고 싶어서 대답하지 않았다.

"모르겠구나, 애야. 어떻게 되니?"

"그러면 모든 사람이 한 번 이상 도움을 받게 되는 거예요.

그후에는 훨씬 빨리 도움을 주고받게 되고요. 어떻게 생각하세요, 세인트 클레어 선생님?"

루벤은 무슨 말을 해야 할지 알 수가 없었다.

"귀한 아이디어구나, 트레버. 대단히 큰 노력이 필요할 테고. 큰 노력을 하면 좋은 점수를 받게 되겠지. 한데 제리가 체포되었다는 얘기를 들었을 때 기분이 어땠니?"

트레버는 한숨을 쉬었다. 루벤은 아를렌의 표정으로 보아 그녀가 원하는 대로 얘기가 진행되고 있음을 알 수 있었다.

"괜찮아요. 벌써 다른 계획을 세웠어요."

"어떤 계획이니, 트레버?"

아를렌이 부드럽게 물었다. 아들에게 말할 때면 그녀의 목소리가 변했다.

"그건 비밀이에요. 이만 실례해도 될까요?"

아를렌은 루벤을 쳐다보았다. 부탁하는 눈빛이었다. 그녀는 '아니, 일어나지 마라. 아직 할 얘기가 남아 있어.' 라고 루벤이 말해 주길 바라는 듯했다. 하지만 루벤은 어깨만 으쓱했다.

"그래, 가 봐라."

아를렌이 말했다. 트레버가 방으로 가려고 루벤의 의자를 지나칠 때, 루벤은 트레버의 팔을 붙잡았다. 그러고는 아를렌이 듣지 못하도록 트레버의 귀에 대고 속삭였다.

"사랑은 피아노처럼 조율할 수 없는 법이다, 트레버."

"조율이 뭔데요?"

"사람들의 관계를 네 마음대로 이어 줄 수 없다는 뜻이야."

"그게 피아노랑 관계가 있나요?"

"꼭 그렇진 않아."

"마음대로 못 한다고요? 알겠어요. 그런데 전 그럴 수 있다는 생각은 안 해봤는데요."

"확실히 해두려는 거야."

루벤이 팔을 놔 주자 트레버는 가버렸다. 아를렌은 스트레스와 분노가 뒤섞인 눈빛으로 루벤을 노려보고 있었다. 루벤이 익히 알고 있는 얼굴이었다.

"뭐라고 했어요?"

"비밀입니다. 그만 일어나도 되겠습니까?"

트레버의 일기

......

엄마와 세인트 클레어 선생님은 서로 좋아한다. 난 안다. 한데 이해가 안 되는 것은, 왜 정작 두 사람은 그걸 모르냐는 거다. 두 사람을 붙잡고 '그러지 말고 인정하라고요.'라고 말해 주고 싶다. 선생님은 엄마에게 잘 해줄 것 같다. 선생님은 '당신은 보기 좋은 반쪽의 얼굴을 갖고 있어요. 알잖아요. 유리컵의 물이 반만 남은 게 아니라 반이나 채워져 있다는 걸요.'라고 말해 주는 사람에게 온 마음을 바칠 사람이다. 선생님은 자기 얼굴에 대해 슬퍼한다. 하지만 우리 엄마는 얼굴이 아주 예쁘고, 본인도 그걸 안다. 그래서 뻐기기도 한다.

만약 내 프로젝트로 인해 세상이 정말로 바뀌면 어떨까? 그렇게 되면 모두 '선생님의 얼굴이 그런들 무슨 상관이야. 중요한 건 선생님이 세상에서 가장 멋지고 훌륭한 사람이라는 거야.'라고 말하게 될 텐데. 그렇게 되면 얼마나 멋질까.

지금 프로젝트의 대상으로 삼고 있는 사람은 그린버그 부인이다. 제리는 경찰에 체포되었고, 세인트 클레어 선생님은 '사랑은 조율할 수 없는 것'이라고 말하니 엉뚱한 방향을 좇고 있다는 생각이 들었다. 지금까지는 선생님 말이 옳은 것 같다. 하지만 그린버그 부인에겐 정원이 있다. 그 정원에는 조율해야 될 게 아주 많이 있다.

그린버그 부인

🌿

그린버그 부인의 남편 마틴은 기적이라는 걸 믿었지만, 그가 암을 앓을 때 기적은 일어나지 않았다. 남편이 세상을 뜬 후 그린버그 부인은 기적이라는 걸 다시 믿어 보려고 노력했다. 그런 마음으로 작은 집에서 꼿꼿하게 혼자 살았다. 그러던 어느 날 저녁, 몇 년 만에 처음으로 기적이 현관 그네에 살포시 걸터앉았다. 부인은 거기서 차가운 아이스티를 마시고 있었다. 기적이 생긋 미소를 보내자, 그녀도 미소로 답했다.

기적은 정원 속에 있었다.

최근에는 이런 꿈을 자주 꾸었다. 아침에 일어나서 관절염에 걸린 팔다리를 쭉 폈다 굽혔다 한 다음 창가로 다가가면, 누군가 마술을 부린 듯 정원이 보기 좋은 모양으로 손질되어 있는 꿈. 하지만 그건 더 이상 꿈이 아니었다. 서늘한 봄날의 해거름 무렵, 정원은 정말로 아름답게 가꾸어져 있었다. 나무는 가지치기가 되어 있었고, 잔디도 말끔하게 깎여 있었으며, 꽃밭 주위에는 어린 삼나무 묘목이 심어져 있었다.

사실 그건 기적이 아니었다. 이웃 소년이 며칠 동안 정원 손질하는 것을 보았으니까. 트레버보다 머리통 하나쯤 키가 더 큰 그린버그 부인은 트레버 옆에서 어떤 장미목을 가지치기해야 할지, 잔디씨를 어디에 뿌릴지, 어느 부분의 잡초를 뽑을지, 어느 곳의 흙을 삽질해서 뒤집고 물을 축축하게 뿌릴지 일일이 가르쳐 주었다. 그린버그 부인은 사람이 만들어 내는 기적도 있다고 결론지었다.

평소와 똑같은 비율로 만들었는데도 아이스티는 훨씬 달콤하게 느껴졌다. 예전에는 관절염 때문에 차가운 컵을 들기만 해도 손이 아팠는데 지금은 괜찮았다. 부인은 그 또한 기적이라고 생각했다.

한데 완벽하다고 느껴지는 이 순간을 깨는 일이 일어났다. 두어 달에 한 번씩 찾아오는 아들 리처드 그린이 저만치 모습을 드러낸 것이다.

어떻게 부인의 성이 '그린버그'인데 아들의 성은 '그린'일까. 부인은 아들을 '그린'이라고 부르지 않았지만 리처드는 아버지, 그러니까 세상을 떠난 부인의 남편이 부끄럽기라도 하다는 듯이 법적으로 개명을 했다. 그린버그 부인은 그 생각을 할 때마다 머리 한쪽에 통증이 뚫고 지나가는 듯한 기분을 느꼈다. 리처드는 제임스 딘처럼 반항기 있게 걸었다. 아들은 온통 자기 생각뿐이고 품위라곤 없었으며 점점 엘비스 프레슬리처럼 변했다. 구레

나룻을 텁수룩하게 기른 모양이라니. 아들은 서늘한 봄 저녁에 러닝셔츠 같은 민소매 티셔츠를 입고 털이 많이 난 어깨를 드러낸 채, 해가 다 졌는데도 선글라스를 쓰고 있었다. 올해 42세인 리처드는 아무 의지도, 진지함도 없었다. 늘 안절부절못했고, 쾌활한 면도 전혀 없었다. 머리가 좋았는데 그것이 좋은 생각을 하는 것과는 상관이 없는 모양이었다. 차라리 조금 어수룩하더라도 긍정적인 의지를 가진 사람이었다면 좋았을 것을. 그린버그 부인은 더 이상 아들에게 빌려 줄 돈이 없었고, 설령 있다 하더라도 빌려 주지 않을 작정이었다.

리처드는 엄지와 검지손가락을 잔뜩 구부려 담배를 잡은 채 현관 계단에 섰다.

"안녕하세요, 엄마."

"그래. 네 생각에는 어때 보이냐?"

"뭐가요?"

"정원 말이다."

대단히 무거워 보이는 가죽 부츠를 신은 리처드는 고개를 돌리고 선글라스를 이마로 올렸다.

"쳇, 어떤 놈한테 돈 주고 시켰군요. 내 그럴 줄 알았지."

"돈을 준 적 없다."

"그럼 직접 했다고요? 아이, 왜 이러세요. 주먹도 제대로 못 쥐는 양반이 어떻게 저런 일을 한다고."

"이웃집 아이가 공짜로 해줬어."

"되게 재밌는 농담이네요."

"정말이야."

"시간 꽤나 걸렸을 텐데."

"벌써 며칠째 일하고 있다. 네가 얼씬거리지도 않는 동안에 말이야."

"내가 해드린다고 했잖아요."

"그랬지. 하지만 말만 그랬지 아무것도 해준 게 없잖니."

"젠장할!"

그는 말싸움을 관두고 집으로 들어가서 TV를 켜고 〈매쉬〉 재방송을 보았다. 밖에서 그린버그 부인이 담배를 끄라고 소리쳤지만, 리처드는 듣지 못했다. 아니면 못 들은 체했거나. 부인은 뒤따라 들어가서 깨끗한 거실에 소나무향이 나는 방향제를 뿌렸다. 그러자 리처드는 냄새가 고약하고 기침이 난다며 투덜댔다.

트레버는 처음에 그린버그 부인의 집에 들러 말동무만 해드렸다. 부인은 그것만으로도 충분히 좋았다.

트레버가 신문을 돌리는 마지막 집이 그린버그 부인의 집이었다. 신문 돌리는 순서를 약간 바꿔 그 집을 마지막에 둔 것이다. 트레버는 무겁고 낡은 자전거를 부인의 잔디밭 한켠에 세워두고, 신문을 들고 현관에서 노크했다. 부인이 집 밖으로 나와 신문을 가져가기 힘들다는 것을 알고 있었기 때문이다. 부인은 트레버의 배려가 고마워서, 늘 체리 주스를 한 잔씩 대접해 주었다. 특별히 그를 위해서 산 주스였다. 그러면 트레버는 부엌 식탁에 앉아서 이런저런 이야기를 했다. 주로 학교 생활과 미식축구 얘기를 하다가 사회 시간 과제인 특별 프로젝트에 대해서도 이야기하게 되었다. 트레버가 도움을 줄 사람이 필요하다고 하자, 부인은 돈은 많이 줄 수 없지만 자기 집 정원을 손봐 줄 수 있겠냐고 물었다.

트레버는 돈은 필요 없다고 대답했다. 그리고 돈이 넉넉지 않으면 굳이 돈으로 선의를 베풀지 않아도 된다고 설명했다. 그런 다음 종이 한 장에 원들을 그리고 그린버그 부인의 이름을 적은 후, '다른 사람에게 베풀기'에 대해 설명했다.

"아무한테나 친절을 베풀면 되는 거구나."

부인의 말에 트레버는 그렇지 않다고 했다. 베푸는 일에는 아름다움이 있어야 하며, 그 다음 사람들에게도 선의가 전파될 수 있도록 제대로 해낼 사람에게 베풀어야 한다고 말했다.

안개가 자욱한 토요일 새벽, 트레버는 약속대로 6시 정각에 그린버그 부인의 집에 왔다. 두 사람은 앞마당에 서 있었다. 집 바깥의 청회색 칠이 벗겨지고 있었고, 축축한 공기 냄새가 사방에 퍼져 있었다. 참나무에 맺힌 이슬이 부인의 머리에 떨어졌다.

트레버는 아직 눈을 뜨지 못한 강아지 다루듯이, 아니면 금박 입힌 희귀본을 다루듯 장미를 다루었다. 그린버그 부인은 트레버가 이 집 정원을 사랑하고 있음을 느꼈고, 정원도 트레버에게 사랑을 주리라는 것을 알았다. 그리고 아주 오래전에 사라졌던 그 무엇이 자신에게 돌아오고 있음을 느꼈다.

"프로젝트는 어떻게 진행되고 있니?"

부인이 물었다. 부인은 프로젝트가 트레버에게 얼마나 중요한지, 또 트레버가 얼마나 그 얘길 좋아하는지 잘 알고 있었다. 그러나 트레버는 이번엔 양미간을 찌푸리며 말했다.

"별로예요, 그린버그 부인. 부인은 사람들이 정말로 다른 사람에게 베풀지 않을 거라고 생각하세요? 도움을 받을 때는 그렇게 하겠다고 말해 놓고, 아니면 처음에는 그러려고 하다가도 일이 꼬이거나 잊어버리면 베풀기를 포기할까요?"

그린버그 부인은 트레버가 몹시 진지하게 고민하고 있음을 알았다. 그것은 어린 시절 산타클로스 이야기를 어떻게 듣느냐에 따라서 산타클로스의 존재를 믿을 수도, 영원히 믿음이 깨질 수도 있는 것과 같았다. 소년은 참으로 착한 아이였다.

"트레버, 나는 내 약속밖에 말할 수가 없구나. 난 약속을 지킬 거야. 그리고 그걸 너처럼 진지하게 생각하마."

그때 트레버가 얼마나 환하게 웃었던지…. 그린버그 부인은 오래도록 그 미소를 잊지 않았다. 그날 트레버는 딱 한 번 체리 주스를 마시려고 쉬었을 뿐 무척 열심히 일했다. 트레버가 일을 마치자, 그린버그 부인은 5달러짜리 지폐 한 장을 쥐어 주면서 이건 프로젝트와는 아무 상관없는 거라며 받으라고 했지만, 트레버는 끝내 받지 않았다.

트레버는 주말 내내 일했다. 나흘 동안은 학교를 마치고 신문을 돌린 후에 와서 정원 손질을 했다. 다음 주에는 울타리와 창틀, 현관 난간에 흰 색칠을 두 번 해주겠다고 했다.

그린버그 부인은 아들 리처드가 집이 달라진 것을 알아볼지 궁금했다.

부인은 관절과 근육을 움직이기 위해 천천히 걸어서 식품점으로 갔다. 꼭 살 게 있어서가 아니라 그냥 집을 벗어나고 싶어서였다. 아들이 다니러 올 때마다 차라리 집에 아들이 없었으면 좋겠다는 마음이 드는 건 얼마나 슬픈 일인지.

큰길인 카미노 거리에는 어둠이 내려서, 자동차 헤드라이트 불빛이 무시무시했다. 그린버그 부인은 바퀴가 두 개 달린 장바구니를 끌고 언제나처럼 같은 길을 걸어서 같은 상점에 갔다. 똑같은 일을 반복하면 안정감이 느껴졌다.

그날 저녁에는 테리가 계산을 하고, 매트가 물건 싸주는 일을 하고 있었다. 둘은 부인이 세상에서 가장 좋아하는 젊은이들이었다. 두 사람 다 아직 20세가 안 되었지만, 늙은 부인을 늘 친절한 미소로 맞아 주었다. 항상 기분이 어떠냐고, 관절염은 괜찮냐고 묻고, 그린버그 부인이 대답할 때는 귀담아들었다. 부인은 고양이 먹이 12캔과 5파운드들이 사료 한 부대를 골랐다. 고양이를 키우진 않았지만, 집 없는 고양이들을 위해 늘 먹이를 준비해

두었다. 그리고 트레버에게 줄 주스와 아들 리처드가 좋아하는 맥주도 골랐다. 차와 껍질 벗긴 닭 가슴살, 콘플레이크도 샀다.

그린버그 부인은 자신이 도울 두 사람으로 테리와 매트를 점찍었다. 그리고 세 번째 수혜자는 노스 카운티에서 고양이 쉼터를 운영하는 부인이 적당할 듯했다. 리처드도 바라는 게 있겠지만, 정말 아들을 사랑한다면 해달라는 대로 다 해줘서는 안 되는 법이다. 부인은 냉장고로 가서 맥주를 도로 넣었다. 목이 마르면 주스나 아이스티를 마시라지. 싫으면 제 집으로 돌아가든가. 그놈의 담배 연기와 돈 문제를 안고서 말이다.

"안녕하세요, 그린버그 부인. 오늘 부인 댁 앞을 지나왔어요. 정원이 멋지게 변했던데요."

테리가 식품의 바코드를 스캐너 위에 통과시키며 말했다. 그러자 부인은 마치 고등학교 때 잘생긴 남자아이와 춤추는 것 같이 기분이 좋아졌다. 다른 사람이 눈치를 채니 흐뭇했다.

"그렇지? 근사하지? 트레버가 그걸 다 했다니까. 정말로 착한 아이야. 트레버를 아니?"

테리는 트레버가 누군지 몰랐지만, 그린버그 부인이 저렇게 환한 표정을 짓는 걸 보니 기분이 좋았다. 옆에 있던 매트도 고양이 먹이를 봉투에 넣으면서 환한 웃음을 지었다.

매트는 아주 현대적인 스타일로 머리를 잘랐다. 아래는 바싹 깎고 윗부분의 머리칼은 길게 늘어뜨렸지만, 늘 깔끔하게 간수했다. 마치 '현대적이긴 해도 펑크 스타일은 아니에요.' 라고 말하는 것처럼.

"오늘밤에 이렇게 행복해하시는 걸 뵈니까 참 좋네요."

미남인 매트가 장바구니의 균형이 잡히도록 세심하게 물건을 담아 주며 말했다. 매트가 행복해하는 모습을 보는 일 또한 즐거우리라. 물론 계획대로 된다면 부인이 그의 즐거운 표정을 직접 보지는 못할 테지만. 젊은이들에겐 대학에 갈 돈이 필요하다. 그 돈으로 수업료를 모두 충당하지 못하더라도 책이든 옷이든, 원하는 대로 쓸 수 있을 것이다. 그린버그 부인은 두 사람 모두 다른 사람에게 베풀기를 이어나갈, 믿을 만한 청년들이라고 느꼈다. 그리고 마지막으로 고양이 쉼터의 친절한 부인은 그린버그 부인이 주는 돈을 고양이의 난소 제거나 거세 수술비용 등의 치료비로 쓸 것이다. 그녀라면 틀림없이 고양이를 위해서 돈을 쓸 것이다.

부인은 식품점을 나와 맑은 공기를 들이마시면서 생각했다.

'그래, 그러면 되겠어. 내일 아침 일찍 전화를 걸어야지.'

집으로 오는 길에 가슴 통증이 시작되었다. 심장이 아니라 폐가 문제였다. 나쁜 덩어리 같은 게 뭉쳐 있는 듯했다. 자주 걸음을 멈추고 숨을 몰아쉬었다. 이제 겨우 정년퇴직한 나이 정도였지만, 남편 마틴을 잃은 후 몸은 더 기다릴 수 없다는 듯이 자꾸만 시들해져 갔다. 면역 기관이 그녀를 보호해 주기 싫은 듯 자꾸 생명을 재촉하는 것 같았다. 남편이 죽은 후 관절염도 세 배는 심해져서, 오르내리려면 뭐든 붙잡아야 했다.

그렇게 힘들게 걸으면서도 부인은 전에 없이 곧장 집으로 가지 않고, 트레버의 집으로 갔다. 정말 보기 좋은 아담한 집이었다. 굴곡진 지붕널도 멋졌고, 나무도 잘 가꾸어져 있었다.

차고 옆에 웅크리고 있는 끔찍한 모양의 트럭만 눈에 거슬릴 따름이었다. 그건 고속도로에 널브러진 흉한 시체 같았다. 그린버그 부인은 트레버의 어머니도 이 트럭이 없어지길 바랄 거라고 생각했다. 그래서 예전의 소박한 아름다움을 되찾길 바랄 거라고. 마치 그린버그 부인 자신이 정원에 대한 꿈을 가졌듯이 말이다. 집에는 손님이 있었다. 그린버그 부인은 숨을 돌리려고 인도에 서서 흰색 폴크스바겐 비틀을 보았다. 말끔히 관리된 차였다.

'새 남자친구가 생겼군. 좋은 일이야.'

리키라던가 하는 옛날 남자친구도 보았지만, 그리 마음에 들지는 않았었다. 창을 통해서 불 밝힌 식당에 앉아 있는 남자의 모습이 보였다. 옆 얼굴만 겨우 보였지만 잘 차려입은 흑인 남자였고 아주 반듯하고 단아하게 생겼다.

'흑인이면 어때. 괜찮아. 모자에게 좋은 일이지.'

그린버그 부인은 트레버의 엄마가 다른 사람의 편견에 찬 말은 무시하기를 바랐다. 부인이 남편을 만났을 때도 주변에서는 유대인 남자와 결혼해서는 안 된다며 펄쩍 뛰었다. 하지만 결국 마틴은 누구나 부러워할 만한 좋은 남편이 되었다. 좋은 사람이라면 유대인이든 흑인이든 무슨 상관인가.

어쩌면 트레버의 엄마는 결혼을 할 것이다. 그게 아들을 위해서도 좋겠지. 그린버그 부인은 트레버의 엄마를 직접 만나 보진 못했지만 그녀를 좋아하게 되리란 것을 알았다. 저런 아들을 낳아 사랑으로 키운 여인이라면 어찌 좋아하지 않을 수 있을까.

"좋은 여자를 만났구려. 좋은 아들을 가진 좋은 여자를. 그들을 잘 돌봐줘요."

그린버그 부인은 창 속의 잘생기고 단정한 남자에게 나직이 말했다. 물론 그의 귀에 들리지는 않겠지만.

부인은 마침내 집으로 돌아갔다. 숨이 차고 가슴이 아팠다. 다행히 리처드는 가고 없었다. 욕조에 뜨거운 물을 받아서 목욕을 했다. 기침이 나와서 침대에 누웠다. 이제 정원이 제 모습을 찾았으니 곧 집에 칠을 하게 될 것이다. 내일은 전화를 몇 통 걸어서 일을 처리해야지. 그 다음은 어떻게 되어도 상관없다. 다음에 닥칠 일이 폐렴이나 홍콩 감기에 걸리는 것만큼 나쁜 일이라고 해도 괜찮다. 그때쯤이면 모든 걸 처리해 놓았을 테니까.

잠이 무겁게 몸을 짓눌러서 힘겨웠다. 죽음이 속삭이는 것 같았다. 마틴이 그랬듯이 오랜 휴식을 하라고. 당신은 휴식을 얻을 자격이 있다면서.

아를렌

　　루벤은 적당한 때에 떠났다. 아를렌은 꼬투리를 잡을 수 없는 루벤의 그런 면모 때문에 그를 대할 때마다 뭔가 놓치는 것 같은 기분이었다. 그가 일부러 거리를 둔다고 생각해 버리면 될 텐데 왜 그러지 못할까? 루벤이 돌아간 후 아를렌은 잘자라는 인사를 하러 아들의 방으로 갔다. 트레버는 침대에 앉아서 무릎 위에 숙제를 펼쳐 놓고 있었다.

　"엄마 일하러 간다. 전화번호 가지고 있지?"
　"그럼요, 엄마."
　"로레타의 전화번호도?"
　"그건 외우고 있어요. 나 하나도 안 무서워요."
　"알아, 하지만 엄만 걱정이 되는구나."
　"저도 이제 다 컸어요, 엄마."
　아를렌은 침대 모서리에 앉아서, 아들의 이마 위로 내려온 머리를 손으로 쓸어 넘겼다. 트레버가 어린아이 대하듯 하는 걸 좋아하지 않는다는 것은 아를렌도 알고 있었다. 하지만 트레버는 불평하지 않았다. 시간이 갈수록 아이는 아버지를 닮아갔다. 지금처럼 눈을 내리깔고 있을 때도 오싹할 정도로 똑같다. 그래서 트레버가 그녀의 눈을 똑바로 쳐다보면 얼른 눈길을 피할 수밖에 없었다.

"트레버?"

"네, 엄마."

"혹시 너…."

"뭔데요?"

"아냐, 마음 쓰지 마라. 엄마, 일하러 간다."

"뭘 마음 쓰지 말아요? 뭔데요?"

"설마 세인트 클레어 선생님이랑… 엄마랑… 짝지어 주려고 했던 건 아니지? 아니라고 믿긴 하지만…."

리키와 꼭 닮은 눈매가 그녀에게 와서 꽂혔다. 아를렌은 간신히 눈길을 피했다.

"왜 그렇게 선생님을 싫어해요?"

아를렌은 한 대 얻어맞은 듯한 기분이었다. 그 말이 왜 그렇게 충격을 주는지 알 수 없었지만 어쨌든 일격을 당한 기분이었다. 말없이 트레버의 숙제를 내려다보았다. 트레버가 프로젝트를 설계한 종이가 눈에 들어왔다. 제리가 흙바닥에 그렸던 것과 똑같은 원들이었다. 유성이 떨어진 후 같이 이야기를 나누면서 한 사람의 인생이 진짜로 변할 수 있다고 믿었건만…….

여러 개의 원들은 비어 있었고, 위의 세 개 원에만 이름이 적혀 있었다. 그들이 프로젝트의 출발이었다. 처음 원 안에 제리의 이름이 적혀 있었고 그 위에 두 줄이 그어져 있었다. 그걸 보자 아를렌은 마음이 몹시 아팠다. 제리에게 주어진 기회가 너무 빨리 사라진 것 같았다. 두 번째 원에는 '세인트 클레어 선생님'이라고 적혀 있었는데, 이 이름도 지워져 있었다. 이걸 보고 난 뒤 느껴진 아를렌의 마음속 움직임은 딱히 뭐라고 설명할 수가 없었다. 세 번째 원에는 '그린버그 부인'이라고 적혀 있었다. 다행히 이 이름은 지워지지 않았다. 아를렌이 아는 한 그린버그 부인이라는 사람은 꽃을 들고 나타나지는 않을 것이다.

"그래, 좋아하진 않아. 그 선생님을 보면 마음이 초조해지거든. 그런데 그건 왜 묻니? 넌 선생님이 마음에 드니?"

"네, 그럼요. 선생님이 좋아요."

"왜?"

"모르겠어요. 선생님에게는 모든 얘기를 할 수 있어서일 거예요. 그러면 선생님은 대답을 해주죠. 어떤 생각이든 그대로 말할 수 있어요. 그건 좋은 거예요, 그렇죠?"

"그런 것 같다만… 트레버, 네가 왜 우리를 이어 주고 싶어 하는지 그 이유를 모르겠구나."

"선생님이 외로운 것 같아서요. 엄마도 외롭잖아요. 그리고 엄마는 늘 사람을 외모로 판단하지 않는다고 말했고요."

"그건 그렇지. 사람을 외모로 판단해서는 안 되지."

아를렌은 아들과의 이 짧은 대화에서 많은 것을 배웠다. 트레버는 언제나 엄마에게 배웠다고, 엄마가 해준 말을 그대로 옮겼을 뿐이라지만, 그녀가 했던 지혜로운 말도 아들의 입을 통해서 들으면 참으로 놀라웠다. 그리고 '차라리 그런 말을 하지 않는 게 낫지 않았을까.'라는 의문이 생기곤 했다. 늘 이런 식이었다.

"어쨌든 외모 때문에 세인트 클레어 선생님이 마음에 안 드는 것은 아니야. 너도 아빠가 돌아오시리라는 걸 잘 알잖니."

트레버는 잠시 아무 말 없이 아를렌을 올려다보기만 했다. 얼음처럼 투명한 트레버의 표정은 아를렌의 가슴을 죄어서 숨쉬기가 힘들 정도였다. 그 얼굴을 굳이 말로 옮긴다면, '연민 어린 표정'이라는 이름을 붙이고 싶기도 했지만, 어쨌거나 트레버는 그렇게 노골적인 표정을 지을 의도는 없었을 것이다.

"엄마."

트레버가 입을 열었지만, 아를렌은 더 이상 듣고 싶지 않았다. 하지만 혀가 달라붙은 듯 입이 떨어지질 않았다.

"벌써 1년도 넘었어요."

"그래서?"

"아빠는 돌아오시지 않아요."

지금까지 그 따위 말이 집 안을 더럽히지 않게 하려고 얼마나 조심했는데… 피곤에 지친 그녀의 머릿속 틈 사이로 끼어들지 못하도록 얼마나 조심했는데… 새벽 4시의 정적 속에서 잠 못 이루면서도 떠올리지 않으려고 얼마나 애썼는데… 그런데 지금 그 말을 듣게 되다니. 어떤 수단을 동원해서라도 필사적으로 그 말을 부정해야 했다. 그래서 아를렌은 전에 없던 짓을 저지르고 말았다. 12년 동안 한 번도 하지 않았던 행동을. 그녀는 손등으로 아들의 입가를 내리쳤다. 손을 멈추려고 해봤지만, 손이 제멋대로 날아갔는지 아니면 뜻이 손에까지 제때 전해지지 않았는지 마음처럼 되지 않았다. 그러나 트레버는 담담한 표정으로 엄마를 보았다. 온몸을 태울 듯 활활 타오르는 엄마의 수치심에 장작 한 개비도 더 던지지 않았다.

아를렌은 다시는 아들을 때리지 않겠다고 스스로 다짐하고 또 다짐했다. 그런데 설상가상으로 그녀는 몸을 홱 돌려서 트레버를 혼자 두고 나와 버렸다. 이런 수치심을 느끼리라고는 상상도 못한 터라 마음의 준비가 되어 있지 않았기 때문이었다.

담배 연기에 눈이 매웠다. 트럭이 혼자 돌아온 이후로 밤에 일을 할 때면 늘 그랬다.

주크박스에서는 '콘웨이 트위티'의 노랫소리가 요란스레 흘러나왔다. 아를렌은 그 노래가 싫었다. 손님들의 시끄러운 목소리와 맥주병 부딪치는 소리는 안 그래도 심란한 마음에 부채질을 하는 것 같았다.

술병, 맥주 냄새… 매일 밤 조금만 손을 뻗으면 술의 유혹에 그대로 빠질 수 있다. 이따금 한두 모금 병째 마시면 목구멍을 타고 넘어가는 그 시원함이 온몸으로 느껴졌다. 너무도 생생하고 너무도 분명하게…. 상상할 필요도 없이, 아무런 경고도 없이 명확하게 다가오는 그 느낌이라니. 술을 끊은 지 20일이 지났고, 매일 밤이 전날 밤보다 견디기 힘들었다. 20일 중 절반쯤은 새벽 3시에 보니에게 전화를 걸어서 곤히 잠든 그녀를 깨웠다. 그러면 보니는 "이봐, 그놈의 일자리를 그만두라고."라고 중얼대곤 했다. 그러나 말이 쉽지 어디 가서 직장을 구한단 말인가? 모든 게 지긋지긋했다. 아를렌은 감정을 아들에게 쏟아 버린 자신이 미치도록 증오스러웠다.

수염이 텁수룩하고 팔뚝에 문신을 새긴 시끄러운 사내가 손을 뻗어 그녀의 엉덩이를 두드렸다. 아를렌은 손등으로 냅다 갈겨 주고 싶었다. 트레버를 때렸을 때와는 달리 기분이 좋아질 텐데. 그 작자는 그녀가 지나다닐 때마다 계속 수작을 부렸다.

아를렌의 시선이 벽시계에 꽂혔다. 트레버가 잠들기 전에 전화를 걸고 싶었다. 하지만 그럴 틈은 좀체 날 것 같지 않았다. 9번 테이블의 주문을 받는데 머리가 잘 돌아가지 않았다. 버드와이저, 쿠어스…. 저렇게들 취해서 비틀대면서 버드와이저를 마시든 쿠어스를 마시든 뭐가 다르다고 난리람.

아를렌은 동료 매기에게 가서 5분만 쉬겠다고 말했다. 쉴 만한 때든 아니든 상관없었다. 매기랑 일하는 게 싫었다. 매기는 착하고, 다정하며, 일도 잘했다. 하지만 몸집이 건장해서 아무도 그녀를 꼬집거나 건드리지 않았고, 결국 아를렌 혼자 손님들의 장난을 고스란히 받아 줘야 했다.

아를렌은 주방의 전화를 이용했다. 전화를 거는데 주방과 홀을 드나드는 사람들이 함부로 몸을 부딪치며 지나갔다. 전화벨이 네 번 울린 후 트레버가 전화를 받았다. 조금만 더 늦게 받았다면 아를렌은 심장 발작을 일으켰을 것이다.

"트레버, 너 괜찮니?"

"그럼요, 엄마. 저는 언제나 잘 있잖아요."

"자고 있었어?"

"아니요. 제2차 세계대전에 관한 책을 읽고 있었어요."

"트레버, 엄마가 정말 미안해. 진심이야. 너를 때리다니 너무 부끄러워서 무슨 말을 해야 할지 모르겠구나."

아를렌은 잠시 말을 멈추었다. 말을 계속해야 하는 상황에서 벗어날 수 있다면 얼마나 좋을까.

"혹시 엄마가 보상해 줄 수 있는 게 있다면 말해 봐. 뭐든 괜찮아."

"글쎄요."

"뭐든지."

"엄마가 들어주실 것 같지 않아서요."

"뭐든 괜찮다."

"제리를 면회하고 싶은데 데려가 주시겠어요?"

이런. 그런 부탁을 할 줄이야. "우리가 너무 똑같은 기분을 느끼게 되는 그런 순간이 싫지 않나요?" 그녀는 제리에게 물었다.

제리는 아니라고, 자기는 그런 순간이 좋다고 했다. 아를렌에게 싫은 순간이 또 하나 있다면, 나를 몹시 실망시키고 모든 걸 망쳐놓은 사람의 눈 속에 내가 있는 순간이다. 그에게서 이미 익숙한 실망감과 스트레스를 보게 되고, 선의를 가진 사람이 어쩌다 그런 상처를 주었는지 설명할 수 없는 순간…. 그런 때가 싫다.

"제리가 지금 어디 있는지 알고 있니?"

"그건 알아볼 수 있어요."

"좋아. 데려가 줄게. 이제 다시 일하러 가야겠구나, 트레버. 착하게 양치하고 자렴."

아를렌은 재빨리 전화를 끊었다. 더 얘기를 했다간, 밤에 아이를 혼자 둘 때마다 세 살 난 아이 다루듯 한다는 것을 스스로 인정할 수밖에 없다.

주방 문이 앞뒤로 밀고 드나들게 되어 있어서, 사람들이 드나들 때마다 그녀의 어깨에 문이 부딪쳤고, 열린 문 사이로 '랜드 트레비스'의 노랫소리가 찢어질 듯 들렸다. 맥주 냄새와 땀 냄새는 코를 찔렀다. 근무시간은 너무 길고 급료는 쥐꼬리만했다. 잠도 충분히 자지 못했다.

'3시까지만 버텨, 아를렌.'

원하는 삶이 너무 멀리 있다는 걸 의식하지 말아야 한다. 그런 세상이 오든 안 오든 지금은 일해야 하는 순간이다. 또 술을 안 마시고 견뎌야 하는 순간이기도 하다.

카운티 교도소의 면회 수속 코너를 지키는 여자는 빨간 매니큐어를 바른 손톱이 어찌나 긴지, 연필 뒤에 달린 지우개로 타이핑을 해야 했다. 그녀는 짧은 타이트 스커트를 입은 채 다리를 꼬고 앉아서 껌을 질겅질겅 씹고 있었다. 아를렌은 이 여자를 보자마자 짜증이 나서 트레버의 어깨를 꼭 잡았다.

"이름은요?"

"아를렌 맥킨니예요."

"면회할 사람은…."

"제리 부스코니인데요."

"신분증 좀 보여 주시겠어요?"

아를렌은 카운터에 운전면허증을 내놓았다. 면허증 사진이 우스꽝스러워서 내밀기 싫었다. 그 여자가 사진에 돈을 펑펑 쓴 아를렌을 보고 속으로 비웃을지 모른다는 생각이 들었다. 하지만 경멸하는 눈으로 보리라는 것은 아를렌의 짐작일 뿐이었다.

"저쪽에서 기다리세요."

교도소 여자가 면허증을 돌려주고 그 무서운 손톱으로 구석을 가리켰다. 저쪽에 가서 기다려라. 언뜻 보기엔 간단한 주문 같았다. 실제로 거기 서서 기다려 보기 전까지는. 예상대로 아를렌과 트레버 단 둘만 거기 있는 건 아니었다. 행색이 초라한 아이들과 입을 벌린 채 코를 고는 늙은 사내까지, 대기실에는 사람이 가득했다. 진짜 발찌를 차거나 발목에 문신을 하고 담배를 많이 피워 이는 노랗게 변하고 눈에는 빨갛게 핏줄이 선 여자들,

매라도 기다리는 듯 바닥만 보며 보채는 아기와 코를 줄줄 흘리는 아이를 달래는 수줍은 여자들도 있었다.

의자가 충분하지 않았다. 하지만 아를렌은 약속을 지키기 위해 트레버를 데리고 구석에서 참을성 있게 기다렸다. 트레버의 옷소매를 움켜잡고 서서 혹시 이 사람들이 제리를 자기 남편으로 볼까 봐 걱정했다. '아니, 그나저나 내가 왜 사람들의 시선을 신경 쓰는 거지.'

10분이 흘렀다. 1분이 하루 같았다. 면회객들이 들어간 방에는 긴 테이블과 의자가 쭉 놓여 있었다. 가운데에 두꺼운 유리 칸막이가 있었고 전화기가 딸려 있었다. 영화에서 본 것과 똑같았다. 상하의로 된 오렌지색 죄수복 차림의 사람들이 저편 의자에 앉아 전화기를 들었다. 영화에서처럼 여자들은 울면서 유리 위에 손을 댔다. 기나긴 몇 분이 흘렀다. 새로 들어오는 죄수는 없었다. 아를렌은 트레버가 아파할 정도로 팔을 꼭 쥐고 서서 기다렸다.

유리 칸막이 저편에서 교도관이 성큼성큼 다가와 칸막이를 두드렸다. 아를렌에게 뭔가 할 얘기가 있는 것 같았다. 아를렌은 수화기를 들었다.

"제리 부스코니를 기다리시나요? 그는 나오지 않을 겁니다."

"나오지 않을 거라니, 그게 무슨 말인가요? 저랑 제 아들은 그를 보러 먼 길을 왔는데요."

"그를 면회소로 데려올 수가 없었어요. 면회할 기분이 아니라더군요."

'면회할 기분이 아니라고! 방과 후에 고사리 손으로 일해서 번 돈으로 자기를 도와준 이 아이를, 제리 부스코니가 만날 기분이 아니라고? 참 잘나셨군. 아주 잘나셨어!'

"메모를 남기고 갈 수 있을까요?"

"접수대로 가세요."

"고마워요."

제리에게

지금 이 순간은 당신을 전혀 '친애하지' 않기 때문에, '친애하는 제리에게' 란 말을 쓰지 못하겠군요. 당신이 체포당한 것은 용서할 수 있어요. 사람은 누구나 일을 망치기도 하고 그건 나도 마찬가지니까요. 하지만 당신을 믿고 도왔던 이 아이가 당신이 어떻게 지내는지 보려고 여기까지 왔는데 당신은 그럴 기분이 아니라고요? 그 얘길 들으니 당신을 정말 나쁜 사람으로 생각할 수밖에 없군요.

아들을 위한답시고 화를 내는 것은 늘 있어 왔던 일이지만 지금 난 당신이 나한테 한 짓에 대해서도 화가 나요. 나한테 당신의 소망과 꿈을 털어놨잖아요. 그래서 당신을 좋아하지 않을 수 없었어요. 그러지 않았다면 모든 게 한결 수월했을 텐데요. 당신은 내게서 작은 위로까지도 빼앗아가 버렸어요. 난 사람들을 잘 믿지 않지만, 어쩌다 예외를 만들면 꼭 이렇게 실망을 하게 되네요.

　최대한 빨리 이곳에서 나온 다음에는 내 아들을 위해서 하겠다고 했던 일을 하도록 해요. 트레버에겐 그게 아주 중요한 일이니까요.

　난 별똥별 따위 안 믿어요. 전에는 믿었다 해도 앞으로는 안 믿을 거예요. 이게 당신이 우리 가족에게 한 짓이에요. 다음 이송 때 당신이 주 교도소로 갈 거라더군요. 교도소 세탁실에서 작업하면서 잘 생각해 보도록 해요.

　내 아들이 글을 남기고 싶어해요. 이제 난 할말 다했어요.

아를렌 맥킨니

　안녕하세요, 제리.

　별일 없기를, 그리고 이곳 음식이 못 먹을 정도로 형편없지 않기를 바라는 마음이에요. TV는 보나요? 주 교도소에서 나한테 편지를 보내 줄래요? 그런 편지는 받아 본 적이 없거든요.

　이제 가야 해요. 엄마가 화가 많이 났어요.

친구 트레버

트레버의 일기

......

사람이 죽으면 어디로 갈까? 분명히 어딘가로 가긴 갈 텐데.

그린버그 부인이 어디에도 없다고 생각하면 너무 이상해서 이런 생각까지 하게 된다. 그래서 부인이 아직도 어딘가에 있다고 믿기로 했다. 나 혼자 생각할 때는 뭐든 맘대로 생각할 수 있는 거니까.

부인이 어딘가에 있다는 건, 내가 부인의 정원을 아주 근사하게 관리해야 한다는 의미이기도 하다. 그리고 고양이들! 그렇지! 방금 생각이 났다. 누군가 집 없는 고양이들에게 계속 먹이를 줘야 한다. 고양이 먹이 값이 얼마나 들지 걱정이네.

어쨌거나 여전히 마음이 슬프다.

루벤

 이 집에 들어온 지 석 달이나 됐지만 아직도 짐을 풀지 않았다. 거의 하나도 손대지 않았다. 대신 큼직한 침대를 들여놓고, 이부자리 하나만큼은 편안하게 정리해 놓고 지냈다. 그래서 침대에서 보내는 시간이 꽤 길었다. 채점도 하고, 음식을 펼쳐 놓고 먹기도 하고, 뉴스도 침대 위에서 봤다.
 루벤은 여기저기 흩어져 있는 상자들을 헤치고 부엌으로 가서, 냉동실에서 아이스크림 통을 꺼냈다. 그릇에 덜지도 않고 그대로 선 채 플라스틱 숟가락으로 퍼먹었다. 고양이가 그의 다리 사이를 돌아다녔다. 갑자기 쓸쓸한 기분이 들었다. 짐을 풀까 하는 마음이 생겼다.
 그때 전화벨이 울렸다. 하지만 전화기가 어디 숨어 있는지 몰라 한참을 찾았다. 트레버였다.
 "선생님, 집으로 찾아가도 돼요? 전화번호는 학교 안내원한테서 받았어요."

"나한테 할말이 있니, 트레버?"

"네."

"무슨 문제라도 생긴 거냐? 어머니랑 같이 있니?"

"아니에요. 저는 괜찮아요. 과제 때문에 그래요. 잘 되는 게 없고 엉망이에요. 나쁜 일도 생겼고요. 그것 때문에 선생님이랑 얘기를 좀 하고 싶은데, 괜찮으세요?"

"물론이지."

"다행이에요. 집이 어디예요?"

루벤으로서는 예상치 못했던 일이었다. 그는 수화기를 귀에서 떼고 주변을 둘러보았다.

"공원에서 만나면 어떨까? 아니면 도서관이나."

"아니에요. 제가 자전거를 타고 선생님 댁으로 갈게요. 사시는 곳이 어디죠?"

루벤은 로시타 거리로 오라고 일러주었다. 트레버에게 주소를 가르쳐 주면서도, 지금은 1950년대가 아니라는 생각이 뒤늦게 스쳤다. 옛날 사람들은 서로 신뢰했으므로 학생이 선생님 집을 찾아가는 것이 아주 자연스러웠다. 하지만 세상이 변하지 않았는가. 그러나 트레버가 전화를 끊고 이미 출발을 했으므로 루벤으로서는 어떻게 해야 좋을지 생각할 겨를조차 없었다.

루벤은 현관에 앉아서 얘기하기로 했다. 그리고 더 안전하게 전화번호부에서 아를렌을 찾아 전화를 걸었다. 트레버가 자기 집에 올 것이며, 왜 오는지 알려 줄 작정이었다. 하지만 아무도 전화를 받지 않았다. 토요일에도 일을 하는 건지는 모르겠지만, 어쨌든 자동응답기에 메시지를 남겼다. 만약의 경우에 대비해서였다. 그러다 문득 자기가 운동복을 입고 있다는 것을 알았다. 면도도 하지 않았다. 트레버가 도착하기 전까지 깨끗한 청바지와 흰 셔츠로 갈아입고 면도를 하기로 했다. 시간이 별로 걸리지 않을 것이다. 수염이 얼굴의 오른쪽에만 났으니까.

트레버는 루벤의 집 마당에 자전거를 홱 팽개쳤다. 루벤은 트레버가 그렇게 안달하는 모습을 처음 보았다. 트레버는 카키색 반바지와 티셔츠 차림으로 현관 앞 계단 맨 밑에 서 있었다.
"그린버그 부인이 돌아가셨어요."
"정말 안됐구나, 트레버."
루벤은 트레버에게 현관에 놓인 의자에 앉으라고 권했다.
"그린버그 부인에 대해 얘기해 보렴. 너에게 어떤 의미를 주는 분이었는지 말이다."
"그린버그 부인은 제 프로젝트 대상자였어요. 부인은… 말하자면… 제 마지막 기회였어요."
트레버는 부끄럽기라도 한 듯 말을 멈추고는 루벤이 내준 의자에 앉았다.
"제대로 말하지 못한 것 같네요. 프로젝트 때문에 속상하다는 뜻은 아니에요. 모든 게 속상해요. 프로젝트 때문만도, 부인이 세상을 떠나서만도 아니에요. 둘 다죠. 부인은 정말로 '다른 사람에게 베풀기'를 실천하려고 했거든요. 그런데 세상을 떠나신 거예요. 오늘 아침에 그분 댁에 갔었어요. 신문을 항상 현관 바로 앞에 놓거든요. 그런데 지난 며칠 동안 부인이 집에 없는 것 같았어요. 언제나 집에 계시는 분인데. 그래서 마침 오늘은 토요일이라 현관에서 기다렸어요. 조금 있으니 집배원이 왔어요. 집배원도 부인이 지난 사흘 동안 우편함에서 우편물을 꺼내 가지 않았다고 했어요. 매달 받는 연금 통지서도 가져가지 않았다고요. 그래서 부인의 이웃집으로 가서 사정을 설명했고, 이웃사람이 그린버그 부인의 아들에게 전화를 걸었어요. 그가 와서 문을 열었죠. 들어가니 그린버그 부인이 침대에 누워 있었어요. 하지만 잠든 게 아니었죠. 죽어 있었어요."

트레버는 숨을 몰아쉬려고 말을 멈추었다.

루벤에게 가장 힘든 순간이었다. 감정적으로 도움을 줘야 할 입장이었다. 하지만 위로를 하거나 공감하는 것은 쉽지 않았다. 그럴 마음이 없어서가 아니라, 마음을 다른 사람에게 전달하기란 여간 까다로운 일이 아니었기 때문이다.

"유감스런 일이구나, 트레버. 몹시 힘들었겠구나."

"프로젝트의 마감일이 다 됐잖아요. 제리는 주 교도소로 이송되었어요. 우리가 면회를 갔는데 나와 보지도 않았어요. 그리고 엄마는 아직도 아빠가 돌아오실 거라고 생각해요. 모든 게 실패로 돌아갔어요, 선생님. 이제 프로젝트를 어쩌면 좋을까요?"

루벤은 고개를 저었다. 누군가가 꿈을 빼앗기는 것을 지켜보기란 쉽지 않았다. 루벤은 마치 자신의 꿈을 빼앗긴 것처럼 마음이 아팠다.

"그냥 노력한 내용만 보고하면 될 것 같은데. 나는 결과가 아닌 과정을 보고 점수를 줄 테니까."

"저는 결과를 원했어요."

"나도 알아, 트레버."

그는 반바지 단에서 내려온 실밥을 뜯어내는 트레버를 지켜보았다.

"그저 점수를 잘 받고 싶어서 프로젝트를 한 것은 아니었어요. 정말로 세상을 더 좋은 곳으로 바꾸고 싶었거든요."

"네 마음을 알아. 그건 참으로 어려운 과제지. 그런데 실패 역시 이 과제가 주는 교훈이라는 생각이 드는구나. 우리 모두 세상을 바꾸고 싶어하지만, 생각보다 어려운 일이라는 것을 배워야 할 필요가 있지."

"하지만 그린버그 부인이 그렇게 되어서 정말로 안타까워요. 참 좋은 분이셨는데. 나이가 그렇게 많지도 않았고요. 물론 할머니는 할머니지만요. 우린 곧잘 이야기를 나누었어요."

루벤은 고물 닷지 다트 한 대가 집 앞에서 멈추는 것을 보았다. 아를렌 맥킨니가 차에서 내렸다. 만약을 대비해 전화는 했지만 그녀를 만나게 될 줄은 몰랐다. 루벤은 예상치 못한 일을 앞두고 속이 미식거리는 듯했다. 지난 몇 년 사이 데이트 비슷한 것을 한 상대는 아를렌뿐이었다. 두 사람을 맺어 주려 한 트레버의 시도가 실패로 돌아간 데이트였지만…. 루벤은 그녀가 당당한 걸음걸이로 현관까지 오는 모습을 지켜보았다. 아를렌은 연약함을 감추기 위해 일부러 뻣뻣한 태도를 취하고 있었다. 자신만만한 건 겉모습뿐이었다. 루벤은 자신과 아를렌이 비슷한 사람임을 처음으로 깨달았다.

자길 좋아하지 않는 것을 안다고 아를렌은 말했었다. 그래서 미리 방어막을 치는 것이다. 루벤이 자신을 아둔하게 볼 거라고 넘겨짚은 것이다. 루벤은 루벤대로 아를렌이 자신의 외모를 추하다고 생각할까 봐 미리 방어적인 태도를 취했다.

바로 그거였다. 아를렌과 이 깨달음을 나누고 싶었다. 지금 이 순간, 아를렌과 단 둘만 있다면 이 깨달음에 대해 그녀와 대화할 수 있을지도 모른다는 생각을 했다.

다른 사람에게서 그의 모습을 찾아 본 게 언제였던가. 기억이 나지 않았다. 그 단순한 깨달음이 그에게 변화를 일으켰다. 높은 건물에서 떨어진 것 같은 충격이었다. 예전의 혼자인 삶으로 되돌아가기엔 너무 늦은 게 아닐까 하는 의구심이 생겼다.

"자, 트레버. 선생님은 이런 근사한 토요일 아침에 네 고민이나 들어 주실 시간이 없으실 거야. 얘기는 나한테 하렴."

"엄만 집에 없었잖아요."

트레버는 발목까지 올라오는 운동화를 내려다보며 말했다.

"저는 괜찮습니다. 그저 트레버가 어디에 있는지 알려 드리고 싶었을 뿐입니다."

"알려 주셔서 고맙습니다. 하지만 이제 가봐야겠네요."

아를렌이 손짓을 하자 트레버는 고분고분하게 계단을 내려갔다.

"아를렌."

루벤 자신도 지금 그녀를 부르리라고는, 그것도 '트레버 어머니'라든가 '미스 맥킨니'가 아닌 이름을 부를 줄은 상상도 못했다. 그녀가 루벤을 바라보았다. 아를렌은 마치 전에는 보지 못했던 사람인양 그를 뚫어지게 응시했다. 그녀는 전에 미처 몰랐던 루벤의 모습을 보고 있었다. 루벤은 아를렌의 투명한 눈길을 느끼며 마음이 불편해졌다.

"트레버, 차에서 기다리렴."

아를렌은 조용히 말하고 나서 루벤에게 다가갔다.

그녀가 가까이 오자 기대감으로 그의 가슴이 먹먹해졌다. 아까 깨달은 것을 말해 보겠다는 생각은 꼬리를 감춘 지 오래였다. 하지만 루벤으로서는 시도를 해볼 수밖에 도리가 없었다.

"처음 절 만나러 왔을 때, 당신은 내가 당신을 무시한다고 생각했지요. 하지만 이것 한 가지는 알아 줬으면 합니다."

아를렌은 고개를 약간 젖히고 루벤의 얼굴을 바라보면서 참을성 있게 기다렸다. 그녀는 기대감 어린 표정을 지었다. 그녀는 루벤이 싫지 않았다. 루벤이 자기를 좋아하기를 바랐다. 그녀의 얼굴에 그렇게 쓰여 있었다.

"난 사람들을 만나는 게 어려워요. 몹시 예민해지지요. 나는 사람들을 내모는 경향이 있어요. … 방어적인 태도를 취한 겁니다. 그 말을 하려고요. 당신을 무시하지 않았어요. 당신이 날 무시하리라 생각했기 때문에 먼저 내 자신을 방어한 것뿐입니다."

"정말이세요?"

아를렌이 꾸밈없이 물었다.

"정말입니다."

"그렇다면 고마워요. 잘됐네요."

아를렌은 현관 아래쪽의 계단 난간에 몸을 기댄 채 차와 그 안에서 기다리는 트레버를 힐끗 보았다. 그녀가 말했다.

"그런데 참 우습네요. 우린 서로에게 쌀쌀맞게 굴고 있었으니… 정말 날 멍청이라고 생각하지 않나요? 진짜예요?"

"절대 그렇게 생각하지 않아요."

"난 당신처럼 말을 잘하지 못해요. 고상하지도 않죠. 어떻게 말하는 게 좋은지는 알아요. 그런데 이런 식으로 말하는 게 습관이 되어 버렸어요. … 언제 또 저녁 식사하러 오셔도 좋아요."

"노력해 보죠."

노력해 보죠? 루벤은 자신의 대답에 스스로 놀랐다. 사실은 '아닙니다.'라고 말하려 했다. 아를렌이 눈을 들어 그를 바라보았다. 희망에 가득 찬 아이 같은 눈빛이었다. 그 눈빛을 보자, 루벤은 그녀에게서 달아나지 못할 것 같았다.

아를렌이 그렇게 잠시 그를 보다가 예의 그 뻣뻣한 걸음걸이로 아무 말도 하지 않고 떠나 버렸다.

'그래. 또 저런 식이구나.'

루벤은 속으로 중얼거렸다. 마음이 이상한 모순에 붙들린 것 같았다. 순간 변한 것 같더니 또 저렇게 가버리고. 한편 변한 게 없어서 마음이 놓이기도 했다.

크리스의 취재 노트 중에서

———

신시내티에서 사귄 친구 루는 동성애자였지요. 우린 가끔 술집에서 맥주를 마시면서 각자의 고민을 털어놓곤 했어요. 루의 고민은 엉뚱한 남자에게 사랑을 느낀다는 거였지요. 말하자면 동성애자가 아닌 남자를 좋아한다는 거였어요.

그리고 내 문제는 … 뭐라고 표현해야 할까? 나와 만나는 것을 안전하다고 느끼는 매력적인 여성에게 인기가 있다고 할까? 그런 여성과 친하게 사귄다고 해야 할까? 그런 여자에게 선택되는 경향이 있었어요. 그런데 그 '안전하다'라는 것이 문제였어요. 여자들은 성적인 매력을 주지 못하는 남자를 안전하다고 느끼지요. 그런 남자가 자신에게 스스럼없이 대해 주기를 바라지만, 남자 입장에선 그게 얼마나 쓸쓸한 일인지 모릅니다.

여자들은 내게 영화를 보러 가자고, 식사나 하자고 말하죠.

그게 데이트 아닌가요? 만일 아니라면, 데이트가 대체 뭔지 누가 설명해 주면 좋겠어요. 결국 그렇게 데이트를 한 날 저녁 나는 그 여자의 뺨에 키스했죠. 늘 같은 쪽 뺨에.

내 안에서는 남성 호르몬이 꿈틀대곤 했어요. 그쯤 되면 가차 없이 사랑에 빠져들었고, 희망이 없기에 그 감정을 감추느라 애써야 했지요. 여자는 "루벤, 난 당신을 친구로서 좋아해요. 우린 멋진 우정을 맺고 있잖아요. 우리 그걸 망치지 말도록 해요."라는 식으로 말하죠. 대개는 좋은 여자들이니까 아마 자기들이 얼마나 잔혹하게 구는지 몰랐을 거예요. 내가 바보가 아닌 이상, 누가 일부러 내게 상처를 줄 의도였다면 금세 알아차렸을 겁니다.

그날 밤에도 루와 둘이서 술을 한잔 했죠. 당시엔 루가 동성애자인 줄도 몰랐어요. 그에게 내가 겪은 일 중 아주 보편적인 이야기를, 마음이 덜 상하는 종류의 이야기를 늘어놓았죠. 이미 오래전 일이라 가볍게 웃어넘길 수 있는 얘기요.

"그 기분이 어떤지 짐작도 못할 거야. 누군가에게 깊은 감정을 갖고 있는데, 정작 그 사람은 내 감정을 불쾌하게 받아들일 때의 마음이란."

공자 앞에서 문자 쓰는 꼴인 줄도 모르고 주절거렸어요. 그랬더니 루는 웃음을 터뜨리며, 맥주를 한 병 더 주문했어요. 그리고 자기 이야기를 하더군요. 그제야 알았어요. 내 감정을 그가 얼마나 잘 이해할 수 있는지 말입니다.

"왜 하필 이성애자 남자만 사랑하는 거야?"

내 물음에 루는 어깨를 으쓱하면서 대답했어요.

"나도 몰라. 동성애자보다 이성애자가 훨씬 더 많아서가 아닐까?"

나는 한동안 침묵을 지키다가 입을 열었죠.

"루, 설마 나를 좋아하는 건 아니겠지?"

그게 사실이라고 해도 루와 계속 친구로 남아 있었을 겁니다. 하지만 내가 아무것도 모르고 둔하게 군 것은 아닌지 확인해야 했어요.

"맙소사. 아니야, 루벤. 자넨 내 짝이 되기엔 너무 못생겼거든. 우린 그냥 친구로 지내는 게 좋아."

"다행인데. 만일 그랬다면 굉장히 불쾌했을 거야."

우린 웃음을 터뜨렸고, 루의 웃음소리가 하도 우스워서 그 소리 때문에 더 웃어댔지요. 웃음을 멈추려고 잔뜩 애를 써서 좀 진정하면, 그 친구가 또 웃음을 터뜨렸고 그 소리에 또 웃게 되고 그랬지요. 그런데 막상 둘 다 솔직해지자 너무 피곤해지더군요. 빨리 집에 가고 싶을 정도로요.

그때 갑자기 깨달았어요. 이건 전혀 웃을 일이 아니라는 것을.

―――

후에 아무 일도 없었다면 모든 것이 조용히 마무리됐겠지만, 그주 목요일 저녁, 루벤은 식품점에서 아를렌과 우연히 마주쳤다. 그는 아이스크림과 TV를 보면서 요기할 음식을 들고 계산대

앞에 줄을 서 있다가 아를렌의 뒷모습을 발견했다. 몰래 쳐다보려고 했는데 마음대로 되지 않았다. 그녀가 곧 뒤를 돌아보았다.

"오셨네요."

아를렌이 말했다. 그게 전부였다. 그녀는 다시 몸을 돌렸고, 두 사람은 침묵을 지키며 테리와 매트가 물건을 계산하고 봉투에 넣는 모습만 지켜보았다. 그 단순한 동작이 무슨 특별한 공연이라도 되는 듯 골똘히 쳐다보았다.

계산을 마치고 나가던 아를렌이 어깨 너머로 루벤을 힐끗 보았다. 그녀는 가게문을 빠져나갔고 루벤은 크게 심호흡을 했다. 위험한 무덤에서 안전하게 빠져나갈 길을 찾은 남자의 한숨소리.

그런데 아를렌이 주차장에 세워둔 루벤의 차에 기대서서 기다리고 있었다.

"당신의 문제가 뭔지 알아요?"

아를렌이 대뜸 물었다. 전과 다름없는 뻣뻣한 태도를 보자 루벤은 그녀를 되찾은 것 같아서 기분이 좋았다.

"모르겠는데요. 내 문제가 뭡니까?"

"당신의 문제는 아무도 당신을 원하지 않는다고 너무 빨리 단정해 버리는 거예요. 상대방에게 기회조차 주지 않잖아요. 난 당신을 멀리하려 했는데 그러지 못했어요. 당신이 그럴 틈도 없이 서둘러서 결론을 지어 버렸으니까요."

"고마워요, 아를렌. 아주 좋은 정보였어요."

루벤은 식료품 봉지를 조수석에 놓고 차에 오르더니 문을 쾅 닫았다. 하지만 아를렌은 가지 않았다. 그가 시동을 거는데도 창문 옆에 서 있다가 창을 두드렸다.

그가 창을 반쯤 내리자 아를렌이 말했다.

"대체 나하고 데이트를 하고 싶은 거예요, 아니에요?"

"그렇기도 하고 아니기도 해요."

"무슨 대답이 그래요?"

"솔직한 대답이에요. 내가 뭐라고 했으면 좋겠습니까?"

"당신이 '일요일 밤에는 한가해요, 아를렌. 그러니까 둘이서 극장 같은 데 갈 수 있을 것 같은데요.' 라고 하면 좋겠어요."

루벤은 한숨을 지었다. 그가 폴크스바겐의 변속기를 만지작거리며 말했다.

"아를렌, 이번 일요일에 나랑 극장에 갈래요?"

의도와는 달리 억지로 말하는 어린아이 말투가 튀어나왔다. 사과하라니까 전혀 미안하지도 않으면서 중얼중얼 미안하다고 하는 아이 같은.

"그래요, 좋아요. 하지만 난 분명히 후회하게 될 거예요."

"나도 그럴 거라는 데 2달러 걸죠."

루벤의 마지막 이 말은 반 블록쯤이나 달린 후에 나온 소리였다.

아를렌

로레타는 아를렌네 부엌에 앉아서 커피를 마시고 있었다. 그녀는 차를 마시면서 이마에 내려온 숱 많은 금발머리를 가지고 손장난을 했다. 아를렌은 자기도 저런 머리였다면 저렇게 손장난을 칠지 궁금했다. 아니다. 염색을 하면 금방 로레타 같은 금발이 되겠지만 자연스러운 게 좋다.

아를렌이 말했다.
"그 사람이 흑인이라는 말을 했던가?"
"아니."
"그래? 그럼 지금 말할게. 흑인이야."
"그래서?"
"모르겠어. 그냥 생각나서 말한 것뿐이야."
"신경 쓰여?"
"아냐, 그냥 말한 거래도. 그의 얼굴에 대해서는 말했지?"
"귀에 못이 박힐 정도로. 그게 마음에 걸리는구나?"

"아니, 그렇지 않아. 처음에는 그랬지만."

"차라리 귀신을 속여라."

"시간이 지나니 익숙해지더라고. 이젠 그건 생각 안 해."

"둘의 관계가 깊어지면? 그래도 신경 쓰이지 않을까?"

아를렌은 의자에서 벌떡 일어나 커피잔을 씻으러 개수대로 갔다. 잔에는 커피가 절반이나 남아 있었다.

"글쎄… 솔직히 말할게. 우린 그렇게 가깝지 않아."

"키스는 어때?"

로레타는 대답을 기다렸다. 아를렌은 친구가 이렇게 끈덕지게 물고 늘어지는 데 놀라는 중이었다. 로레타가 기다리다 못해 말했다.

"설마 둘이 키스도 안 한 건 아니겠지?"

"안 했는데?"

"벌써 네 번이나 데이트했잖아. 그런데 아직 키스도 못 하게 했다면 그 사람 마음이 상하지 않을까?"

"저기, 로레타. 믿지 않겠지만 말이야…."

아를렌은 남은 커피를 개수대에 버리고 다시 의자로 와서 앉았다. 그리고 뭔가 음모를 꾸미는 여자애들처럼 낮고 작은 소리로 속삭였다.

"가까이 오지 못하게 하는 사람은 내가 아냐."

"정말 안 믿긴다. 이렇게 묻는다고 오해하지는 말아. 지금까진 감히 못 물어봤는데, 이젠 해야겠어. 이 남자랑 왜 데이트하는 거야? 리키를 포기한 거야?"

"물론 아냐."

"그럼 왜 데이트를 하니?"

"왜냐고? 어떻게 나한테 그런 걸 물을 수 있어? 벌써 1년도 더 지났어, 로레타. 나도 욕망이 있다는 생각 안 하니? 게다가 리키가 돌아와서 내가 다른 사람이랑 사귄다는 걸 알면 열받을 거 아냐. 리키는 그런 꼴을 당해도 싼 인간이야."

로레타는 의자에 앉은 채 과장되게 몸을 흔들었다.

"그렇게 최악의 이유는 처음 들어 본다."

"뭐가? 내가 무슨 이유를 말했다고?"

"리키가 돌아와서 알게 되면 열받을 거라며?"

"어디까지나 가정일 뿐이야."

아를렌이 문득 고개를 들다가 부엌 문간에 서 있는 트레버를 보았다.

"트레버, 너 언제부터 거기 있었니?"

"방금 일어났어요."

"그렇게 소리 없이 다가오면 못써요."

"아침 먹으러 왔는데요."

"밖에 나가서 놀지 않을래?"

"아직 아침도 안 먹었는데요."

"참, 그렇지. 앉으렴. 엄마가 차려 줄게."

트레버는 당황한 기색이 역력한 얼굴로 식탁에 앉아서 양손으로 턱을 받쳤다. 로레타가 말했다.

"어쨌든 다른 남자가 주지 않는 것을 얻으려고 그를 이용해선 안 돼."

트레버가 귀를 쫑긋 세우며 물었다.

"누구 얘기예요?"

"너랑 전혀 상관없는 얘기란다, 트레버. 그리고 로레타, 아이들 앞에서는 찬물도 못 마신다는 거 몰라?"

로레타는 어깨를 으쓱하며, 원두커피가 담긴 주전자를 들어 잔을 채웠다.

"이건 어디까지나 네가 해결할 문제야. 나라면 보니와 상의해 보겠다."

"상의하고 말고 할 게 없다니까, 로레타. 그 얘긴 그만하자."

아를렌은 와플 두 개를 아들 앞에 놔주었다. 그리고 침실로 달려가 보니에게 전화를 걸었다. 자동응답기가 전화를 받자, 개인적인 문제가 있어서 의논하고 싶다는 메시지를 남겼다.

보니는 트레일러 주택에 살았다. 집 안에는 작은 장신구며 공예품, 수예품, 깃털, 그릇, 유리 공예품, 사기 인형들이 널려 있었다. 보니는 이런 것들을 좋아해서 늘 집 안 가득 쌓아두었다. 아를렌은 그 사이를 뚫고 자리를 잡고 앉았다. 수놓인 쿠션을 등에 받치고 촉감이 좋은 소파에 앉으니 포근했다.

보니가 말했다.

"그래, 드디어 그놈의 '레이저 라운지'를 그만뒀다며."

"네. 어떤 사람이 와서 800달러를 내고 트럭 엔진을 사갔거든요. 두 달치 월급은 되니까 때려치웠지요."

"그럼 두 달 후에는 어쩌려고?"

"닥치면 생각할래요. 그런 걱정하기 전에 밀린 잠이나 자려고요. 그런데 일 얘기를 하러 온 건 아니에요."

"그럼?"

"새로 사귀게 된 남자 때문이에요."

"어떻게 남자 문제가 생길 수 있지? 아를렌이 금주하기로 결심한 첫 해에는 새로운 관계를 갖지 않겠다고 한 걸로 아는데."

아를렌은 한숨을 내쉬며 천장을 바라보았다.

"저기… 미안해요, 보니. 하지만 보니의 말대로 하지 않은 건 한 번뿐이라고요."

"한 번뿐이라고?"

보니의 날카로운 목소리가 공기를 찢는 듯했다.

"이봐, 산수는 어디서 배웠어? 아를렌은 내 말대로 한 게 하나도 없다고. 그나저나 리키는 어쩌고?"

"그이가 나타났어요?"

"아니. 하지만 돌아오면 어쩔 거냐고?"

"그것도 닥치면 해결해야죠."

"그러니까 말하자면, 일단은 신나게 떠들고 마시고, 돈 낼 걱정은 계산서가 나온 후에나 하겠다?"

"그런 말은 안 했어요."

"내가 듣기엔 그런데. 그래, 문제가 뭐지?"

"저기요. 그 남자랑 네 번 데이트했어요. 그런데 날 건드리려고도 하지 않아요. 그 사람은… 완전히 신사예요."

"이 가여운 사람아, 남자들은 모두 짐승이야."

"네 번이나 만났다고요, 보니. 그 정도면 유별나지 않아요?"

"그렇게 부대껴 보고도 아직 남자를 몰라?"

'사실은… 그래요.'

아를렌은 속으로 중얼거렸다.

"그는 아직 내 손도 안 잡아요. 보니는 어떻게 생각해요?"

"내가 보기엔 아를렌보다는 분별력이 있는 것 같군. 나쁜 뜻으로 하는 말은 아니야. 이봐, 술을 끊은 지 60일도 안 됐어. 그 문제가 해결 안 된 마당에 남자 문제까지 더할 여유가 없다고. 내가 말려도 소용없겠지만 제발 진도 좀 천천히 나가."

"알았어요."

"아를렌, 제발 내가 하는 말을 한 가지만이라도 들어."

"그저 혼자 지내는 게 외로워서 그래요, 보니. 그도 마찬가지고요. 그런데 뭐가 문제기에 더 이상 다가오지 않는 거냐고요?"

"지금 말하는 남자가 얼굴에 부상 입었다던 그 사람이야?"

"네."

"그는 아를렌이 뭘 원하는지 분명히 알고 있어?"

"아마 알 거예요. 틀림없어요. 그렇지 않으면 내가 뭐하러 계속 데이트를 하겠어요?"

"그걸 확실히 하는 편이 좋을 거야."

아를렌은 걱정하는 보니를 뒤로한 채 격앙된 마음으로 집에서 나왔다.

루벤을 문으로 밀어붙이다 보니 다시 십대로 돌아간 기분이었다. 엄한 부모님이 기다리고 있을 집 앞에서 두근거리는 마음으로 키스를 하던 그때. 아를렌은 다른 방법을 생각해낼 수가 없었다. 그래서 루벤이 신사답게 현관까지 데려다줄 때, 그를 문쪽으로 밀어붙이고 양팔로 목을 감싸 안았다.

"오늘밤 정말 즐거웠어요."

그녀는 그의 오른쪽 귀에 속삭였다. 루벤의 목과 어깨 근육이 뻣뻣해졌다. 아를렌은 그도 같은 말을 해주길 기다렸다. 아니면 무슨 말이라도 해서 분위기가 어색해지지 않길 바랐다. 그것도 아니면 등이라도 어루만져 주길 기다렸는데, 루벤은 양손을 내린 채 아무 말도 없이 서 있기만 했다.

"왜 그렇게 긴장하는 거예요?"

"긴장한 것 같나요?"

"내가 당신을 긴장하게 하나요? 그만했으면 좋겠어요?"

"마음이 복잡해서 그래요."

지금까진 실망스러웠지만, 이건 좋은 출발이다. 마음이 복잡한 것은 아무 감정도 없는 것보다는 나으니까. 그녀는 두 발자국 더 나아갔고, 루벤은 문에 등을 바싹 붙였다. 아를렌이 그에게 키스했다. 다른 사람과 키스할 때와 뭔가 달랐다. 이렇게 부드러운 입맞춤은 처음이었다. 이 입맞춤은 그녀의 몸 안에 애틋한 감정을 불러일으켰다. 마치 터져 나오려 하지만 파득거리기만 하는 작은 호흡 같았다.

아를렌은 입술을 떼고 루벤을 바라보았다. 그의 외모가 마음에 걸리는지 아닌지 결정해야 할 순간이었다. 하지만 루벤이 고개를 약간 돌리고 있어서 그녀의 눈에는 오른쪽 얼굴만 보였다. 늘 느끼던 바였지만 그의 오른쪽 얼굴은 반듯했고 보기 좋았다.

"오늘밤은 우리 집에서 보낼래요?"

그날 밤, 아를렌은 혼자 자지 않아도 되리라고 확신했다. 그러나 확신과 동시에 오해라는 생각도 들었다. 만일 오해라고 해도 아직은 진실을 알고 싶지 않았다.

"트레버 봐주는 아가씨를 집에 데려다줘야 하는데요."

"데려다주고 오면 되잖아요."

"하지만 집엔 트레버가 있잖소."

이런 이야기를 나누는 동안에도 아를렌은 루벤의 몸을 누르고 양팔로 목을 감고 있었다. 그녀는 루벤의 목소리 변화에 귀를 기울이면서 대답할 기회를 엿봤다.

"그 아이는 한번 잠들면 누가 업어 가도 몰라요. 전에 우리가 파소 로블스에 살 때 이런 일이 있었어요. 한밤중에 사이렌이 울려서 사람들이 고함을 질렀어요. 나는 트레버를 안고 거리로 나갔죠. 그때까지도 트레버는 자고 있었어요. 트레버 걱정은 말아요. … 내가 말이 너무 많았나요?"

그가 미소를 짓자 아를렌은 용기를 얻어서 다시 키스했다.

"그러니까… 데려다주고 올 거죠? 그렇죠?"

"아를렌, 나는 아직도…."

아를렌이 손가락으로 루벤의 입술을 눌렀다. 그가 뭘 망설이고 있는지 말하기 전에 막아야 했다. 그녀가 말했다.

"혼자 자는 게 신물이 나지도 않아요?"

"물론 그래요."

"나와 함께 잠들고 싶지 않아요?"

루벤은 그녀의 팔을 풀고 계단 쪽으로 물러섰다.

"세상에, 그런 거예요?"

그도 물론 그러고 싶었지만, 그렇다고 말하려면 오히려 더 물러서야 했다.

"당신은 성인군자 같아요. 그래서 이름도 '성인'을 뜻하는 '세인트 루벤'이라고요."

"아니요, 오히려 정반대요. 당신이 내 속을 1분만 들여다보면 훤히 알게 될 거예요."

"그러니까 갔다가 다시 오세요."

아를렌이 그의 손을 잡으며 말했다. 루벤은 그러겠다고 했다.

크리스의 취재 노트 중에서

———

정말이지 난 바보예요. 그 뻔한 걸 몰랐다니. 트레버를 봐준 아가씨의 집까지 5분, 돌아오는 데 5분, 합쳐서 10분이면 충분했어요. 하지만 난 얼마나 바보였는지. 1시간이나 기다린 다음에야 그가 오지 않으리란 걸 깨달았어요. 정말 지겨운 시간이었죠. 그리고 생각했던 것보다 훨씬 마음이 상했어요.

로레타는 내가 거친 남자들에게 너무 익숙한 나머지, 그가 점잖게 행동할수록 거칠어지길 바란다더군요. 로레타는 그것도 병이라는 듯, 마치 내가 가질 수 없는 것만 원한다는 식으로 말했어요. 아마 난 루벤이 날 싸구려 취급하지 않은 게 좋았던가 봐요. 기분전환 삼아 신사랑 같이 있고 싶었는지도 모르고요.

하지만 마음에 들기 시작한 그의 성격을 생각하며 앉아 있자니, 시간이 갈수록 점점 더 힘들어졌어요. 결국 거실에 앉아서 그의 차가 집 앞에 오는지만 쳐다보았죠. 자동차 소리가 날 때마다 마음속에서 가벼운 동요가 일어났어요. 그러다가 차가 휭 지나가 버리면 눈물이 고이는 거예요. 눈물을 흘리지 않으려고 얼마나 애를 먹었는지 몰라요.

결국 난 포기하고 그의 집으로 전화를 걸었어요. 루벤이 전화를 받더군요.

"미안해요, 아를렌. 정말로 미안해요."

그래서 내가 말했죠.

"그래요. 결국 우린 여기까지인가요?"

거의 울고 있었죠. 루벤도 내가 울고 있다는 걸 알았을 거예요. 정말 싫었어요.

"내게 시간을 조금만 더 줄 수 없나요?"

난 이 상황에서 필요한 게 그거라면 그러라고 했어요. 하지만 앞으로 트레버 봐줄 사람은 차가 있는 여자로 알아봐야겠다고 했지요. 그 말을 듣고 루벤이 웃더군요. 다행스러웠어요. 그럴 때는 웃음을 터뜨리는 게 도움이 되잖아요. 그래서 한바탕 같이 웃음을 터뜨리고 나서, 감추려 하지도 않고 목 놓아 울었어요. 내가 너무 감상적이란 건 알아요. 모두 그렇게 말하니까요. 보니가 그 자리에 있었더라면, 내가 얼마나 준비가 안 되어 있는지를 보여 주는 완벽한 예라고 한마디 했을 거예요. 그 자리에 보니가 없었던 게 천만다행이죠.

"아를렌, 괜찮아요?"

그가 묻기에 이렇게 대답했죠.

"난 그저 혼자 자는 게 너무 싫은 것뿐이라고요. 당신은 지금쯤 이골이 났겠지요. 하지만 난 밤이면 너무 무섭고 외로워요. 거의 자지도 못해요. 밤에 나가던 직장도 그만뒀어요. 잠을 좀 잘 수 있을까 해서 그랬는데, 오히려 더 힘들어요. 누워 있을수록 무서움과 외로움에 짓눌리죠. 가끔은 일어나서 일하던 바로 달려가 시간을 보낼까 하는 생각까지 들어요."

루벤이 내 말의 절반이나 알아들었는지 모르겠어요. 내가 울면서 말하면 상대방은 거의 알아듣지 못하거든요. 그는 한동안 아무 말도 하지 않았어요. 잠시였지만 아주 길게 느껴졌지요. 마침내 그가 입을 열었어요.

"내가 당신이 잠들 때까지만 옆에 있어 주면 될까요?"

"그래 주면 정말 좋겠어요. 오늘밤은 당신이 여기 있을 거라고 생각했거든요."

"10분만 기다려요."

그게 마지막 말이었어요.

나는 전화를 끊고 창가로 가서, 언덕 위에 노랗게 걸린 초승달 아래 서 있는 나무들을 내다봤어요. 그의 다정함을 생각하니 슬며시 미소가 떠올랐죠. 나타나지 않을 거라 생각하면서도 웃음이 생긋 나왔어요. 난 또 한 번 마음을 다치겠지만 말예요. 그 사람에겐 정말 놀라운 데가 많아요. 그후 난 그 사람에 대해 짐작하는 걸 포기했다니까요.

———

아를렌이 루벤을 기다리다 지쳐 잠자리에 들었을 때 조용히 문 두드리는 소리가 들렸다. 그녀는 가운을 걸치고 나가 문을 열었다. 하지만 루벤은 문지방을 넘어오지 못했다. 아를렌은 그의 손을 잡아서 안으로 끌어당겼다.

포옹을 하고 싶었지만 다가서면 그가 물러날 것 같았다. 언제나 그랬으니까. 아를렌은 몸을 돌려 침실로 들어갔다. 그가 따라오는지 보고 싶었지만 뒤를 보지 않았다. 그녀는 가운을 벗었다. 아를렌은 잘 때 아무것도 입지 않았다. 아를렌이 힐끗 돌아보니, 루벤은 침실 문에 서서 지켜보고 있었다. 전기를 끄자 사방이 어두워졌다. 달빛만 아련할 뿐이어서, 그는 아를렌의 굴곡진 허리선을 어슴프레하게 보고 있을 것이다. 그녀는 루벤에게 누울 공간을 넉넉히 주기 위해 침대 끝에 누웠다.

시간이 흐르자 루벤도 침대로 올라가서 누웠다. 청바지와 흰 셔츠 차림 그대로였다. 아를렌이 그 청바지 차림을 본 것은 그의 집으로 트레버를 데리러 간 이후 처음이었다. 루벤은 그녀를 데리러 올 때마다 늘 단정한 정장에 넥타이까지 맨 차림이었다.

아를렌은 몸을 돌려 루벤에게 가까이 다가가서 머리를 그의 어깨에 기댔다. 그렇게 몇 분이 흐른 후, 아를렌이 입을 열었다.

"귀걸이를 뺄까요? 배기지 않아요?"

그녀는 한쪽에 세 개씩 달려 있는 귀걸이 때문에 루벤을 불편하게 하고 싶지 않았다. 그리고 루벤은 아무리 불편해도 먼저 말하지 않을 사람이다.

"아니요, 아무렇지도 않은데요."

그가 아를렌의 집에 온 후 처음 한 말이었다. 그의 목소리는 낮고 조심스러웠다.

"와줘서 고마워요, 루벤."

"혼자 자는 게 싫다고는 하지 말아요. 오늘밤 당신과 여기 눕고 싶어하는 남자는 얼마든지 많다는 걸 잘 아니까."

"그런 남자가 있으면 전화번호 좀 알려 줄래요?"

"트레버가 우리가 엮어지기를 바라기 때문인가요?"

"맙소사. 이봐요, 루벤. 내가 아들의 숙제를 도와주기 위해서 이런다고 생각해요?"

"그럼 왜 하필 나예요?"

아를렌은 일어나 앉았다.

"당신의 문제가 뭔지 알아요?"

"아뇨. 하지만 당신이 말해 주겠지요."

"당신의 문제는 외모에 대해 걱정을 너무 많이 한다는 거예요. 난 당신 얼굴에 그렇게 신경 쓰지 않아요. 너무 바빠서 신경을 쓰려야 쓸 수도 없다고요. 낮일을 그만둔다 해도 마찬가지예요. 혹시 당신이 참전하지 않고 지금처럼 부상당하지 않았다면, 내 상대가 되기엔 너무 훌륭하다는 생각은 안 해봤어요? 당신은 나와는 완전히 다른 부류라 나 같은 여자한테는 시간을 내주지 않았을 거예요."

"그런 이유로 당신과 만나지 않을 사람은 없을 거예요. 당신은 정말 예쁘니까."

"그렇다면 다행이네요."

아를렌으로서는 할말이 많았지만 지금은 입을 다물기로 했다. 그가 납득하지 못할 테니까. 옷을 잘 차려입고 집으로 데리러 와주고, 아이 보는 비용을 대주고, 근사한 레스토랑에 데려가고, 집까지 바래다 주었기 때문에 그가 마음에 든다고 말해 봤자 루벤은 믿지 않을 것이다. 그를 만난 후에야 다른 남자들한테 푸대접받았음을 알게 되었다는 걸 어떻게 설명할 수 있을까?

아를렌은 그의 어깨에 뺨을 대고 한 팔을 그의 가슴에 올렸다. 크고 건장한 가슴이었다. 어둠 속의 사악한 영혼을 물리칠 그런 가슴.

"내 말을 오해하지 말아요. 그 옷을 벗고 자면 더 편하지 않을까요?"

루벤은 곧장 대답하지 않았다. 사실 아를렌은 그가 옷을 벗지 않으리란 걸 알았다. 루벤이 대답했다.

"다음 번에요. 아마 내일은."

그가 내일 다시 와준다고 생각하니 마음이 놓였다. 마법이 풀릴까 봐 아무 말도, 아무것도 할 수 없었다.

매트

　식품점은 9시에 문을 닫는다. 매트는 9시가 되기 무섭게 퇴근할 생각이었다. 고장인가 하며 벌써 세 번이나 벽시계를 쳐다보았지만, 초침이 째깍째깍 가는 걸 보면 고장은 아니다. 시간이 이렇게 느릿느릿 흐르는 특별한 이유라도 있을까. 하긴 평소에도 일하는 시간은 지겹도록 더디게 흘렀다.

　오토바이는 가게 뒤편 언덕에 세워 놓았다. 오토바이를 몰고 식료품점 가까이 오면 소음이 너무 심해서 주인이 잔뜩 못마땅한 표정을 짓기 때문이다. 시동 장치가 고장이 나서 오토바이를 출발시키려면 발로 걸어차야 했다. 기어가 중립일 때도 불이 들어오지 않아서, 기어가 들어갔는지 확인하려면 오토바이를 앞뒤로 흔들어 봐야 했다.

　오토바이를 탄 채 내리막길을 향해 방향을 틀었다. 중립 상태인 줄 알았는데 1단 기어가 들어가 있어서 앞으로 쭉 나가서 바닥에 자빠졌다. 허벅지 안쪽에 든 멍이 적어도 3주일은 갈 것 같았다. 하지만 그게 문제가 아니다. 매트는 오토바이를 일으켜 세우다가 앞쪽 브레이크 레버가 고장 났음을 알았다. 핸들바가 엉망이 되었고, 뒤쪽 브레이크는 작동이 되지 않았다. 매트는 눈을 질끈 감고 비명을 한바탕 지르고 싶었다. 하지만 때는 한밤중이었고, 이 동네에는 조용한 사람들만 살았다.

매트는 길가에 서서 오토바이에 온갖 욕설을 퍼부어댔다. 그러고는 오토바이의 핸들바를 잡고 질질 끌어서 힘겹게 방향을 돌린 후 올라탔다. 그리고 언덕을 내려갔다. 처음부터 이런 식으로 할걸. 그랬으면 고장이 나진 않았을 텐데.

카미노 거리에서 정지 신호를 무시하고 시속 40킬로미터 속도로 달렸다. 설 수가 없었다. 다행히 아무도 보는 사람이 없었다. 경찰도 없었다. 반쯤은 인도에 딱 붙은 채였다. 이렇게 가면서야 할 때 멈출 수 있었다. 5명이 탄 승합차가 옆을 지나다가 창문을 내리고 '목마 타냐'라며 놀려댔다. 일진이 사나웠지만 뭐, 처음 당하는 일도 아니었다.

매트가 식품점에 일하러 가는 것보다 더 싫어하는 것은 집에 가서 싸우는 소리를 듣는 일이었다. 그는 풀이 웃자란 뒷마당에 텐트를 쳤다. 상황이 진짜로 나빠질 때를 대비해서였다. 19살, 자기만의 장소가 필요했지만 말처럼 쉬운 일이 아니었다. 월세 집은 어디나 두 달치 월세를 선불로 받으려 했다. 그리고 아직 십대인 그에게 시간당 4달러 25센트 이상 주려는 가게는 없었.

매트는 차도에 오토바이를 세우고 시동을 껐다. 현관에서부터 싸우는 소리가 들렸지만 일단 집 안으로 들어갔다. 누구나 어딘가로 돌아가야 하는 법이니까. 매트는 식탁 위에 놓인 편지를 발견했다. 그의 앞으로 우편물이 오는 일은 거의 없었던 데다가 발신인은 처음 듣는 이름이었다. 아이다 그린버그? 기분이 묘했다. 봉투가 크고 두툼했다. 아이다 그린버그가 누구지?

크리스의 취재 노트 중에서

───

정말 이상한 게 뭔지 아세요? 누군가를 별 생각 없이 대했는데, 그 사람은 내가 진지하다고 생각할 때예요. 그것도 내 의도보다 훨씬 더 심각하게요.

1학년 때 바로 그런 경우를 겪었어요. 로라 펄리라는 여자애를 좋아하게 됐죠. 밤이면 침대에 누워서 그 이름을 되뇌일 정도였어요. 그런데 어느 날 강당에서 로라 펄리가 떨어뜨리고 간 연필을 주운 거예요. 난 작은 상자에 얇은 종이를 깔고 그 안에 연필을 넣었죠. 그 상자가 뭐 제단이라도 된다는 듯이 말예요. 그리고 1학년 앨범에서 로라 펄리의 사진을 석 장 오려서 사진틀에 넣었죠. 말 한마디 붙여 보지 못했으면서. '안녕' 하고 인사조차 못했거든요. 하지만 평생을 그 애와 함께 보내고 싶었고, 아니면 그게 왜 불가능한지라도 생각하면서 평생을 보내고 싶었지요. 이따금 이런 생각도 들었어요. '로라 펄리가 이 모든 걸 안다면 얼마나 놀랄까?' 아마 로라는 이렇게 말하겠죠.

"매트라고? 그게 누구야?"

그린버그 부인이 내게 사랑을 느꼈다고 생각하는 건 아니에요. 그건 정말 아니죠. 다만 이상하다는 거예요. 난 식품점에서 만난 여느 손님과 다름없이 그 부인을 대했거든요. 그저 부인의 이름을 알았을 뿐인데. 그리고 "안녕하세요, 그린버그 부인. 오늘은 몸이 어떠세요?"라고 물어봤을 뿐인데….

맙소사, 부인은 지독하게 외로웠나 봐요.

―――

친애하는 매트에게

네가 이 편지를 읽을 즈음 나는 이 세상에 없을 게다. 내 아들 리처드에게 내가 죽은 후 이 편지를 네게 보내 달라고 메모를 남겼거든.

오늘 아침 전화를 몇 통 걸었지. 보험회사와 변호사에게 전화해서 아주 중요한 결정을 내리겠다고 했고, 결국 결정을 했단다. 나는 2만 5천 달러의 생명보험에 들었는데, 내가 죽은 후 보험료를 아들에게 남겨 주지 않기로 했단다. 그 애가 이 돈을 제대로 쓸 것 같지 않거든.

이 돈은 3등분하기로 했단다. 네게는 8천333달러가 돌아갈 거야. 내가 좋아하는 테리에게도 똑같은 액수가 갈 거고,

나머지 3분의 1은 고양이 보호소의 맘 좋은 부인에게 갈 거야. 그녀는 욕심 없이 좋은 일을 하고 있거든.

리처드에게는 1달러만 남겠지. 아마 발길질을 하면서 엄청 성질을 낼 거야. 너도 유서를 개봉하는 자리에 참석하게 될 텐데, 아마 기분 좋은 자리는 아닐 거다. 하지만 내가 변호사와 신중하게 처리했으니 별일 없을게다.

이 돈은 네가 원하는 대로 써도 좋다만, 제대로 잘 쓰리라 믿는다. 이기적이지 않게 말이다. 너 자신을 위해 쓰되 낭비는 하지 말렴.

네가 언제나 친절한 미소를 띠고 내 건강을 물었기 때문에 너에게 유산을 남기기로 한 거란다. 너는 늘 내 대답을 귀담아들었지. 내가 별 볼일 없는 노인네라는 기분이 들게 하지도 않았어. 나를 무시하지도 않았고.

그런데 말이다, 이 돈은 완전한 공짜는 아니란다. 내가 네게 큰 선의를 베풀었잖니. 8천333달러가 예전처럼 큰 가치는 아니라는 걸 안다. 하지만 나 같은 사람으로서는 최대한의 선의란다. 이건 내가 가진 전부거든. 집이야 장기대출금의 담보로 잡혀 있고, 사회보장금은 내가 죽으면 나오지 않을 거고.

네게 바라는 일은 이거다. 세 사람에게 큰 선의를 베풀어라. 꼭 돈을 주지 않아도 괜찮아. 내가 너에게 가진 것의 전부를 준 것처럼 너도 네게 귀한 것을 세 사람에게 주면 된단다. 필요하다면 시간이나 관심을 줘도 좋아. 돈은 많지만 시간이

나 관심이 필요한 사람도 많으니까.

　넌 좋은 청년이야. 이 돈을 잘 쓰렴.

애정을 담아서
아이다 그린버그

　6주일 후 정말로 그 돈이 매트의 손에 들어왔다. 매트는 다른 사람이 채가기 전에 선금 50달러를 내고 아파트를 잡아 놓았다. 거기에 침낭을 깔고 밤을 보냈다. 부모님의 집에 괜찮은 침대가 있지만 아직은 옮겨올 엄두를 내지 못했다.

　아파트는 아주 작았지만 조용해서 좋았다. 창을 여니 비스듬한 지붕이 펼쳐졌다. 이곳은 예전에 다락방으로 쓰던 곳이었는데, 누군가 집을 나누어 여러 칸의 셋방으로 만들었다. 매트는 어둠 속의 지붕에 앉았다. 운동복 바지만 입은 채여서 추웠지만, 사방이 고요한 게 마음에 들었다. 지붕에서는 나무로 뒤덮인 언덕 기슭만 눈에 들어왔다. 달빛이 빛났다. 더 이상 뭘 바라겠는가.

　매트는 한동안 그렇게 앉아서 사람이 죽으면 어디로 갈지 생각해 보았다. 그리고 누구에게, 어떤 방법으로 8천333달러만큼 가치 있는 일을 할지 궁리했다.

　'나머지 돈으로는 뭘 살까. 그린버그 부인은 내가 돈을 어떻게 쓰는지 알고 있을까?' 그럴 것 같진 않았다. 하늘에서 부인이 내려다보고 있다는 생각은 왠지 진부하다. 우선 8천333달러를 은행 구좌에 넣겠지만, 나머지 일은 어떻게 해야 좋을지 알 수 없었다. 하지만 그것은 오래 두고 생각할 일이다. 매트는 감기가 들기 전에 얼른 방으로 돌아가 침낭 속으로 쏙 들어갔다.

다음날 아침, 고물 오토바이를 몰고 샌 루이스 오비스포에 있는 '혼다 매장'으로 갔다. 판매원은 중고 오토바이 값으로 75달러를 주겠다고 했다. 맨 처음 그의 눈에 들어온 오토바이는 멋진 최신형 750 모델이었다. 바람막이가 달려 있고 주문에 따라 도색해 주는 고급 오토바이였다. 매트는 그 위에 올라탔다. 아예 앉아 보지도 말았어야 했는데. 오토바이 값은 7천 달러였다. 그 돈이면 첫 달과 마지막 달 아파트 임대료, 그리고 보증금을 뺀 나머지 액수였다. 하지만… 뭐랄까, 대단한 힘이 있다고 할까.

신형 350 모델도 있었다. 전에 타던 오토바이와 동급이지만, 그건 7년 전 모델이었고 워낙 주행 거리가 길었다. 이 오토바이에는 중립 기어 불이 들어오고 전기 출발 장치도 내장되어 있었다. 3천500달러짜리 250 모델도 있었다. 주문용 도장이 되는 예쁘장한 모델이었다. 신품이었고, 겨우겨우겠지만 고속도로를 달릴 수 있다. 하지만 더 빨리 달려봐야 속도 위반 딱지나 받을 테고, 벌금 낼 형편은 더더욱 아니었다.

매트는 머리가 아팠다.

털털이 오토바이를 타고 타코 벨에 가서 간단히 아침 식사를 하면서 좀 더 생각을 했다. 그리고 다시 오토바이 판매점으로 가서 250 모델을 샀다.

집으로 가는 길에 쿠에스타 대학에 들러서 특별 강좌 카탈로그를 얻었다. 번쩍이는 새 오토바이를 주차장에 세워 놓고 앉아서 카탈로그를 뒤적였다. 어떤 강좌든 수업료를 감당할 수 있겠기에 기분이 아주 좋았다. 매트는 배낭에 카탈로그를 넣고 시동을 걸었다. 오토바이는 아주 말을 잘 들었다. 41번 고속도로를 달리며 커브 길을 부드럽게 도는 기분을 만끽했다.

'이제 됐어.'

부인이 본다면 그가 얼마나 좋은 결정을 했는지 알 것이다. 아니, 그린버그 부인이 알든 모르든, 돈 낭비를 한 게 아님을 매트 자신이 확신했다.

트레버의 일기

......

메리 앤과 아니는 나한테 한 번도 친절한 적이 없다. 내가 클린턴이 선거에서 이길 거라고 했을 때도 아니는 휘파람을 불며 나를 비웃었다. 그는 당연히 부시가 이길 거라고 말했다. 메리 앤은 다음날 '클린턴을 대통령으로'라고 적힌 모자를 쓰고 학교에 왔다.

"네 주장이 이거 아냐?"

나는 메리 앤이 이런 식으로 구는 데 익숙하다.

엄마는 신경 쓰지 말라며 어릴 적 이야기를 들려 주었다. 엄마는 해리 삼촌에게 조 네이매스가 이끄는 '제츠' 팀이 슈퍼볼 대회에서 '콜츠'를 이길 거라고 말했다고 한다. 해리 삼촌은 극성 미식 축구 팬이었다. 삼촌은 엄마의 말을 듣고 마구 비웃었다. 그런데 정말 '제츠'가 이기자 해리 삼촌은 그 얘길 꺼내지도 않았다. 엄마는 자기가 틀리는 것을 못 참는 사람들이 있다고 했다.

'제츠'와 '콜츠'가 슈퍼볼 게임에서 맞붙었다고? 맙소사. 100년도 더 된 이야기 같다. 지금은 두 팀 모두 별로인데. 내가 그렇게 말하자 엄마는 '고맙구나, 완전히 파파할머니가 된 것처럼 느끼게 해주어서'라고 말했다.

내가 과제 프로젝트가 실패로 돌아갔다고 말하면 메리 앤과 아니가 비웃고 난리를 칠 것이다. 대통령 선거에서 정말 클린턴이 이기면 좋을 텐데.

루벤

 그는 깜짝 놀라서 잠에서 깼다. 옷을 다 입은 채 남의 침대에 누워 있다니. 안대를 하고 있는 것으로 봐서 잠을 잘 작정으로 눕지 않았음이 분명했다. 한두 시간 정신이 멍했던 것 같은데…. 동쪽으로 난 창으로 햇살이 들었다. 그는 너무 졸려서 상황을 파악할 수가 없었다. 누군가가 우둘투둘한 그의 피부를 만지고 있었다. 부상을 당한 쪽 얼굴이었다. 그 순간 정신이 들었다. 얼굴을 만지고 있는 게 아를렌이라는 걸 알았지만, 그렇다고 달아나고 싶은 심정이 가시지는 않았다.

 루벤은 눈을 떴지만 그녀를 볼 수가 없었다. 아를렌은 그의 왼쪽에 누워 있었다. 밤에는 오른쪽에 누워 있었는데…. 루벤은 약간 몸을 뒤척이다가 왼뺨에 그녀의 입술이 닿는 감촉을 느꼈다. 온몸이 얼어붙었다.

 "뭐하는 겁니까?"

 "당신 얼굴에 키스하고 있어요."

"왜 그쪽에 하죠?"

"이쪽은 당신 얼굴이 아닌가요?"

"잘 모르나 본데 그쪽 얼굴에는 허벅지 피부를 떼어 붙였소."

루벤은 이 사실이 거리감을 갖게 해주기를 바랐다.

"내가 당신 허벅지에 키스를 하면 불평할 건가요?"

그러더니 그녀의 입술이 안대 바로 아래까지 올라왔다.

"아를렌, 이러면 내가 불편해요."

"내 행동 중에 당신을 불편하지 않게 하는 게 있긴 있나요?"

그녀가 노기 띤 목소리로 말하자 루벤은 그제야 익숙하고 편안한 기분을 느꼈다. 하지만 그 외의 다른 것은 너무 낯설고 새로웠다.

"일어나게 해주면 좋겠는데요."

아를렌이 그의 옆구리에 몸을 기대고 왼팔을 누르고 있어서 루벤은 갇힌 듯한 기분이 들었다. 다행히 아를렌은 그 자세로 오래 있지 않았다. 그녀가 가운을 걸치고 창가에 가 섰고, 그 사이 루벤은 구두를 찾고 있었다.

"당신 문제가 뭔지 알아요?"

루벤의 시선이 아를렌에게 쏠렸다. 그녀는 대답을 기다리지 않고 말했다.

"내가 그 말을 많이 하게 되네요, 그렇죠?"

"아마 나한테만 그러겠지요. 난 문제가 많은 사람이니까."

"당신은 당신을 좋아하기 힘들게 만들어요."

그렇다면 왜 그만두지 않느냐고 말하고 싶었다. 하지만 그렇게 물어보면 정말로 아를렌이 그만둘 것 같은 두려움이 일어났다. 그는 구두를 찾아 신고 침실 문을 열었다.

"왜 나한테 화를 내죠, 루벤? 도대체 내가 뭘 잘못했는데요?"

그는 복도를 지나 현관 쪽으로 가다가 트레버와 마주쳤다. 트레버는 파자마 바람으로 욕실로 가는 길이었다. 머리에 새집이 지어져서 우스웠다. 이제 숨을 곳도, 몸을 숨길 방법도 없었다.

"안녕하세요, 선생님?"

트레버는 무덤덤하게 인사하고 욕실로 들어가 문을 닫았다. 루벤이 현관문 손잡이를 잡는 순간 아를렌이 등 뒤로 다가와서 그의 어깨에 손을 얹었다.

"오늘밤에도 올 건가요?"

"아를렌, 이건 실수예요. 왜 당신이 이런 일을 시작했는지 모르겠군요."

그는 돌아보지도 않고 말했다.

"다시 오면 그때 설명해 드리지요."

아를렌의 말에 루벤은 고개만 저었다.

수업이 시작되어 학생들 앞에 서자 루벤은 속이 불편했고, 잠을 못 자서 눈이 뻑뻑했다.

"오늘이 특별과제의 마감날이지요. 여러분 가운데 몇 명이나 과제 프로젝트에 참여했나요? 손을 들어 주세요."

메리 앤 텔민의 손이 맨 먼저 올라갔고, 뒤이어 제이미라는 여학생도 손을 들었다. 제이미는 빛바랜 옷을 입고 언제나 뒤쪽에 앉아서 벽에 붙어 있는 듯한 느낌을 주는 아이였다. 그 다음 제이슨이라는 남학생이 손을 들었다. 제이슨은 아이들을 때리는 것으로 성장기를 보내는 것이 얼마나 힘겨운지 몸소 보여주는 아이였는데, 특별 점수를 받을 수 있는 기회를 모두 살려야 할 처지였다. 1, 2초쯤 지났을까, 아니 젠킨스가 조심스럽게 손을 들었다. 아니는 덩치가 크고 퉁명스런 남학생으로, 루벤에게 해적이냐고 물었던 아이였다.

"선택한 사람이요, 아니면 진짜 한 사람이요?"

아니가 물었다.

"너도 직접 참여했니, 아니?"

"글쎄요. 선택하긴 했지요. 특별 점수를 받으면 좋을 것 같아서요. 하지만 아무 아이디어도 떠오르지 않았어요. 그래도 정말로 시도는 했다고요."

"시도한 내용을 보고서로 작성하기 어려웠구나, 아니. 내 생각엔 손을 내리는 편이 좋겠다."

루벤은 트레버를 힐끗 보았다. 그는 오른쪽에 앉아서 벽을 뚫어져라 응시하고 있었다.

"트레버?"

트레버가 얼굴을 찌푸리면서 손을 들었다.

"이게 다인가요? 총 39명의 학생 중에서 4명이 참가했군요? 네 사람의 노력에 박수를 보냅니다. 자, 내가 부탁한 대로 프로젝트 내용을 보고서로 작성해 왔겠지요? 보고서를 앞으로 내주겠어요? 그리고 친구들에게 각자의 아이디어를 발표해 봅시다. 메리 앤, 먼저 발표하겠니?"

루벤은 메리 앤이 먼저 나서리란 것을 알았다. 메리 앤이 원래 자기 자리가 바로 거기라는 듯한 태도로 친구들 앞에 섰다.

"흙만 해도 굉장히 여러 가지 자원을 지니고 있습니다. 그러므로 재활용은 매우 중요합니다. 그런데 애타스카데로에는 가두 재활용품 수거대가 없습니다. 그래서 저는 재활용 쓰레기통을 모았어요. 물론 모두에게 줄 수는 없었지만, 갖고 싶어하는 사람들에게 하나씩 줄 만한 분량입니다. 우리는 '럭키'와 'K 마트' 같은 곳에 무료로 재활용 쓰레기통을 준다는 내용의 광고를 붙였지요."

루벤이 재빨리 말을 가로챘다.

"우리라니?"

"아, 아버지가 운전해 주셨거든요. 그리고 시청에 가두 재활용 쓰레기통을 설치하자고 촉구하는 편지를 썼어요. 이웃 주민 40명의 서명도 받았고요. 편지 사본을 보고서에 첨부했습니다."

"고맙다, 메리 앤. 읽어보마. 자, 제이슨?"

제이슨은 다른 남학생의 발을 걸어차고는 느릿느릿 앞으로 걸어 나왔다.

"저기요, 애타스카데로에 깡패가 없다고 생각하는 사람도 있지만 그건 틀린 생각이에요. 벽에 한 낙서를 보세요. 불량배들의 소행이죠."

그는 다른 사람들은 이미 다 아는 사실이라는 듯 루벤을 쳐다보았다. 제이슨이 설명을 이어갔다.

"저는 벽에 낙서가 된 상점에 가서 페인트 값을 대주면 제가 칠을 하겠다고 했어요. 어떤 가게는 다음날 또다시 낙서로 뒤덮이긴 했지만, 그러면 그 위에 또 칠을 했죠. 어느 가게는 세 번이나 칠을 했어요. 하지만 한참 지나자, 낙서하는 녀석들도 지겨워졌는지 더 이상 낙서를 하지 않았어요."

"내가 볼 수 있게 그 내용을 모두 기록했겠지, 제이슨?"

"네, 거기 모두 있어요."

"좋아, 제이슨. 깊은 인상을 받았다. 고맙구나."

제이슨의 프로젝트가 유별나게 인상적인 것은 아니었다. 앞으로도 두고두고 관찰해야 할 프로젝트였다.

루벤이 제이슨을 칭찬하자 메리 앤 텔민은 기분이 몹시 상한 기색이었지만, 솔직히 그는 메리 앤의 프로젝트에 전혀 감동받지 못했다. 사실 학기 초부터 그 아이의 아버지가 대부분의 과제를 해준다는 것을 눈치 채고 있었다. 메리 앤은 재활용 쓰레기통을 모으는 일을 했다지만, 그건 아버지가 제공해 주었다는 말을 그럴듯하게 표현한 것뿐이었다.

트레버는 벽을 응시하며 앉아 있었다. 루벤은 그가 힘든 순간을 맞이하리라는 것을 알고 마지막까지 발표 순서를 미뤄 주었다. 자신이었다고 해도 마찬가지로 망설였을 것이다.

"제이미?"

제이미는 발을 바꿔가며 서서 더듬더듬 말했다.

"저는 '오크 트리' 양로원에 가서 거기 사는 노인 몇 분과 이야기를 나누었어요. 굉장히 많은 이야기를 들었고 그 내용을 받아 적었지요. 그분들의 인생에 대한 얘기였어요. 반 친구들이 읽을 수 있게 준비했어요. 젊은 사람들은 노인들이 할 이야기가 많다는 것을 잘 모르기 때문에 그걸 프로젝트로 잡았어요. 교무실 복사기를 사용할 수 있다면, 모두에게 한 부씩 복사해 줄 수 있어요. 복사집에서 복사하면 너무 돈이 많이 들어서 못 했거든요. 한 사람의 얘기가 20페이지씩이나 돼요."

"고맙구나, 제이미. 이따가 점심 시간에 모건 교장 선생님께 여쭤보지 그러니? 복사기를 사용하게 해주실지도 모르니까."

"네."

제이미는 서둘러 자리로 돌아갔다.

루벤은 트레버를 보았고, 트레버는 루벤을 보았다. 루벤은 아침에 집에서 트레버와 마주쳤던 일을 떠올리자 당황스러워졌다. 하지만 트레버는 그 일에 대해서는 입을 다물었다.

트레버는 깊이 숨을 들이쉬더니 배의 트랩에라도 오르는 사람처럼 느릿느릿 조심스럽게 친구들 앞으로 나갔다. 루벤은 그 프로젝트가 자기의 것이라도 되는 듯 얼굴이 달아올랐다.

트레버는 앞에 나와 서더니 한숨을 지었다.

"저는 이 프로젝트에 많은 시간과 공을 들였어요. 하지만 바라는 대로 되지 않았어요."

그는 조용히 칠판으로 몸을 돌리고 '다른 사람에게 베풀기' 도식을 간단하게 그렸다. 그리고 루벤의 지휘봉을 사용해서 맨 처음 원에 대해 설명하기 시작했다.

"이건 제리였어요. 그가 직장을 갖도록 도왔지요. 한데 제리는 집행유예 중인데도 법을 어겼어요. 제리가 교도소에서 다른 사람에게 베풀기를 할 수 있을지는 모르겠어요. 그 어느 곳보다 선의를 필요로 하는 사람이 많은 데가 교도소니까 그럴 수도 있겠지요. 그 다음 원은 그린버그 부인이었죠. 꼬박 사흘 동안 부인네 집 정원을 손질했어요. 그런데 부인은 세상을 떠났어요."

아니가 불쑥 끼어들었다.

"천당에서 다른 사람에게 베풀기를 할 수 있을지 걱정인데?"

학급 전체가 야유하면서 웃음을 터뜨리자 트레버는 루벤에게 눈길을 보냈다. 이 소란을 멈춰달라고 부탁하는 듯한 눈빛이었다. 루벤이 오른손으로 교탁을 세게 내리쳤다.

"프로젝트에 참가할 생각도 안 한 너희가 시도한 사람을 조롱하는 짓은 제발 그만두기 바란다."

일순간 찬물을 끼얹은 듯 조용해졌다. 대부분 자기도 모르게 입을 헤벌렸다. 루벤이 흥분해서 소리친 것은 이번이 처음이었다. 그는 손바닥으로 책상을 내리친 것이, 옛 동료 루이스가 첫 시간에 나무 막대기를 내리쳐 날아가게 만드는 것과 같은 효과를 발휘했음을 알았다.

"이제 계속하렴, 트레버."

"네. 세 번째 사람도 있었어요. 하지만… 그게 좋은 아이디어였는지는 나도 모르겠어요. 어쨌든 또 세 사람을 정해서 도움을 줄 작정이에요. 처음부터 다시 시작하는 거죠."

메리 앤 텔민이 손을 들었다.

"하지만 세인트 클레어 선생님, 과제 마감일이 지났어요. 이제는 어떻게 할 수 없어요."

트레버는 메리 앤의 도전에 몸이 뻣뻣해졌다.

"점수 때문이 아냐, 메리 앤. 정말로 세상이 변하는지 알고 싶어서야."

트레버는 다시 도움을 청하는 눈길로 루벤을 보았고, 루벤은 손을 아래로 내리며 보일 듯 말 듯한 신호를 보냈다. 맞서지 말고 그냥 놔두라고 말하는 것 같았다.

이번에는 아니가 손을 들고 끼어들었다.

"하지만 은혜를 보답하는 방식으로는 세상을 바꿀 수 없어. 사람들에게 알아서 은혜를 갚으라고 해 봐라, 누가 그렇게 하나. 네가 고개를 돌리는 순간 사람들은 고마움을 잊는다고. 지금까지 일어난 일만 봐도 그렇잖아."

이번에는 트레버도 민첩하고 단단하게 대응했다.

"그린버그 부인이 세상을 떠난 것은 부인 잘못이 아니야."

"죽든, 교도소에 가든, 얼간이 짓을 하는 게 뭐가 다르다는 거지? 어쨌든 다른 사람에게 베풀기를 하지 않았잖아."

"좋아, 논쟁은 그걸로 충분해요. 이렇게 서서 트레버의 아이디어를 평하는 거야 쉽겠죠. 왜냐면 트레버가 좋은 결과를 얻지 못했으니까. 하지만 그래도 가장 근사한 아이디어였어요. 특히 여러분들 중 대부분이 한 가지 아이디어도 떠올리지 못했으니 더욱 트레버의 아이디어가 빛이 납니다. 최고의 노력을 기울인 사람은 이 과목에서 A학점을 받게 될 거예요. 그리고 참여한 사람 모두 좋은 점수를 받게 될 겁니다."

하지만 트레버가 자기 책상으로 돌아가고 모두 교과서를 펼 때까지도 학생들은 계속 수군거렸다.

다음날 오후, 루벤은 복도에서 모건 교장과 마주쳤다. 교장은 제이미에게 교무실 복사기를 사용해서 노인들의 이야기를 복사하라고 허락했다고 하면서, 시간이 있으면 교장실로 가서 이야기 좀 하자고 했다. 한담을 나누자는 게 아니라 '긴히 할 얘기가 있다.'라는 뜻으로 들렸다.

루벤은 교장 책상 맞은편에 놓인 의자에 앉았다. 첫날 학교에 왔을 때 앉아 진땀을 뺐던 바로 그 자리였다. 지금은 그때에 비해 약간 편안해졌다.

"루벤, 내가 이번 일을 문제 삼고 있다고 생각하지 않았으면 좋겠어요. 나는 그냥 전달하는 입장일 뿐이니까요. 오늘 메리 앤 텔민의 부모로부터 항의가 들어왔어요."

"더 말씀하지 않으셔도 됩니다. 나머지는 제가 말해 볼까요? 그들은 자기네 공주가 최고 점수를 따야 한다고 생각하겠죠."

"그래요, 하지만 그게 전부가 아니에요. 그들은 트레버 맥킨니가 점수를 땄다는 것 때문에 흥분했어요. 루벤과 아를렌 맥킨니가… 데이트를 하는 사이라는 관점에서 보면 트레버가 점수를 받은 것은 부적절하다더군요."

분위기가 어색해졌다. 모건 교장이 한참만에 말을 이었다.

"나는 루벤이 트레버의 어머니와 데이트를 했는지도 몰랐어요. 그리고 지금 그게 사실인지 묻는 건 아니에요. 선생님들의 사생활은 내가 참견할 일이 아니니까요. 사실 루벤에게 이런 이야기를 하는 것도 불편해요. 하지만 학부모로부터 항의가 들어왔다는 것은 루벤도 알아야 하니까 말하는 거예요."

"그래서 그분들에게 뭐라고 하셨습니까?"

"선생님과 이야기해 보고 이번 평가가 편파적이었는지 판단하겠다고 말했어요. 하지만 편견 따윈 없었다는 걸 알아요. 루벤은 그런 선생이 아니니까요."

"그런데 그들은 그런 얘기를 어디서 들었을까요? 감시라도 당하고 있는 듯한 기분이네요."

"작은 고장에 살아 본 적이 한 번도 없지요? 애타스카데로는 모두가 이웃사촌일 정도는 아니지만, 다들 누가 누구인지는 알

정도로 좁은 지역이지요. 특히 새로 이사 온 인물의 경우는 눈에 띄기 마련이고요."

"저 같은 경우는 더 그렇겠지요. … 죄송합니다. 또 시작이네요. 그러니까 말하자면 제가 어떤 사람이랑 저녁을 먹거나 영화를 보러 가면 그 다음날 사람들이 수군거린다, 이 말씀이군요."

"그럴 거예요."

루벤은 간밤에 잠을 제대로 자지 못해 몹시 힘들었다. 게다가 약간 메스껍기까지 해서 집중력이 떨어졌다. 하지만 호흡을 크게 하고 모건 교장에게 '다른 사람에게 베풀기'의 기본 배경을 설명했다. 그녀는 트레버의 폭넓은 아이디어에 감탄한 듯했다.

"그 과제를 낸 목적은 학생들이 넓은 세상을 생각하도록 하기 위해서였습니다. 제이미는 계층 의식을 바꿀 아이디어를 냈지요. 메리 앤과 제이슨은 애타스카데로를 변화시킬 아이디어를 시도했고요. 트레버만이 이 고장의 범주를 넘어서는 아이디어를 냈습니다. 그런데 결과가 좋지 않았다는 이유로 비난받았지요. 하지만 텔민 가족도 시 당국에서 가두 재활용품 수집통을 설치할 거라고는 장담하지 못합니다. 그렇다고 노력까지 없던 걸로 해서는 안 되겠지요. 그리고 메리 앤의 경우, 아이 자신보다는 아버지의 노력이 더 컸습니다. 그런 마당에 안 그래도 풀이 죽어 있는 트레버에게 제가 발길질을 해야 되겠습니까? 노인이 죽고, 마약 중독자가 다시 마약에 손대고, 다른 사람의 외로움을 덜어 주지 못했다는 이유 때문에 그애를 책망해야 했나요?"

"마지막 케이스에 대해서는 이야기하지 않았잖아요."

"아, 전체 과정 중에서 일부만 이야기하는 겁니다. 교장 선생님께서 아셔야 될 것 같아서 말씀드립니다만 아를렌 맥킨니와 저는 몇 차례 데이트했습니다. 그게 다예요. 그나마 지금은 끝났습니다. 실제 상황보다 부풀려서 알고 계신 것 같아서요."

"루벤, 두 사람의 관계는 내가 관여할 부분이 아니에요. 텔민 부부에게는 이 프로젝트에 대해 내가 선생님과 충분히 의논했고, 점수도 루벤이 재량껏 처리하도록 허락했다고 전하겠어요."

"앤, 트레버의 아이디어는 훌륭한 정도가 아니었어요. 그애가 얼마나 열심히 노력했는지 아시면 놀랄 겁니다. 트레버는 집 없는 사람에게 자기 돈 100달러를 썼습니다. 그리고 노부인의 정원 손질에 30시간도 넘는 시간을 들였고요. 그런데 지금은 너무 실망해 있습니다."

모건 교장은 루벤을 골똘히 쳐다보았다. 루벤은 교장의 눈에 뭔가가 떠오르는 것을 보았다. 마치 거울을 들여다보고 있는 것 같았다. 모건 교장은 자기 생각을 털어놓았다.

"그 아이를 정말로 좋아하는군요, 루벤?"

"그렇습니다. 하지만 그렇다고 성적을 주는 데 있어서 편애하진 않습니다."

모건 교장은 이미 루벤의 마음에 편견이 없다는 것을 확신했다. 그러니 루벤으로서는 더 이상 말할 필요가 없었다.

트레버의 일기

......

　이따금 제리 생각을 한다. 지금쯤 감옥에서 풀려났을까? 만일 풀려났다면 왜 날 만나러 오지 않는 걸까?

　일이 그렇게 된 것은 그의 잘못이 아니라는 생각도 든다. 경찰이 제리에게 꼬투리 잡힐 게 있을 거라고 생각하고 심하게 조사를 한 끝에 문제를 찾아냈을 수도 있다. 제리가 좀 더 깨끗했다면 경찰이 다른 사람을 조사해서 체포했을 텐데.

　가끔 제리는 진짜 친구가 아니었다는 생각도 든다. 그가 친구라고 한 것은 돈 때문이었을지도 몰라. 하지만 그렇게 생각하기는 싫다. 그래서 지금은 제리가 여기로 올 수 있는 형편이 아니라고, 고향에서 아주 먼 곳으로 갔다고 생각하기로 했다. 그리고 다른 곳에서 사람들에게 베풀기를 하고 있다고 믿기로 했다.

　그렇지 않으리란 것은 안다. 다만 그렇게 생각하고 싶을 뿐이다.

샬럿

샬럿은 마린 카운티에 있는 공원에 차를 두고 고가 교차로를 걸어 내려갔다. 보행자 통로가 폐쇄되어서 북쪽으로 향하는 차도를 걸어서 다리로 접어들었다. 새벽 3시가 넘은 시각이라 다리를 지나는 차량은 거의 없었다. 이따금 한 대씩 지나갈 때마다 그녀는 몸을 웅크려 작게 보이려고 노력했다.

'이게 기술이지.'

샬럿은 속으로 중얼거렸다. 어쩌면 심리 치료사의 말이 옳았다. 치료사는 그녀가 매사에 농담하는 데 너무 익숙해서, 하지 말아야 될 상황에서도 계속 농담을 하게 된다고 했다. 그러니 다리에서 떨어지려는 상황에서 농담을 하는 것은 지극히 샬럿다웠다.

승합차 한 대가 지나갔다. 샬럿은 차가 그냥 지나갔는지 보려고 몸을 돌렸다. 차에 탄 사람이 그녀의 목적을 이해하고 못 본 체해 주기를 바랐다. 누군가 그녀의 뒤를 밟고 있다는 것을 알아차린 것은 바로 그때였다. 등 뒤에 바짝 붙어 오진 않았지만 계속 쫓아오는 것만은 분명했다.

마지막 날이긴 하지만 어쨌든 한밤중에 나오는 것은 위험했다. 꽁꽁 언 물 위로 몸을 던지는 것보다 누군가에게 급습당하는 것이 훨씬 고약하다. 다시 뒤를 힐끗 보았다. 따라오는 사내는 아직 유리한 지점을 확보하지 못하고 있었다.

체구가 작아보였다. 저런 사내를 걱정할 필요가 있을까? 그녀는 175센티미터나 되는 키에, 안 그래도 건장하던 체격에 체중이 20킬로그램이나 늘어난 상태였다. 그러니 저 정도 상대라면 쉽게 해치울 수 있으리라. 칼이나 총만 들고 있지 않다면 말이다. 지난번 사내는 체구는 작았지만 총을 갖고 있었다. 혹시 잘못 생각하고 있는 걸까. 그냥 지나가는 사람일 수도 있는데.

'그래, 내가 운이 좋다면 그럴 수도 있겠지.'

할 일은 딱 한 가지였다. 샬럿은 난간을 넘었다. 다리 가장자리 밑에는 층계가 있었다. 그 정도는 이미 알고 있었다. 미리 이곳을 봐뒀으니까. 다리 위에서 층계참까지는 많이 떨어져 있지 않았다. 하지만 한밤중이었고, 성폭행범으로 돌변할 수도 있는 사내가 발소리를 내면서 쫓아오는 상황이다 보니, 실제보다 훨씬 아래에 있는 듯한 기분이 들었다.

'죽으려고 왔으면서 이만한 상황에서도 겁을 내다니 한심하다, 샬럿!'

사내가 점점 가까이 다가오고 있었다. 이제 어둠 속에서도 얼굴을 희미하게나마 볼 수 있었다. 더럽고 초라했다. 진짜 밑바닥 생활을 하는 행색이었다. 샬럿은 난간에서 손을 떼고, 가미가제 특공대가 추락하는 스타일로 층계참으로 뛰어내렸다. 충격에 대비해서 무릎을 굽혔지만 큰 도움이 되지는 않았다. 샬럿은 꽤 심하게 바닥에 부딪혔다. 앞으로 몸이 기울어지는 바람에 물에 빠지겠다 싶어서 층계참 모서리를 꽉 움켜쥐었다. 발목에 문제가 생긴 모양이었다. 뼈가 부러진 정도는 아니지만 따끔따끔 쓰렸다. 발목을 문지르고 있자니 '이 마당에 발목 아픈 게 대수인가' 하는 생각이 들었다. 사내는 난간 너머로 그녀를 보고 있었다.

'가까이 다가오지 마!'

샬럿은 속으로 외쳤다.

'완벽하게 도망치는 방법을 난 안다고.'

"괜찮아요?"

"다쳤나 봐요."

'잘하는 짓이다, 샬럿. 난 부상당한 먹잇감이니 잡아 잡수세요, 하는 거야? 머리 한번 좋구나.'

"한 번 더 뛰어내리면 다치는 정도로 끝나지 않을걸요."

"진짜 우습네요. 왜 내가 뛰어내릴 거라고 생각하죠?"

"그게 아니라면 도대체 여기 왜 있겠어요?"

"당신도 여기 있잖아요. 당신도 물에 뛰어들 계획이었나요?"

"아니요, 나는 당신을 말리려고 온 거예요."

"왜요?"

그가 대답은 안 하고 난간을 넘어오려 하자 샬럿은 내장이 다 얼어붙는 기분이었다.

"이리로 오지 말아요. 가까이 오면 뛰어내릴 거예요!"

"당신을 해치려는 게 아니라 이야기를 하고 싶을 뿐이에요."

상대방의 폭력성을 읽는 데 도사라고 자부하는 샬럿이었는데, 이 사내는 도무지 공식에 맞지 않았다. 목소리나 태도에서 다정함마저 느껴졌다. 사내는 난간 밑바닥을 붙잡고 몸을 공중에 띄운 다음 가볍게 층계참으로 뛰어내렸다. 그녀와는 서너 발자국쯤 떨어진 거리였다.

'하긴 체구가 작고 말랐으니 쉽겠지.'

몸무게가 60킬로그램도 안 나갈 것 같았다. 사내는 그녀가 겁먹었다는 것을 알아차린 게 분명했다.

'이러면 안 되는데.'

"이봐요, 아가씨! 난 당신을 괴롭히려고 내려온 게 아니에요. 그냥 인생이란 게 살아 볼 가치가 있다는 걸 알려 주고 싶을 뿐이에요. 들어 보고도 아니다 싶으면 그때 뛰어내려요. 그러면 특별히 손해날 건 없잖아요."

"내가 뛰어내릴 거라는 걸 어떻게 알았어요?"

"샌프란시스코에서 한밤중에 여자 혼자 다리로 나온다? 자살하겠다는 의도가 아니고 뭐겠어요? 척 하면 삼천리지요."

"그러는 당신은 여기 뭣 때문에 나온 거예요?"

"당신처럼 어리석은 일을 하려는 사람을 말리려고요. 요즘은 저쪽 공원에서 낮 시간에 눈을 붙이죠. 그리고 밤에는 투신 자살 하려는 사람들을 기다리고요. 오늘밤엔 운이 좋은 편이네요. 미안해요. 내 소개도 안 했네요. 제리 부스코니라고 해요."

그가 때가 꺼멓게 낀 손을 내밀었다. 샬럿이 그 손을 잡았다.

"샬럿 렌달디예요."

제리의 얼굴이 밝아졌다.

"아, 이탈리아계군요, 맞죠? 우리 둘은 공통점이 있네요."

"왜 사람들이 다리에서 투신할까 봐 걱정하죠?"

"그 질문은 좀 우스운데요. 목숨이 걸린 일이잖아요."

"당신 생명은 아니잖아요."

"그렇죠. 내 생명은 아니지요. 이런, 오늘밤은 무진장 춥네요, 그렇죠? 되게 맑긴 한데."

제리가 그렇게 말하기 전까지 샬럿은 하늘 생각은 하지도 못했다. 그의 말이 맞았다. 아름다웠다. 최근에 비가 와서 공기가 상쾌했고, 빗줄기가 남쪽으로 옮겨간 하늘에는 별이 총총 빛났다. 물 위에는 달빛이 비추었다. 그녀가 까만 물 위를 내려다보는데 갑자기 뭔가 커다란 물체가 층계참 바로 밑에서 모습을 드러냈다. 괴물만한 크기였다. 샬럿은 화들짝 놀라 뒤로 자빠졌다. 제리가 웃음을 터뜨렸다.

"스릴있지 않아요? 저건 화물선이에요. 네덜란드 배인가? 잊어버렸네. '월레니어스 선박'의 배일 거예요. 진짜 크죠? 저렇게 불쑥 나타나니 간이 떨어질 만도 하죠."

"왜 나를 도우려고 하죠?"

샬럿은 제리에게 눈길도 주지 않고 물었다. 그녀는 점점 몸체를 드러내는 괴물 같은 화물선을 자세히 보려고 몸을 숙였다. 층계참이 아주 좁게 느껴졌다.

"당신이 물에 빠지지 않길 잘했네요. 화물선 선원이 반가워하지 않았겠어요."

"하하하, 그거 재밌네요."

"사람이 가끔씩 농담도 하고 그래야죠. 그것도 없이 어떻게 살겠어요?"

"그게 바로 내가 늘 하는 말이에요. 그런데 사람들은 나더러 분위기 파악을 못 한다고 그러죠. 심리 치료사는 내가 내 상처를 외면한다고 하질 않나."

"커피나 한잔 마시면서 이야기할래요? 내가 살게요."

샬럿은 고개를 저었다. 이제 화물선은 저만치 앞으로 갔고, 배 전체의 모습이 눈에 들어왔다. 층계참 밑의 물이 다시 까매졌다.

"저게 제일 아름다운 부분이죠."

샬럿이 말했다.

"뭐가요?"

"저 까만 물이요. 정말로 편안한 어둠이에요."

"막상 그 속으로 들어가 봐요. 그거야말로 추한 어둠이죠. 아주 춥고 살벌한… 설마 그런 걸 원하는 건 아니겠지요."

"지금껏 내가 있었던 곳보다는 나을 거예요. 한데 어떻게 그렇게 잘 알아요?"

"들어가 봤죠. 나 물에 뛰어들어 본 사람처럼 보이지 않아요? 사람에게 일어날 수 있는 나쁜 일이란 나쁜 일은 다 경험한 사람이 바로 나예요. 내 인생은 그야말로 개똥 같아요."

"정말 고맙네요, 제리. 내게 인생은 살아 볼 만하다고 설득하려고 여기까지 내려와 놓고 인생이 개똥 같다는 건가요?"

"하지만 바로 그게 요점이거든요."

그는 바람을 막으려고 더럽고 낡아빠진 코트를 꼭꼭 여몄다. 너덜너덜한 코트 안감이 청바지 위로 내려왔다.

"그런 내 인생도 살 가치가 있다면, 당신 인생도 생각하는 것보다 훨씬 나을 거라는 거죠."

"내가 어떤 인생을 살았는지 당신은 몰라요. 아마 상상도 못 할 거예요."

"그래요, 맞는 말이에요. 그러니까 커피를 마시면서 당신의 인생 얘기를 들어 보자고요."

샬럿은 대답하지 않았다. 눈물이 뺨을 타고 흘러내려 턱 밑으로 뚝뚝 떨어졌다. 이렇게 우는 게 얼마나 오랜만인가. 몸을 숙여 눈물이 어두운 물 위로 떨어지게 했다. 아주 아주 아래로.

"당신이 듣고 싶든 아니든, 내 이야기 하나 할게요, 샬럿. 몇 달 전 나는 최악의 상태에 있었어요. 그 후 더 밑바닥으로 곤두박질치긴 했지만…. 어쨌든 그때 나를 알지도 못하는 사람이 하늘에서 뚝 떨어진 것처럼 나타나서 날 도우려 했어요. 내게 먹을 것과 입을 옷을 살 돈을 주었어요. 덕분에 일자리도 구했지요. 그러면서 자기에게 보답하지 말라더군요. 대신 다른 세 명에게 큰일을 해주라고 했어요. 이름하여 '다른 사람에게 베풀기'예요. 그런 식으로 다른 사람들에게 베푼다면 어떤 일이 일어날지 상상해 봐요. 내 설득으로 당신이 물에 뛰어들지 않는다고 가정해 보자고요. 당신은 이제 다리에서 빠져나가서 다른 세 사람에게 좋은 일을 해주는 거예요. 그러면 그들이 9명에게 좋은 일을 할 거고, 그 9명은 27명에게 좋은 일을 하겠지요. 결국 한참 후에는 아무도 다리에서 뛰어내리지 못할 거예요. 누군가 좋은 일을 할 기회를 찾느라 두리번거리다가 다리에 올라선 사람을 보면 얼른 달려와 말릴 테니까요. 그런데 말이죠, 실은… 내가 그걸 다 망쳤어요. 난 너무 창피해서 그 아이와 얼굴을 마주할 수조차 없었죠."

"아이였어요?"

"네, 12살 먹은 아이였어요. 말 그대로 젖비린내 나는 아이한테 도움을 받아 놓고… 내가 다 망쳐 버렸어요. 난 쓰레기 같은 인간이에요. 그런데 이런 생각이 들더군요. 어쨌거나 다른 사람에게 베풀자, 그런 생각이오. 아이가 날 도우려고 했잖아요. 그래요, 잘 되진 않았죠. 그래도 난 노력하고 있어요. 어쩌면 당신은 결국 다리에서 떨어질지도 몰라요. 하지만 노력은 했잖아요, 그렇죠? 어느 날 아침 일어나 보니 누군가 내게 기회를 줬어요.

마치 기적처럼요. 당신에게도 그런 일이 일어날지 누가 알아요? 그런데 저 얼음장 같은 물로 떨어져 버리면, 그 기적은 어떻게 하지요? 그런 기회를 자기 발로 차 버릴 작정이에요?"

샬럿은 눈에 띄지 않게 옷소매로 코를 문질렀다. 그녀는 조금 더 흐느끼다가 웃음을 터뜨렸다.

"아뇨, 제리. 죽어 버리면 걷어차고 말고 할 게 없잖아요."

"당신이 결정할 일이죠."

제리가 다리로 올라가려고 일어섰다.

샬럿은 어떻게 해야 할지 몰라서 고개를 들었다. 다리 위로 올라갈 수 있을까? 팔 힘을 이용해서 몸을 위로 끌어올려야 했다. 한데 왜 올라갈 걱정을 하지? 마음이 바뀐 걸까?

"이렇게 하면 어떨까요. 동전을 던져 결정하자고요. 앞면이 나오면 나랑 커피를 한잔 마시고, 뒷면이 나오면 물로 뛰어들고요."

샬럿이 보기에는 세상에 다시없는 바보짓 같았다. 웃음이 터지자 멈출 수가 없었다. 웃음을 참으려니 딸꾹질까지 났다.

"웃으니까 참 예쁘네요."

그 말에 웃음이 잦아들었다. 그녀는 경계하는 눈빛으로 제리를 노려보았다.

"별 뜻 없이 한 말이에요. 그냥 당신이 예쁘다고 했을 뿐이에요. 정말 웃는 모습이 예뻐요."

샬럿은 조소했다. 뚱뚱한 여자한테 사람들은 늘 그렇게 말하지. 얼굴은 예쁘다고.

"그러니까 동전 던지기로 살고 죽는 걸 결정하란 말인가요?"

"그래요."

"내 평생 그렇게 허무맹랑한 소리는 처음 들어 봤는데요."

"적어도 50퍼센트의 가능성이 생기는 거잖아요."

제리는 어둠 속에서 동전 하나를 건네주었다. 샬럿은 동전을 손바닥에 놓고 물끄러미 내려다보았다. 25센트짜리 앞면이었다.

"좋아요. 할게요."

심장이 뛰고 피가 귓불까지 솟아오르는 기분이었다. 그녀는 엄지손가락 위에 동전을 올려놓고 공중으로 튕겨 올렸다. 동전은 아치를 그리며 떨어졌지만 샬럿은 그것을 놓쳤다. 동전은 어둠 속으로 날아가 버렸다. 두 사람은 몸을 한껏 내밀고 물 속으로 떨어지는 동전을 쳐다보았다. 물이 너무 어둡고 거리도 멀어서 퐁당 소리도 들리지 않았다. 너무 멀어서….

샬럿의 몸에 한기가 돌았다.

"당신 말이 맞아요. 아름다운 게 아니라 추한 어둠이에요."

"아, 아까운 내 동전."

"25센트짜리 하나 갖고 뭘 그래요. 여기 1달러 줄게요."

샬럿이 주머니에서 지폐 한 장을 꺼내서 제리의 손에 쥐어 주었다.

"그건 특별한 거였다고요. 양면이 다 앞면인 동전이었는데."

"양면 모두 앞이었다고요?"

"그래요."

"그런 걸 어디서 구했어요?"

"몰라요. 그런 걸 어디서 구하는지 모른다는 게 문제예요. 다신 못 구하니까요."

"그럼 어떻게 갖게 됐는데요?"

"바에서 만난 사람의 것인데 훔쳤어요."

"아, 미안해요."

"괜찮아요. 하지만 이제 당신은 물로 뛰어들지 않는 게 좋을 것 같아요. 그렇지 않으면 나는 당신이랑 양면이 앞면인 동전 둘 다 잃는 셈이잖아요. 그러면 나 정말 열받을 거예요."

샬럿은 발목을 문질렀고 두 사람은 한동안 앉아 있었다. 그러다가 샬럿이 다시 주위를 둘러보았다. 시내 쪽을 바라보니 따뜻한 불빛들이 집집마다 새어나오고 있었다. 제리의 동전을 삼킨 춥고 어두운 물속보다는 그곳에 더 마음이 끌렸다.

"그런데 이 시간에도 커피를 마실 수 있는 곳이 있어요?"

"그럼요, 여긴 도시잖아요."

"내가 저 위로 다시 올라갈 수 있을지 모르겠네요."

"그다지 어렵지 않을걸요."

"발목을 다쳤거든요."

"내가 도와줄게요."

시간이 걸리긴 했지만 둘은 다시 다리 위로 올라섰다.

아를렌

그의 집 현관문을 두드리고 서 있자니 아를렌의 가슴은 몹시 뛰었다. 귀로 자신의 심장 소리가 들릴 정도였다. 여기까지 온 것은 잘못한 게 있어서가 아니라 그저 할말을 하기 위해서였다. 한데 그가 가달라고 할까 봐 겁이 나는 이유는 뭘까? 잘 되다가 일이 뒤틀리기 시작한 게 정확히 언제였을까? 그러고 있자니 문득 달아나고 싶은 마음이 생겼다. 실제로 두어 걸음 뒷걸음질 쳤을 때 루벤이 문을 열었다. 그는 짙은 청색 운동복 바지와 헐렁한 흰 티셔츠 차림이었다.

"아를렌이군요."

"루벤, 나를 쉬운 여자라고 생각하나요?"

"아니요, 오히려 아주 어려운 사람이라고 생각하는데요."

그는 문에 몸을 기대고 씩 웃었다. 보기 좋은 미소였으므로 아를렌은 화를 낼 수가 없었다.

"날 놀리는군요. 잠깐 들어가서 얘기 좀 할 수 있을까요?"

루벤의 얼굴에서 미소가 사라졌다.

"집이 엉망진창인데…."

"농담하지 말아요. 당신은 집을 엉망으로 해놓을 타입이 아니라구요."

루벤은 그녀가 안을 들여다보도록 문을 약간 열었다. 거실에는 이삿짐이 잔뜩 어질러져 있었다.

"아직 짐을 안 풀었거든요."

"왜 이래요, 루벤. 방금 짐이 도착했다면 정리가 안 된 것은 당신 잘못이 아니에요."

"좋아요."

루벤은 자신 없는 목소리로 대답하며 문간에서 물러나 아를렌이 들어가게 해주었다. 그가 물었다.

"어째서 내가 당신을 쉽게 생각한다고 했지요?"

"글쎄요, 나도 모르겠어요. 그냥 당신이 날 쉽게 생각하지 않는다는 걸 확인하고 싶었어요."

아를렌은 소파에 가서 앉았다. 루벤이 물었다.

"당신은 쉬운 사람인가요?"

"아뇨, 내 기준으로는 아니에요. 하지만 어떤 남자를 알게 되면, 오직 그 사람밖에 없어요. 리키가 떠난 지 1년도 넘었는데 아직도 다른 사람을 만나 본 적이 없어요. 그것만 봐도 내가 난잡한 사람은 아니라는 얘기죠. 당신은 어떤가요?"

"나도 비슷해요. 마실 걸 줄까요? 맥주 한잔 하겠어요?"

"마시고는 싶지만 안 돼요. 알코올 중독에서 회복하는 단계거든요."

"아, 미안해요. 내가 멍청했네요."

"당신은 몰랐잖아요."

"술을 주문하지 않는다는 것은 알았지만 그런 생각은 못 해봤어요."

"아직도 우리가 서로에 대해 잘 모른다는 얘기지요."

그게 루벤을 만나러 온 이유 중에 하나였다. 그가 셔터를 굳건히 내리고 있어서 그에 대해 알 수가 없었다. 그래서 루벤이 자신을 싸구려 여자로 생각한다고 느꼈던 것일 수도 있다.

"오렌지 주스와 진저 에일이 있는데요."

"그럼 진저 에일을 주세요."

그가 음료수를 가지러 가자 아를렌은 앉아서 엄지손톱을 깨물었다. 속으로 제발 그만두라고 되뇌었지만 멈출 수가 없었다. 적어도 루벤이 가달라고 소리 지르지는 않았으니까.

차가운 잔을 받으면서 아를렌이 말했다.

"내가 뭘 잘못했나요, 루벤? 전혀 모르겠어요. 다친 얼굴에 키스한 게 뭐가 잘못이죠? 그 얼굴도 당신의 일부잖아요. 나는 그걸 받아들였던 것뿐이라고요."

루벤이 곁에 앉았다. 그는 마음이 불편할 때면 늘 소파 끝에 걸터앉았다. 그녀도 그런 습관을 알고 있었다. 봐, 그에 대해 전혀 모르는 건 아니잖아.

"설명할 수 없을 것 같은데요."

"트레버가 당신이 알면서도 모르는 체하는 건 좋지 않다고 했다더군요. 아무리 이쪽에서 모르는 체해도 당사자는 이쪽이 알고 있다는 것을 다 아니까 말이죠. 그 말을 듣자 머릿속이 맑아졌어요. 오랜 세월 동안 그렇게 살아왔지만 이제 다시는 그런 실수를 하지 않겠다고 마음먹었어요. 그래서 당신의 그쪽 얼굴을 받아들이기로 결심했고요. 그런데 당신은 화를 내며 가버리고 나서는 아무 연락도 없었어요."

"미안해요."

"진심이에요?"

아를렌은 약간 놀랐다. 언제나 미안하다고 말하거나 자책감을 느낄 사람은 자신이라고 생각했으니까.

"그때는 그냥 마음이 좀 상했어요."

루벤이 앞으로 다가가서 아를렌을 껴안았다. 전에는 한 번도 먼저 아를렌을 안아 준 적이 없다. 그런데 아를렌은 막상 이렇게 되자 왜 마음이 불편해지는지 알 수가 없었다. 그는 곧장 팔을 풀지 않고 그대로 있었다. 아를렌은 울음이 나올 것만 같았다. 루벤이 입을 그녀의 귀 가까이 대고 말했다.

"당신 말이 맞아요. 난 사람들이 모르는 체하면 화가 나고, 사람들이 의식한다는 것을 알아도 화가 나요. 내가 사람들에게 뭘 원하는지 알 수가 없어요. 처음 누굴 만날 때면 그 사람이 저만치 달아나 버렸으면 좋겠다는 생각을 해요. 내가 쫓아갈 수 없도록 멀리 가 버리면 좋겠다고."

그는 포옹을 풀었다. 아를렌은 울고 있었다. 그가 너무도 안쓰러워서였다. 뭐랄까. 설명은 할 수 없지만, 그날 아침 그의 얼굴에 키스한 이유도 바로 그 때문이었다. 트레버의 앙상한 무릎을 볼 때마다 느끼는 그런 마음이었다. 마치 오랫동안 엄마 노릇을 한 기분이었고, 거기 키스하면 상처가 훨씬 나아질 것 같았다.

"아를렌, 이 상자들은 방금 도착한 게 아니라 몇 달째 여기 이렇게 방치되어 있었어요. 도저히 짐을 못 풀겠어요. 지난 4년 동안 세 번이나 이사를 했어요. 정말이지 신물이 나요. 짐을 풀려고 할 때마다 뭔가 꽉 내리누르는 듯한 느낌이 들거든요."

아를렌은 그를 물끄러미 바라보면서 마스카라가 번지지 않도록 눈 가장자리에 맺힌 눈물을 닦아냈다.

"정말 멋지네요."

"뭐가요?"

"당신이 내게 그렇게 말해 준 게요. 처음으로 진짜 감정을 털어놓았거든요. 더 좋은 것은 나도 그 느낌을 이해할 수 있다는 거예요. 이사에 대해서는 아니지만 때로 그런 감정을 느끼거든요. 압도당하는 기분이 들죠. 꼼짝할 수 없는 그런 기분."

"그래요, 바로 그거예요."

두 사람은 마주보며 미소지었고, 다시 머쓱해졌다.

"혼자 풀어야 되니까 더 그럴 거예요. 내가 짐 푸는 걸 도와줄게요."

"정말 그래 줄래요?"

"물론이죠. 친구가 그런 것 아니겠어요? 잠깐 전화 좀 쓸게요. 트레버에게 어디 있는지 말해 줘야 하거든요."

트레버도 와서 돕고 싶다고 했다. 그녀는 송화구를 손으로 막고 루벤에게 트레버가 와도 되느냐고 물었다. 트레버가 온다는 말을 듣자 그의 얼굴에 미소가 환하게 번졌다. 아를렌도 그가 트레버를 좋아한다는 것은 이미 알고 있었지만, 그 미소를 볼 때마다 더욱 더 기분이 좋아졌다. 루벤은 아이들에 대해 잘 아는 사람임이 분명했다.

트레버는 책 정리에 매달렸다. 책들을 저자의 이름순으로 가지런히 꽂았다. 이런 모습에 루벤은 감탄했고, 아를렌은 아들이 외가 쪽의 정리 습관을 닮았다는 것을 처음 알고는 놀랐다.

아를렌은 부엌에서 평소에 잘 쓰지 않는 그릇들을 정리했다. 그녀가 그릇을 건네면 루벤이 받아서 찬장의 높은 칸에 차곡차곡 넣었다. 그는 의자에 올라선 것처럼 키가 컸다. 샴 고양이의 혈통을 반쯤 이어받은 파란 눈의 작은 고양이가 발 주변을 어슬렁거리자 아를렌은 허리를 굽혀 고양이를 만져 주었다. 고양이는 그녀의 등에 올라와서 그르렁댔다.

"당신이 고양이를 키우는 줄은 몰랐어요."

"미스 리자라고 해요."

그들은 고양이에 대해 이야기를 잠깐 나눈 후 다시 묵묵히 그릇 정리를 했다. 비가 오려는지 창을 타고 들어오는 햇살이 침침했다. 그릇들을 다 풀고 난 아를렌은 사진이 든 상자를 풀었다. 사진들이 신문지에 포장되어 차곡차곡 담겨 있었다. 맨 위에 놓인 사진들을 펼쳤다. 잘생긴 젊은 커플의 사진이었다. 소년 티를 벗은 미남 흑인 청년이 예쁜 아가씨의 어깨에 팔을 두르고 있었다. 청년의 얼굴이 어쩐지 눈에 익었다. 그녀가 고개를 들자 루벤도 옷장 근처에서 사진을 넘겨다보고 있었다.

"동생인가 봐요, 루벤?"

"난 동생이 없어요. 나예요, 아를렌."

"어머나!"

'정말 너처럼 멍청한 인간은 처음 봤다, 아를렌!'

그것은 충격이었다. 그녀는 젊은 루벤의 모습에 적응이 되지 않았다. 그가 얼굴 반쪽이 날아간 채로 태어나지 않았다는 것을, 그의 얼굴이 온전했던 시절이 있었다는 것을 알았어야 했는데…. 그의 예전 모습을 보게 되리라고는 상상도 못 했었다. 그래서 사진에서 눈을 뗄 수가 없었다. 루벤은 옷장 옆에서 사진을 쳐다보는 그녀를 바라보았다.

"이 예쁜 아가씨는 누구예요?"

"엘레노어예요. 내 약혼녀였지요."

"결혼한 게 아니었어요?"

"그래요. 난 결혼한 적이 없어요."

"그렇군요. 나도 그래요."

천천히 해야 할 말이었는데, 순간 튀어나와 버렸다.

엘레노어는 루벤보다 피부가 약간 더 검었다. 부드럽고 반짝이는 검은 피부에 머리를 뒤로 넘긴 모습이 세련되어 보였다. 상류층 여자의 분위기랄까. 아를렌이 지금은 물론이고 앞으로도 절대 가질 수 없는 분위기였다. 아를렌은 사진 속의 두 사람 중 누구 때문에 자신의 마음이 이렇게 아픈지 알 수가 없었다.

"당신이 이런 미남이었다니 믿을 수가 없어요. 세상에! 미안해요, 루벤. 내가 가끔 이렇게 멍청한 소릴 한다니까요."

"내가 지금도 그런 모습이라면 좋았겠죠?"

"아뇨."

그녀도 모르게 그런 대답이 나왔다. 더 이상한 것은 루벤이 왜냐고 묻지 않았다는 거였다. 그는 옷장 속에 머리를 박고 계속 짐을 풀어 정리했다.

크리스의 취재 노트 중에서

사진 속의 남자라면 나 같은 여자에게 시간을 내주지 않았을 거예요. 아니, 그보다 이렇게 작은 시골 동네에 나타나지도 않았

겠지요. 나타났다고 해도 그 멋지고 세련된 여자와 함께 왔을 테죠. 나 같은 여자는 무시했을 거고요.

사진에서 눈을 떼기가 정말 힘들더군요. 뭔가 내 마음 한쪽을 차지하고 놓아 주지 않으려는 것 같다고나 할까요. 가까스로 눈을 떼니 이번에는 루벤의 부모님 사진이 있었어요. 두 분 다 미남 미녀에다 엘레노어가 갖고 있는 분위기를 지니고 있었어요. 말로 표현하긴 힘든데, 어쨌든 그들은 절대로 잃어버리지 않을 테고, 난 절대로 배우지 못할 것이었지요. 처음부터 만들어져서 절대 변하지 않는 것 말예요.

루벤에게 부모님이 살아 계시냐고 물었어요. 시카고에 산다고 하더군요. 정말 다행이라는 생각이 들었어요. 그분들을 만날 일이 없을 테니까요. 내가 엘레노어와 같은 부류가 아니고 앞으로도 절대 그렇게 되지 못하리라는 표정을 짓는 모습을 보지 않아도 되니 얼마나 다행이에요.

루벤의 부모님 사진을 내려놓은 뒤에 내 어머니를 생각했지요. 어머니가 물건을 사는 방식이 떠오르더군요. 우리 집은 가난했어요. 그래서 어머니는 흠이 있는 중고품을 사들였지요. 흠은 없지만 기본적으로 품질이 떨어지는 옷보다는, 흠이 있어도 질 좋은 중고품을 선호했어요.

"엄마, 옷에 얼룩이 있잖아."

내가 불평하면 엄마는 이렇게 대답했지요.

"얼룩이 있어서 얼마나 다행이니? 안 그랬으면 이런 옷을 만져 보지도 못했을 텐데."

고개를 들어 보니 그는 아직도 옷장 앞에 서서 나를 쳐다보고 있더군요. 그때 거센 빗줄기가 지붕을 때리기 시작했어요.

———

아를렌은 10시에 아들을 재웠다. 토요일이었으므로 다음날은 학교에 가지 않는다. 트레버가 고양이를 길러도 되냐고 물었지만 아를렌은 대답을 피했다. 11시 뉴스가 시작한 지 얼마 되지 않아 문 두드리는 소리가 났다.

빗줄기는 여전히 세차게 떨어지고 있었다. 아를렌은 문을 열기 전까지는 비가 얼마나 많이 오는지조차 몰랐다. 장대비 속에서 루벤이 홀딱 젖은 채로 서 있었다. 머리고 옷이고 완전히 젖었고, 턱 밑으로 물이 줄줄 떨어졌다.

"흠뻑 젖었네요. 안으로 들어와요."

아를렌은 곧장 큰 수건을 가지러 침실에 딸린 목욕탕으로 들어갔다. 수건을 들고 나와 보니 루벤이 침실로 따라 들어와 침대 옆에서 카펫에 물을 뚝뚝 흘리고 있었다. 그를 침대 모서리에 앉히고 짧게 친 머리를 말려 주었다.

"여긴 웬일이에요?"

"외로워서요. 이렇게 웃긴 일은 없을 거예요. 하루 종일 당신이랑 트레버가 있다가 가서 그런가 봐요. 두 사람이 떠나니까 집이 텅 빈 것 같았어요. 이젠 혼자 있고 싶지 않아요, 아를렌."

루벤은 손을 뻗어 아를렌을 끌어당겼다. 젖은 옷 때문에 아를렌의 가운에 물기가 배어들었다. 루벤은 아를렌의 가슴 사이에 이마를 파묻고 따스한 입김을 뱉어냈다.

"왜 우산을 쓰지 않았어요?"

"어디 있는지 찾을 수가 없어서요."

"내가 짐을 풀면서 현관 신발장에 넣어뒀는데."

"아, 그 생각은 못 했군요."

루벤이 가슴에 가볍게 입을 맞추자 아를렌은 침을 삼키기가 힘들어졌다.

"누구나 현관 옆 신발장에 우산을 보관하지 않나요?"

"아뇨, 난 안 그래요."

"어디에 보관하는데요?"

"우산대에요."

"우산대가 뭔데요?"

"기다란 대나무 바구니 말이에요."

"아, 그게 우산대였어요? 나는 긴 화분을 담는 바구니인 줄 알았어요. 그건 뒷문에 내다놨어요."

아를렌은 그가 몸을 기대는 것을 느꼈다. 아를렌으로서는 어쩐지 이 상황을 감당하기가 힘들었다. 누군가를 배신하는 것 같기도 했다.

루벤이 말했다.

"긴장한 것 같네요."

"그래요, 둘 중 하나는 긴장해야죠."

루벤이 머리를 약간 뒤로 젖히자 아를렌이 수건으로 얼굴을 닦아 주었다. 이미 거의 마른 상태였지만, 그래야 어색함을 메울 수 있을 테니까. 어쩌면 그녀의 마음을 루벤도 알 터였다.

만일 그가 왜 그러냐고 묻는다면 편리한 이유를 댈 작정이었다. 사실 긴장하고 있다고, 모르는 사람과 만날 때는 딴청을 부려 어색함을 메우는 데 익숙해서 그렇다고. 하지만 그녀는 분위기를 제대로 파악하지 못하고 있었다. 루벤은 시간을 끌어도 괜찮은 남자가 아니었다.

아를렌은 지붕에 떨어지는 빗소리에 귀를 기울이면서 다시 그의 머리를 끌어안았다. 어색한 순간이 지나가면서 오래전에 알았어야 할 것을 깨닫게 되었다. 그녀는 혼자이며 리키는 돌아오지 않으리란 사실을.

아를렌과 루벤은 침대에 누웠다. 아를렌이 그의 몸 위에 있었다. 사진 속의 미남이 되살아나서 그녀의 마음을 가득 채웠다. 아를렌은 그를 거기서 여기까지 데려온 힘이 무엇이었는지 절대로 이해하지 못할 것이다. 그리고 중요한 사실을 떠올렸다. 예전 같았으면 루벤은 그녀가 감당 못 할 사람이었다는 것을.

루벤

그는 이번엔 어디에서 자고 있었는지 정확히 알고 깨어났다. 지난밤의 일도 모두 기억했다. 술에 취해 저지른 일을 아침이 되면 상상하기 힘든 것처럼, 지난밤이 아득히 느껴졌다.

아를렌이 곁에 있었다. 그녀는 잠에서 깨어 팔꿈치를 괸 채 그를 지켜보고 있었다. 루벤은 손을 뻗으면 그녀가 손을 잡아 줄지 궁금했지만 시험해 보지 않았다.

"잘 잤어요?"

그가 나직이 물었다.

"네."

그들은 한동안 말없이 나란히 누워 있었다.

"밤새도록 안대를 하고 자더군요. 불편하지 않아요?"

"사실은 불편해요."

"앞으로 나랑 있을 땐 그걸 벗고 있어야 할 거예요."

"언젠가는요."

"그렇게 보기 흉한가요?"

"당신 짐작보다 나을 수도 있고, 나쁠 수도 있지요."

아를렌은 이불 밑으로 파고들어서 루벤의 가슴에 머리를 기댔다.

"무슨 생각을 하고 있었는지 알아요?"

"글쎄요."

"당신이 다른 사람에게 베풀기를 해야 될 거라는 생각을 했어요."

"내가요? 내가 왜요? 트레버가 우릴 이어 준 것은 엄마를 위해서 한 일이었다고요."

"아뇨, 트레버의 노트를 봤어요. 원 안에 당신의 이름이 적혀 있던걸요."

"하지만 트레버의 아이디어는 우리를 결혼시키는 거였어요."

아를렌은 아무 말 없이 일어나 옷을 입기 시작했다.

루벤은 조용히 집을 나오려 했지만 그러기 전에 트레버가 부엌에 들어가는 소리가 났다. 트레버는 콘플레이크를 그릇에 붓고 있었다. 부엌을 지나지 않고 집을 빠져나갈 방법은 없었다.

그는 재빨리 복도에서 걸음을 멈추었고 아를렌이 따라 나왔다.

"무슨 일이에요?"

"트레버가 깼어요."

"물론 그랬겠죠. 학교에 안 가는 날도 6시 넘어서 일어나는 법이 없는 아이니까요."

"이건 좀 당황스러운데."

"어째서요?"

"난 그애 선생님이라구요."

"그래서요?"

"트레버에게 뭐라고 말해야 좋을지 모르겠어요."

"사실대로 말하는 건 어때요?"

사실대로…. 트레버는 이미 많은 것을 알고 있는데도 루벤은 단도직입적으로 이야기할 생각은 하지 못했다. 하지만 이젠 선택의 여지가 없는 것 같았다. 부엌으로 들어갔다. 트레버가 파자마 바람으로 식탁에 앉아서 콘플레이크에 우유를 붓고 있었다.

"안녕하세요, 선생님."

루벤은 식탁에 함께 앉았다. 아를렌이 가스레인지 주변을 왔다 갔다 하면서 루벤에게 달걀을 어떻게 익히는 게 좋겠냐고 물었다. 루벤은 당황해서 고개를 들었다.

"누구, 나요? 아, 내게 묻는지 몰랐네요."

"딴 생각이라도 했어요?"

"아뇨, 그런 건 아니에요. 당신이 먹는 대로 해줘요."

루벤은 트레버에게로 관심을 돌렸다.

"날 여기서 보고도 안 놀란 것 같구나, 트레버."

트레버는 어깨를 으쓱했다.

"선생님 차가 밖에 있던데요."

"아, 그렇지."

"밤새 여기 계셨어요?"

루벤은 아를렌을 쳐다보았다. 도움을 구하는 간절한 눈길이었지만, 그녀는 가스레인지에 불을 붙이느라 여념이 없었다.

"그렇단다, 트레버."

"잘됐네요."

트레버는 의자에서 신문을 들더니 만화 면을 펼쳤다.

"마음에 걸리니, 트레버?"

루벤은 자기가 듣기에도 바보 같은 질문이라고 생각했다.

"제가 시작한 일이잖아요."

"그건 그렇지."

"두 분 결혼하실 건가요?"

"그런 생각을 하기에는 너무 이른 것 같은데. 하지만 네 어머니와 나는 서로 좋아한단다."

"진작부터 그럴 줄 알았어요. 두 분이 결혼했으면 좋겠어요. 프로젝트에 관해 좋은 아이디어가 별로 생각나지 않거든요."

크리스의 취재 노트 중에서

―

그날 밤 집에 가서 루에게 장거리 전화를 걸었어요.

"야, 드디어 엮이고 있구만. 놀라운데? 잘 되길 응원할게."

루가 말했어요.

나는 뭔가 정직하지 못한 것 같은 느낌을 설명하려 했지요. 그런데 고작 한다는 얘기가 다음날 아침 트레버에게 들켜서 부끄러웠다는 말이었어요. 내가 아침에 그 집에 있는 게 그애에게 잘못하고 있는 것 같은 느낌이 들었다고요. 루는 트레버가 꺼려하는 것 같더냐고 물었고, 나는 진실을 털어놓을 수밖에 없었지요.

그는 이런 일을 이상하게 느끼는 사람은 나뿐일 거라고 하더군요. 내가 별것 아닌 것을 걱정한다는 뜻인 줄 알았어요. 나는 그 방면으로는 둘째가라면 서러운 인물이거든요. 그런데 그런 뜻이 아니었어요. 정직하지 못하다는 생각을 할 사람은 나뿐일 것이고, 내 의도를 아는 사람 또한 나뿐일 거라는 거죠. 어쩌면 내가 실제로 정직하지 않은지도 모르고요.

루의 말을 듣는 순간 큰 수치심이 일었어요. 그래서 다른 사람에게는 입 밖에 내지 않을 말을 실토했지요. 아를렌은 내가 그리던 스타일이 아니라고요. 팔짱을 끼고 어디 들어가면 기분이 우쭐해질 만한 사람이 아니라고 말이에요.

"달리 표현하면 자넨 그 여자가 창피하다, 이거군."

"그렇게는 말하지 않았어."

"아니, 분명히 그랬어."

온갖 생각이 머릿속에서 빙빙 돌기 시작하면서 숨쉬기가 점점 어려워졌어요. 그녀가 내게 갖는 최악의 두려움이 바로 이것이라는 걸 그제야 깨닫게 되었어요. 내가 자기를 멸시하리라는 것. 그런 건 언제나 진실이라는 텃밭에 기반을 두고 있기 마련이지요. 아를렌에게도 이런 이야기를 할 친구가 있는지 궁금해졌어요. 내 얼굴에 대해서, 나와 육체적으로 가까워지기가 얼마나 어려운지에 대해 이야기를 나눌 친구가 있는지 말이에요.

루는 이렇게 말하더군요.

"진정으로 그렇게 생각하면 다른 사람을 찾아 봐. 지금 자네가 그 여자에게 선심을 베푸는 게 아니잖아."

"아냐, 난 그녀를 원해."

내 말에 우리 둘 다 놀랐지요.

난 아를렌과 함께 있을 때의 느낌이 좋았어요. 문득 여자랑 팔짱을 끼고 있는 것보다는 그게 더 중요하고 현실적이라는 생각이 들더군요. 루는 최근에 사귄 애인 이야기를 들려주었어요. 그가 살면서 만난 남자들이 다 그랬듯이 이 사람하고도 일정한 거리가 있었다더군요. 그러다가 마침내 참을 수 없어서 폭발했다고 했어요.

"결국 최후 통첩을 했지. 내 인생으로 첨벙 뛰어들던가, 내 인생에서 나가든가 하라고. 정직하지 못하다는 느낌을 멈추게 하고 싶으면, 그 여자를 정직하게 대하려고 노력해 봐."

전화를 끊고 나니 많은 것이 더 분명해지기 시작하더군요.

마침내 적당한 반지를 찾아내자 루벤은 모아 놓은 돈을 다 쏟아 부어야 한다는 사실을 알게 되었다. 그러기는 싫었다. 이 돈은 만일의 경우를 대비한 돈이었다. 비상금이 있다는 사실만으로도 흐뭇했는데…. 하지만 이제 그 돈이 오래가지 못하리란 것을 그는 잘 알았다.

그가 고른 반지는 눈에 번쩍 띌 만큼 대단하지는 않았지만, 가운데에 알이 꽤 큰 다이아몬드가 박히고 양쪽으로 작은 다이아몬드가 가지런히 박힌 백금 반지였다. 약간 구식 디자인인 것이 오히려 마음에 들었다. 어머니의 반지보다는 수수한 편이었지만, 그래도 비슷했다. 이만하면 됐다.

보석상에서 나와 집으로 가서 반지를 살지 말지 찬찬히 고민해 보기로 했다. 잠을 자면서 결정하려고 했지만 제대로 자지 못했다. 아침에 반지가 팔렸을까 걱정하며 보석상으로 다시 갔다. 아직 팔리지 않은 것을 확인하고는 대금을 완불할 때까지 보관하게 했다. 만약 마음이 변하면 사지 않아도 된다.

하지만 다음날 트레버와 아침 식탁에 마주앉았을 때, 루벤은 반지를 꼭 사야 한다는 것을 깨달았다. 싸구려 반지를 사거나, 반지를 사지 않음으로 인해 그녀와의 관계를 싸구려로 만들 순 없었다. 아를렌에게 제대로 해주는 것이 트레버에게 제대로 해주는 것이었다. 그리고 루벤 자신에게도.

다음날 밤, 아를렌과 밖에서 저녁 식사를 할 때 그의 주머니

속에는 반지가 들어 있었다.

아를렌은 장미빛 실크 블라우스를 입고 환하게 웃었다. 그녀는 루벤이 늘 알고 있었고, 늘 원했던 사람처럼 보였다. 그는 재킷 주머니에 손을 넣어 작은 벨벳 상자를 만지작거렸다. 한데 반지 상자를 꺼내려는 순간마다 번번이 기회를 놓치고 말았다. 그러다 문득 아를렌의 마음이 궁금해졌다. 루벤은 자신의 감정을 확인하느라 그녀가 청혼을 거절할지도 모른다는 생각을 해보지 못한 것이다. 그는 주머니에서 얼른 손을 빼고 반지를 잊으려 애썼다.

나중에 아를렌의 집 앞에서 루벤은 가볍고 품위 있는 키스를 했다.

"괜찮아요?"

아를렌이 물었다. 겁먹은 목소리였다. 루벤에게만 그렇게 들렸는지도 모른다.

"그럼요, 왜 물어요?"

"몰라요, 오늘밤 좀 이상해 보여서요."

"피곤해서 그래요."

"그래요, 나도 피곤하네요."

루벤은 차를 타고 집으로 가면서 스스로를 겁쟁이라고 자책했다. 반쯤 갔을 때, 꿈에서 깬 것처럼 정신이 번쩍 들었다. 자신이 결혼하자는 말을 입 밖으로 낼 뻔했다니 믿을 수가 없었다. 아를렌을 떠올려 보았지만, 이방인 같았다. 집에 도착하자마자 서랍에 든 반지 영수증을 찾았다.

　고양이가 침대로 뛰어 올라와서 턱에 얼굴을 문질렀다. 루벤은 고양이에게 모든 사정을 털어놓았다. 하마터면 어떤 절벽에서 뛰어내릴 뻔했는지 낱낱이 말했다. 고양이가 인간들은 충동적이고 이상하다고 맞장구쳤다. 그는 고양이에게 아침에 보석상에 반지를 가져가서 환불하겠다고 말했다.

　하지만 실제로 그렇게 하지는 못했다.

시드니 G

그는 녀석들을 약올리려는 듯 한껏 허세를 부리며 걸었다. 뒤에서 놈들이 쫓아오고 있음을 술집을 떠나면서부터 알고 있었다. 취기가 오르자 그의 주머니 속에서 느껴지는 차가운 쇠의 감촉이 믿음직스럽게 느껴졌다. 하지만 몸은 비틀거렸고 어디가 어딘지 분간하기 힘들었다. 어쨌든 골목으로 접어들었다. 끝까지 허점을 보이지 않을 작정이었다. 어차피 시드니 G를 처치하려면 조무래기 몇 명으로는 안 될 테니까.

"이봐, 뚱뚱이!"

뒤에서 날카로운 소리가 들렸다. 아는 목소리였다. 아까 그의 면전에서 들리던 목소리였다. 여자는 술집에 혼자 앉아 있었다. 그러니 어떻게 이 녀석들과 한패라는 걸 알았겠는가?

그를 부른 덩치 큰 백인 녀석은 패거리를 달고 있었다. 주먹이 모든 걸 해결해 준다고 믿는 멍청이들을.

'이거, 어떻게 돌아가는 거야?'

"당신한테 말하는 거야, 멍청이 아저씨!"

시드니 G는 걸음을 멈추었다. 몸이 약간 흔들렸지만 뒤를 돌아보았다. 골목 입구에 네 놈이 서 있었다. 어제 내린 비로 공기가 맑고 추워서, 놈들 입에서 허연 입김이 나왔다.

여자의 애인이 맨 앞에 서 있었고, 세 녀석은 바로 뒤에 서서 약속이나 한 듯 느끼하게 미소 짓고 있었다.

'이제야 잡았다, 입 더러운 뺀질이 녀석. 너희는 지금 그런 생각을 하겠지?'

"뚱뚱이! 다시 한 번 내 여자에 대해 입을 놀려 보시지!"

시드니 G는 씩 웃었다. 숨을 깊이 쉬니 배가 허리띠의 금속 버클에 닿아 한기가 느껴졌다.

"이봐, 친구! 내가 자네 여자에 대해 말한 것은 사실이 아니야. 그 여자랑 아무 사이도 아니거든."

네 녀석이 야비한 미소를 흘리며 어깨를 들썩였다.

"그렇게 뚱뚱하고 못생긴 여자를 어떻게 하고 싶을 것 같아? 그 여자가 아무리 애걸해도 난 관심 없어. 노땡큐라고."

시드니 G는 씩 웃으면서 그들에게 등을 돌렸다. 그러곤 코트 속에서 총을 꺼냈다. 그는 실수를 할 만큼 충분히 취해 있었다. 하긴 골목에서 네 놈과 맞선 것 자체가 멍청한 행동이다.

냉정하게 상황을 파악해 보려 했지만 이미 늦어 버렸다. 어느 틈엔가 강한 손길이 뒤에서 덮쳐와 오른 팔목을 움켜잡았고, 다른 사람이 팔뚝을 쥐었다. 그는 놈들의 힘에 눌려서 무릎을 꿇었다. 팔꿈치 뼈가 부서진 것 같았다. 통증이 심해서 토할 것 같았다. 술에 취한 게 차라리 다행이었다.

'내일 아침이면 죽여주게 아프겠구나. 내일 아침이 오기나 하다면 말이지만.'

통증 때문에 허리를 굽히는데, 총이 어딘가로 튕겨 나갔다. 무거운 부츠에 배를 걷어차이자 몸이 약간 공중으로 들렸다. 하지만 비명을 지르지도, 용서를 빌지도 않았다. 대신 상대의 부츠에 침을 뱉었다. 시드니 G, 끝까지 버틴다…. 그치만 지금이 끝인 것 같았다.

처음 그 소리를 들었을 때는 너무 취해서, 또 너무 충격을 받은 상태여서 무슨 소리인지 몰랐다. 귓전을 울리는 윙윙거리는 소리. 하지만 그가 노려보고 있던 다리들이 일제히 방향을 바꾸었다. 고개를 약간 드니 놈들의 가랑이 사이로 신기루처럼 뭔가가 나타나는 것이 보였다. 체구가 작은 남자가 소형 오토바이를 타고, 할리 데이비슨(미국제 대형 오토바이-역주)이라도 몰듯이 속력을 내서 달려오고 있었다. 그가 클러치를 작동하자 오토바이가 공중으로 뛰어올랐다가 통통 튀기듯이 골목 안으로 질주해 들어왔다. 놈들은 오토바이를 피하느라 급히 움직였다.

'오호, 시드니 G의 흑기사가 나타났구나.'

소형 오토바이가 시드니 G 옆에 멈추었다. 체구가 작은 청년이 손을 뻗었고 그 손을 시드니 G가 잡았다. 하마터면 그 청년을 오토바이에서 끌어내릴 뻔했다. 물에 빠진 사람이 구조원을 자꾸 물속으로 잡아끄는 것처럼. 시드니 G는 급하게 뒷좌석으로 뛰어오르다가 제대로 앉지 못해 길바닥에 나뒹굴었다. 아스팔트 도로 위에서 반쯤은 끌려가다시피 했다. 청년은 따라오는 무리에게 잡히지 않을 정도로 간격을 벌리며 달렸고, 시드니 G의 몸은 공처럼 아래위로 통통 튀었다. 하지만 화가 나진 않았다. 저 골목에는 더 나쁜 일이 있었으니까.

청년이 브레이크를 잡자 오토바이는 반회전을 했고, 시드니 G는 그 바람에 하마터면 옆으로 떨어질 뻔했다. 청년이 그를 힘껏 잡아당겼다. 시드니 G는 한 다리를 뒷좌석에 걸치고 왼손으로 청년의 재킷을 움켜잡았다. 놈들에게 비틀린 오른팔이 아래로 축 처졌다.

시드니 G와 청년은 오토바이 엔진 소리에 귀를 기울이며 앉아 있었다. 아주 잠깐이었지만 몹시 길게 느껴졌다. 네 녀석이 골목 양쪽에 자리잡고 서 있었다. 둘은 이쪽을, 나머지 둘은 저쪽을… 빠져나갈 틈이 없었다.

"꽉 잡아요."

청년이 말했다.

'제길, 그러지 뭐.'

청년은 오토바이를 몰고 나가다가 휙 하고 방향을 전환했다. 좁은 공간에서는 하기 힘든 동작이었다. 그는 오토바이가 넘어지지 않도록 한쪽 발로 균형을 잡으면서 두 명이 지키고 있는 쪽으로 속도를 높이며 그대로 돌진했다. 한 녀석이 청년의 소매를 휙 잡아끌었다. 그는 청년의 몸을 당겨서 오토바이를 쓰러뜨리려 했다.

'녀석의 눈을 밤탱이로 만들어 줘야지.'

시드니 G는 속으로 생각했지만 쓸 수 있는 손은 한 손뿐이었고, 그 손으로는 청년의 옷을 붙잡아야 했다. 오토바이가 갑자기 왼쪽으로 돌았다. 시드니 G가 발을 땅에 대자, 청년도 똑같이 발을 땅에 대며 쓰러지지 않으려고 버텼다.

'이러다가는 잡히겠어.'

하지만 그 순간 오토바이가 아주 가뿐하게 반쯤 똑바로 섰다. 청년이 액셀러레이터를 힘차게 밟자 오토바이가 앞으로 휙 나아갔다. 그렇게 해서 옷소매를 끌어당겼던 녀석의 손아귀에서 벗어났다.

그들은 골목을 빠져나와 우회전해서 고속도로를 향해 달렸다. 뒤에서 총 쏘는 소리가 들렸다. 시드니의 총이었다. 어떤 통증도 그 총을 두고 온 아픔에 비할 수 없었다.

"어째서 날 돕는 거지?"

시드니 G는 청년의 귀에 대고 외쳤지만 바람 소리와 엔진 소리에 파묻혔다. 메스꺼움과 통증이 온몸을 타고 흘러내렸다. 시드니 G는 의식을 잃지 않으려고 무진 애를 썼지만 청년의 옷자락을 잡고 있을 힘밖에는 없었다.

그는 의식과 무의식의 공간을 넘나들었다. 통증이 그 사이에서 기다리고 있다가 의식이 깨어날 때쯤 등장하곤 했다. 그러나 나쁜 기분으로 깨어나더라도 거기에는 깔끔한 승리감 같은 게 있었다. 그것은 그가 죽음을 딛고 살아 났다는 의미였다.

시드니 G는 눈을 떴다.

천장이 약간 빙빙 돌았다. 가장 통증이 심한 오른팔을 내려다 보았다. 팔꿈치가 부러진 것이 분명했다. 평소보다 두 세배쯤 부어올랐고 팔꿈치 끝이 엉뚱한 방향을 가리키고 있었다. 그는 왼손으로 재킷 주머니에서 약통을 꺼내서 안에 든 약을 죄다 무릎에 쏟았다. 진통제 두 알을 찾아내서 물도 없이 삼켰다.

그런 다음 눈을 감고 얼마나 부상을 입었는지 느껴 보았다. 무릎이 멍들고 까진 것 같았지만 아직은 보고 싶지 않았다. 진통제가 효과를 발휘할 때까지 심한 움직임은 금물이다. 뱃속의 느낌으로 봐서 갈비뼈가 한두 대 부러진 것 같았다. 호흡을 깊게 해 보니 아주 거북했다. 몇 분쯤 의식이 몽롱했다가 안도감 같은 것이 몰려왔다. 차츰 통증이 완화되는가 싶더니 저 뒤편으로 밀려가서 몸속에 남아 있지 않은 것 같았다.

그는 몸을 움직여 일어났다. 통증은 아직도 있었지만, 마치 다른 사람이 대신 느끼고 있는 것 같은 기분이 들었다. 발로 바닥을 딛고 서니 몸이 비틀거리면서 구역질이 올라왔다. 주위를 둘러보았다. 가구가 거의 없는 좁은 아파트였다. 다른 사람은 없었다. 신선한 공기를 마실까 해서 열린 창가로 다가갔다.

청년이 창밖 지붕에 앉아 있었다. 마르고 창백한 얼굴이 채 스무 살도 되지 않은 것 같았다. 백만 년이 지난다 해도 시드니 G와 절대로 어울릴 타입이 아니었다.

"깼네요."

청년이 말했다.

"응."

시드니 G는 심호흡을 하면서 이제 살아 있음을 의식적으로 받아들였다. 진통제 덕분에 생각이라는 것을 할 수 있었다.

"어젯밤 나를 거기서 끌고 나온 사람이 자네군!"

"그래요, 병원으로 데려가려 했지만 의식을 잃어서 오토바이에 제대로 앉힐 수도 없었어요. 왼팔을 내 어깨에 걸치게 하고 달려야 했죠. 그래서 가까운 우리 집으로 올 수밖에 없었어요. 더 멀리는 도저히 갈 수 없어서요."

'내 이럴 줄 알았지!'

시드니 G는 속으로 중얼거렸다. 언제나 운명은 이런 식으로 그의 편을 들었다. 그로서는 얼씬대지 말아야 할 곳이 병원이다. 거기서 시작하면 감옥에서 끝날 테니까. 경찰에 감시당하지만 않았어도 이 후진 동네에 있을 이유도 없다. 그는 로스앤젤레스로 조용히 돌아가서, 비밀을 지켜 주는 의사에게 치료받을 작정이었다. 그런 다음 누군가 신고하기 전에 살그머니 그곳을 빠져나오면 된다.

"어이, 잘했어. 자네가 나 같은 인물이 아니라 얼마나 다행인지. 나 같았으면 어정대고 구경이나 했을 텐데. 저 병신 같은 자식이 일을 자초했다는 생각을 하면서 말이지."

청년은 눈을 들어 시드니 G를 바라보았다. 깊고 냉정한 눈길이었다. 유머 감각이나 여유가 있어 보이진 않았다. 머리는 보기 좋게 깎았지만 좀체 어울리지 않았다.

"고맙다는 말을 이상한 방식으로 하는군요."

시드니 G는 창 끄트머리에 앉았다. 그는 고맙다는 말은 생각조차 한 적이 없었다. 그런 뉘앙스를 풍기는 말도 마찬가지다. 저 아래 길에 세워진 소형 오토바이의 흰 몸체가 그의 눈에 들어왔다. 그걸 보니 마음속 깊은 곳이 편안해졌다.

'어젯밤에 저것 덕을 봤구나.'

"귀여운 꼬마 오토바이를 가지고 있더군. 진짜 오토바이처럼 타나?"

시드니 G는 주머니에서 담배를 꺼냈다. 왼손으로 불을 붙이려는데 청년이 담배와 라이터를 빼앗아서 던져 버렸다.

"이봐!"

"내 집에선 안 돼요."

"그래, 우라지게 좋은 집이구만. 궁전이 따로 없네."

"웃기지 말아요."

"뭐라고 그랬지?"

"들었잖아요, 웃기지 말라고 했어요."

청년이 창문을 통해 안으로 들어왔다. 시드니 G는 뒤로 주춤 물러섰다. 약 기운 때문에 힘이 없다지만, 어떻게 물러설 수가 있을까? 죽음을 앞에 두고도 뒷걸음질한 적이 없었다. 하지만 팔 때문에…. 팔에 뭔가 닿는 것도, 부딪히는 것도 싫었다.

"저건 진짜 오토바이예요. 그리고 작은 게 당신에겐 다행이었어요. 그렇지 않았으면 우리 둘 다 죽었을 테니까요. 당신을 죽이려던 놈이 오토바이를 옆으로 넘어뜨리려 했어요. 내가 한 발로 버티지 않았으면 지금쯤 우리 둘 다 이 세상 사람이 아니었을 거라고요. 그런데 내가 뭐하러 목숨까지 걸고 당신을 도우려 했는지 모르겠네요. 당신은 아주 나쁜 사람인데."

"뭐라고?"

"다 들었으면서 왜 자꾸 물어요?"

"너 정도는 한 팔로도 때려눕힐 수 있어."

"그렇게 해보시죠."

하지만 그는 오른손잡이고, 다친 팔은 오른팔이었다. 게다가 버릇없긴 해도 이 조무래기 덕에 살아 있다는 사실이 떠올랐다.

"그나저나 왜 날 도와줬지?"

"당신이 이렇게 형편없는 인간인지 몰랐거든요."

"왜 알지도 못하는 사람을 도와주려고 한 거냐고?"

"당신은 이해하지 못할 거예요."

이해하지 못할 거라는 청년의 말에 동의한 시드니 G는 아래층으로 내려가서 잔디밭에 떨어진 담배와 라이터를 찾았다. 한참 앉아서 담배를 피우며 앞으로 어떻게 할지 궁리했다.

로스앤젤레스로 돌아간 시드니 G는 사우스 센트럴의 허름한 아파트에 누워 있었다. 곁에 누운 스텔라에게 보고 싶었다고 말했다. 그건 사실이었다. 그는 오른쪽 팔목에서 어깨까지 깁스를 하고 있었다. 더위 때문에 약간 가려웠고, 진통제를 먹어서 머리가 멍했다. 그녀는 이번엔 얼마나 있을 거냐고 물었다.

"당신이 있으라고 하는 만큼."

그건 눈곱만치도 마음에 없는 소리였다. 시드니 G는 한마디 덧붙였다.

"스텔라, 당신은 날 나쁜 놈이라고 생각하지 않지?"

그녀는 "흥!" 하면서 벽 쪽으로 몸을 돌렸다.

"당신이 언제부터 다른 사람 생각에 신경을 썼죠?"

"모르겠어. 그런데 '다른 사람에게 베풀기'라는 운동에 대해 들어 본 적이 있어?"

"아뇨, 그게 뭔데요?"

시드니 G가 왼손으로 스텔라의 머리를 쓰다듬으려 했지만 그녀는 고개를 젖히며 손길을 뿌리쳤다. 스텔라는 다시 화가 났다. 오래전에 끝난 여러 가지 일에 대해서, 그가 어떤 사람이고, 그녀에게 어떤 짓을 했는가에 대해서 말이다.

"새로운 운동이래."

"어떤 종류의 운동인데요?"

시드니 G는 왼팔을 머리에 고이고 누워서 '다른 사람에게 베풀기'에 대해 매트에게 들은 만큼 이야기했다. 그 말을 한 후 매트는 시드니 G를 내쫓았다. 시드니 G는 녀석이 자기는 다른 사람에게 뭔가를 베풀 위인이 못 된다고 했다는 것까지 스텔라에게 털어놓았다. 왜 그런 말까지 하는지는 알 수 없었다. 상대가 스텔라이고, 그녀를 그리워했기 때문일 수도 있다. 시드니는 그 조무래기가 자길 보고 꺼지라고, 그 일에는 손도 대지 말라고 했다며 분개했다. 녀석은 다음부터는 믿음이 가는 인물에게 도움을 주겠다고 말했다.

"감정이 상하더구만."

"당신한테 무슨 감정이 있다고 그래요."

"이봐!"

"맞는 말이잖아요."

"그러니까 날 나쁜 놈으로 생각한다 이건가?"

"도대체 왜 어처구니없는 일을 갖고 시끄럽게 굴어요. 그게 로스앤젤레스에서 얼마나 가겠어요?"

"그래."

"이번에는 애들을 위해 돈을 좀 내놓을 건가요?"

"오늘 일이 잘 풀리면."

하지만 그날 시드니 G가 계획한 일이란 다시 로스앤젤레스를 빠져나가는 것뿐이었다. 이미 너무 오래 머물렀다.

트레버의 일기

......

루벤 선생님과 엄마 사이에 무슨 일이 일어났는지 모르겠다. 선생님은 날 볼 때마다 "트레버, 엄마는 어떠시니?"라고 묻는다. 그 다음에는 "엄마가 나에 대해 물으시진 않니?"라고 묻는다.

뭘 묻는다는 걸까? 곰곰이 생각해 봤지만, 이런 일에는 끼어들지 않는 편이 낫다.

집에 오면 이번에는 엄마가 "혹시 루벤을 봤니?"라고 묻는다. 그래서 "그럼요, 학교에서 맨날 보는 걸요."라고 대답하면 엄마는 "그래, 나에 대해 물은 적은 없니?"라고 묻는다.

가끔 두 사람한테 소리쳐 주고 싶다. "둘이서 해결하세요! 둘이서 얘기하는 데 뭐 뇌수술이라도 해야 되는 줄 아세요?"라고 쏘아붙이고 싶다.

하지만 어른들은 그런 말 듣는 걸 싫어한다.

그래서 그냥 이대로 살기로 했다. 난 두 사람 모두가 진짜로 알고 싶어하는 것은 말해 주지 않을 것이다. 그러면 조만간 참지 못하고 둘이 대화를 하게 될 것이다.

나도 어른이 되면 여자에게 이상하게 굴게 될까 봐 걱정이다. 그런 생각은 하기도 싫다.

아를렌

로레타가 잔에 우유를 붓고 스푼으로 젓는 소리가 귀에 거슬렸다. 인스턴트 커피를 좋아하지 않는 로레타는 커피 기계가 고장나자 아침 일찍 아를렌의 집에 커피를 얻어 마시러 왔다.

평소 같으면 로레타가 찾아와 준 게 반갑고 즐거웠을 텐데 지난 일주일간 기운 없이 지내다 보니 별로 기분이 나지 않았다. 그동안 후견인인 보니에게도 전화 한 통 걸지 않았다.

"이제는 그 사람 이야기를 별로 안 하네."

"누구?"

"누구라니? 아를렌이 달아올랐던 그 사람이지."

"아, 그 이야기는 하지 말자."

아를렌은 로레타가 리키 이야기를 한다고 생각했다.

"잘 안 됐나 봐?"

"뭐가?"

"그 선생하고 말야."

아를렌은 일어나서 가스레인지로 갔다. 로레타가 시시콜콜 물어올 게 뻔했다. 얼른 벗어나고 싶었다. 자기도 알고 싶지 않은 부분까지 들춰지는 게 싫었다.

"대체 뭐가 문제야?"

"나도 뭐가 문젠지 알고 싶어."

아를렌은 다시 식탁으로 가서 앉아 양손에 머리를 묻었다. 이렇게 미뤄두기만 할 수는 없었다.

"지난번 데이트 때 그이가 아주 이상하게 굴더라구. 왜 갑자기 어색하게 행동하는 거 있잖아."

"글쎄, 사람들은 각자 다른 방식으로 행동하지 않나?"

"왜 사람들이 뭔가 할말이 있을 때 어색하게 구는 것 말야. 로레타는 그래 본 적 없어? 거울 앞에 서서 할말을 미리 연습하고도 상대방을 만나러 나가서는 우물쭈물하기만 하는 거 말야. 다른 사람이 들으면 안 되기라도 하듯이. 지금 말하면 웨이터가 들으니까 안 돼… 그러면서."

"그래? 그 사람이 뭐랬는데?"

"아무 말도 안 했어. 하지만 난 알아. 그이는 나랑 헤어지려고 그랬던 거야."

"그 사람한테 직접 물어보기 전에는 모르는 거야."

"이젠 안다니까."

"그 사람에게 물어보고 확인해."

"그러면 말해 줄까?"

아를렌은 창문으로 트레버를 바라보았다. 트레버는 친구 조와 차고 지붕에서 놀고 있었다. 그러지 말라고는 안 했지만, 거기서 노는 것을 엄마가 좋아하지 않으리란 것을 잘 알 터였다. 아를렌이 부엌 창으로 머리를 내밀자 트레버가 나무 밑으로 가서 손을 흔들었다.

"그 사람과 허심탄회하게 얘기를 해봐."

"트레버를 데리고 그이 집으로 가볼까 생각했어."

지난번에는 의외로 그 방법이 먹혔지만 이번에는 왠지 소용없을 것 같았다. 하지만 설명하기가 애매해서 잠자코 있었다.

"그러니까 지금 그 사람이 헤어지자고 할까 봐 두려운 거지?"

"왜? 그게 뭐 이상해?"

"지난번에는 리키가 집에 돌아올 때까지 외로우니까 그 사람을 만난다고 했잖아."

아를렌은 의자에 앉은 채 몸을 흔들며 로레타를 쏘아보았다. 성숙하지 못하고, 오만불손하고, 멍청한 사람에게 던지는 눈빛이었다.

"리키는 돌아오지 않아. 그걸 모르겠어, 로레타?"

로레타는 눈썹을 치뜨며 대꾸했다.

"모르냐고? 내가 모르는 것 같아? 이봐, 아를렌. 세상에서 그걸 모르는 사람이 있다면 단 한 명, 바로 아를렌뿐이라구."

아를렌은 한숨을 짓고는 남은 커피를 개수대에 부어 버렸다.

"그래, 다시 생각해 봐야겠어."

아를렌이 말했다.

트레버가 부엌으로 들어서자 아를렌은 로레타에게 그만 가라는 시늉을 했다. 오랫동안 사귄 사람끼리만 통하는 몸짓이었다.

"커피를 한 잔 더 마시려던 참이었는데."

아를렌은 커피 기계의 플러그를 뽑아서 통째로 가져왔다. 주전자에는 석 잔 분량의 커피가 남아 있었다.

"가지고 가서 써."

"이렇게까지 할 필요는 없는데…."

하지만 로레타로서는 사양할 수도 없었다.

"엄마, 왜 로레타 아줌마에게 커피 기계를 줬어요?"

"특별한 이유는 없어. 그나저나 방학인데 세인트 클레어 선생님을 만나니?"

"그럼요, 늘 만나죠."

"어디서 만나는데?"

"내가 선생님 댁으로 가요."

"그래? 언제 엄마도 같이 가자."

"좋아요. 지금 갈까요?"

"글쎄, 지금은 안 될 것 같은데."

"왜요?"

"전화를 드리지 않았거든."

"괜찮아요. 나는 그냥 자전거를 타고 가는데요."

"그래도 나는 너하고는 다르지 않겠니?"

"뭐가 다르죠?"

"음, 잠깐만 생각해 보자."

두 사람은 차로 루벤의 집을 향해 가고 있었다. 차에서 최근에 이상하게 요란스런 소리가 났다. 아를렌이 다시 물었다.

"트레버, 네가 선생님 댁에 가서 이야기를 할 때 혹시… 선생님이 나에 대해서 묻니?"

"네."

"몇 번이나 그랬는데?"

"매번요."

"정말? 뭐라고?"

"선생님은 늘 '어머니는 어떠시니, 트레버?'라고 묻고, 그러면 난 '잘 계세요.'라고 대답하죠. 그러면 선생님은 '그렇구나. 트레버, 혹시 어머니가 나에 대해 물으시진 않니?'라고 물어요."

긴 침묵이 흘렀다. 트레버가 입을 열었다.

"혹시 선생님이 엄마에게 결혼하자고 했나요?"

"선생님은 그런 말 안 할 거야."

"만일 하면요?"

"안 그럴 거야. 우리 다른 이야기 하자."

이야기는 계속되지 못했다. 루벤의 집 앞이었다.

루벤이 문을 열자, 트레버는 제 집처럼 뛰어 들어갔다.
"안녕하세요, 루벤."
트레버가 루벤의 옆을 지나치며 외쳤다.
"어서 와라, 트레버. 아를렌… 놀랐는데요."
면도도 하지 않은 채 운동복을 입고 있는 모습이 좀 우스워 보였다. 수염이 한쪽에만 나 있어서일까. 슬퍼 보이기도 했다. 사실 아를렌에게 그건 그다지 중요하지 않았다. 그녀는 루벤이 얼마나 보고 싶었는지 생각하느라 바빴다. 그리운 감정이 너무 크고 무거워서 마음에 다 담을 수 없을 정도였다.
"이렇게 불쑥 찾아와서 미안해요. 하지만…."
'하지만 뭐라고, 아를렌? 무슨 말을 하고 싶어서 그래? 오지 말라고 할까 봐 그랬다고 하려고?'
아니면 루벤이 그녀의 이름을 이상하게 떨리는 목소리로 부르는 걸 듣기 싫어서였을까? 큰 상처를 입힐 말을 하려고 자기 이름을 부르는 것이 듣기 싫어서?
"괜찮아요. 들어갑시다."
아를렌은 안으로 들어갔다. 트레버가 지켜보고 있어 어색한 기분이 들었다. 지난번 이삿짐을 풀 때와는 달랐다. 그때는 트레버가 다른 세계에 흠뻑 빠져 있었다. 이번에는 루벤에게 하고 싶은 말을 할 수가 없을 것이다. 하지만 아를렌은 루벤 역시 헤어지자는 말을 하지 못할 테니 다행이라고 스스로 위로했다.
"트레버, '세인트 클레어 선생님'이라고 하지 않고 다짜고짜 이름을 부르다니 그런 버릇은 어디서 배웠니?"

"선생님이 그러라고 하셨어요. 여름 방학 동안만 그럴 거예요. 개학하면 다시 깍듯이 부를 건데요."

"트레버 말이 맞아요."

"그래요, 그랬군요."

뭐라도 할말이 있을 텐데… 그 말을 찾아낼 수 있다면 얼마나 좋을까. 아를렌이 소파로 가서 앉자 루벤은 진저 에일을 가져왔다. 침묵이 집을 무겁게 짓눌렀다.

트레버가 말했다.

"미스 리자는 어디 있어요?"

"나도 한참 못 봤는데. 뒷마당에서 새들을 쫓아다니고 있나 보구나."

"제가 가볼게요."

트레버가 달려나가자 아를렌은 무슨 말이든 할 수 있는 여유가 생겼다. 하지만 이제 아무 말도 하고 싶지 않았다.

"아를렌, 나는…."

아를렌은 루벤의 말을 끊고 갑자기 벌떡 일어나서 말했다.

"정말로 보고 싶었어요."

"그랬어요?"

루벤이 놀란 어조로 물었다.

"그래요. 사소한 것들이 그립더군요. 당신이랑 함께 있는 데 익숙해져 버렸나 봐요."

"사소한 것들이라면?"

"그저… 알잖아요."

말은 그렇게 했지만 루벤이 모른다는 것을 알았다.

"당신이 우리 집 자동응답기에 남기던 재미난 메시지도 그렇구요. 말 한마디 한마디는 기억나지 않지만 웃겼거든요. 그런 것들이 그리웠어요."

"전화 못 해서 미안해요. 생각할 게 너무 많았어요."

"그래요, 나도 그랬어요."

아를렌이 손을 뻗어 루벤의 오른쪽 뺨을 매만졌다. 꺼칠꺼칠했다. 바보 같다는 생각이 들었지만 상관없었다. 아를렌은 떠나지 말라고 간청이라도 할 준비가 되어 있었다. 사실 누구나 그렇게 하지 않던가. 유행가만 봐도 그렇다. 당신 앞에 무릎을 꿇고 싶어요… 자존심이 강해서 붙잡지 못한다는 것은 말도 안 되죠. 내 사랑이여, 떠나지 말아요….

아를렌은 무엇보다도 '당신과 함께 있는 시간'이 그리웠다는 말을 하려고 했다. 아니, 그보다 그 밑바닥에 깔린 무섭도록 친밀한 느낌이 그리웠다고 털어놓을 작정이었다. 다시는 그걸 포기할 수 없다고, 이렇게 급작스럽게는 못 그만두겠다고.

그녀가 운을 떼기도 전에 트레버가 어깨에 고양이를 앉히고 들어왔다. 그들은 한 시간쯤 머물렀고, 그동안 아를렌은 루벤과 트레버가 편안하게 대화하는 광경을 감동 어린 눈으로 지켜보기만 했다. 뭔가 배울 게 있을까 해서 아주 찬찬히 말이다.

다음날 저녁, 루벤은 아를렌에게 전화해서 저녁 식사를 하러 오라고 청했다. 생활이 안정되었으니 이제 음식을 만들 여유가 생겼다고 했다.

"자동응답기가 전화를 받길 바랐는데. 재밌는 메시지를 남기려고요."

루벤이 말했다.

"그럼 끊을 테니까 다시 전화할래요?"

"아니에요, 됐어요. 만나서 웃겨 보죠, 뭐."

아를렌은 그가 한 번도 얼굴을 마주 대하고 자신을 웃긴 적이 없었음을 그제야 깨달았다. 우스갯소리는 자동응답기에 녹음을 할 때뿐이었다.

"루벤."

"네?"

그녀는 그의 이름을 그렇게 부르는 게 싫었다. 뭐랄까, 나쁜 소식을 전하기 전에 무거운 기분으로 이름부터 부르는 억양이다. 하지만 어쩔 수 없었다. 이제 그 이야기를 꺼내야만 했다.

"지난번에 데이트할 때 말이에요."

"네."

"당신이 내게 무슨 말을 하려 했는지 알아요."

"그래요?"

"네, 알아요. 하지만 제발 그 말은 하지 말아요, 네? 부탁이에요. 하지 말아요."

"그러죠. 안 할게요."

루벤의 대답을 들은 아를렌은 그의 기분을 알 수가 없었다. 마음에 상처를 입었나? 아니면 안심이 되나?

"안 할 거죠?"

"당신이 하지 말라면 안 해요."

아를렌은 수화기를 내려놓으면서 생각했다.

'세상에, 이렇게 쉽게 일이 풀릴 줄 누가 알았을까?'

아를렌이 루벤의 침대에서 자는 것은 이번이 처음이었다. 침대는 널찍하고 편했다. 시트가 새 것인지 촉감이 좋았다. 그녀는 루벤의 오른쪽에 누워 다리 하나를 그의 몸에 걸치고 손가락으로 그의 가슴에 난 털을 매만졌다. 갈비뼈 부근을 쓸어내리자 점토 지형도 위를 더듬을 때처럼 울퉁불퉁한 느낌의 흉터가 만져졌다. 그 상처 자리는 기분 좋게 느껴졌다. 그것들이 없었다면 아를렌이 루벤의 곁에 누워 있지 못했을 테니까.

루벤은 잠이 든 것 같았다. 아를렌은 감정에 취해서 마치 공중에서 자신과 루벤을 내려다보고 있는 듯한 기분이었다. 만일 조금 더 높은 곳에서 볼 수 있었다면 지금의 현실을 금세 파악할 수 있었으련만. 아를렌은 다음에 또 뭔가 잘못되어 갈 때, 지금의 이 감정을 기억하길 바랐다. 하지만 그때는 다 잊어버릴 테지. 사람들은 불행이 현실로 다가오면 행복했던 과거의 기억 속으로 들어가지 못하니까.

루벤을 깨우기 싫었다. 그의 주의를 끌지 않으면서도 그의 마음에 심어 놓고 싶은 생각이 있었다. 그래서 나직하게 속삭였다.

"당신이 나랑 헤어지지 않기로 해서 얼마나 좋은지 몰라요. 정말이에요."

루벤이 눈을 번쩍 뜨더니 몇 차례 깜빡거렸다. 그리고 반쯤 잠들었다 깬 사람처럼 침을 꼴깍 삼켰다.

"헤어지다니요?"

"그랬잖아요. 하지만 이제 그 얘기는 하지 말기로 해요."

"난 당신이랑 헤어지려고 한 적 없어요."

"아니라고요?"

아를렌은 그를 더 찬찬히 보려는 듯이 몸을 일으키고 팔꿈치로 얼굴을 괴었다.

"지난번에 내가 하려던 말이 그거라고 생각하는 거예요?"

"그래요. 아니었나요?"

"그럼 내게 제발 말하지 말라고 부탁한 말도 그거였어요?"

"그래요. 그럼 무슨 말을 하려고 했던 거예요?"

그녀는 루벤이 숨을 들이쉬자 가슴이 위로 올라오는 것을 지켜보았다. 짐작도 안 가는 말이 남자의 입에서 나오길 기다리는 것이 아를렌은 싫었다.

"마음 쓰지 말아요. 들었어도 좋아할 말은 아니었으니까."

"그랬을지 모르지만, 어쨌든 지금은 들어야겠어요."

"난 당신에게 청혼하려고 했어요."

아를렌은 목구멍이 조여드는 것 같았다. 뭐라 해야 좋을지 몰랐지만 만일 안다고 해도 입 밖으로 꺼내지 못했을 것이다. 꽤 오랫동안 침묵이 흐른 뒤 그가 먼저 입을 열었다.

"당장 하자는 건 아니었어요. 그저 우리가 약혼을 하면 좋겠다는 생각을 했지요. 서로에 대해 잘 알려면 시간이 걸릴 테니까요. 트레버에게도 내가 그냥 집에 와서 자고 가는 사내이기보다는 자기 어머니의 약혼자인 편이 더 나을 거고요. 하지만 트레버만 보고 결정한 것은 아니에요. 당신을 먼저 생각했어요. 약혼반지를 끼고 있으면 당신 기분이 더 나아질 거라고요. 당장 약혼 날짜를 잡을 필요는 없겠지만 내 마음을 밝히는 징표라고 생각했어요. 이제 뭐라고 할 건가요?"

"반지를 샀어요?"

반지가 중요했다. 다른 무엇보다도.

"그랬지요."

"그 반지 어디 있어요?"

"옷장 서랍에요."

아를렌은 베개를 베고 반듯이 누웠다. 침실 천장에는 종이가 아니라 천이 붙어 있었다. 그 순간 그녀가 기억한 것은 천장뿐이었다. 어느 서랍이냐고 묻고 싶었지만 그렇게까지 하진 않았다.

"잘 생각해 봐요. 지금 대답하지 말아요. 시간을 두고 천천히 생각해 봐요."

루벤의 말에 그녀는 그러겠다고 대답했다. 다른 생각은 하지 않겠다고, 그 생각만 하며 밤을 꼬박 새우겠다는 말은 하지 않았다.

결국 아를렌은 그날 밤 잠을 이루지 못했다.

루벤

아를렌은 이 특별한 행사를 축하하기 위해 치킨 화이타를 준비했다. 트레버가 제일 좋아하는 음식이었다. 루벤은 첫날 초대받았을 때처럼 양껏 먹었다. 그때보다 집이 한결 따스하게 느껴졌다. 루벤은 이따금씩 아를렌을 바라보며 그녀가 신호를 보내길 기다렸다.

아를렌은 머리를 틀어 올리고 왼손에 반지를 끼고 있었지만 트레버는 아무것도 눈치 채지 못했다.

"식탁 치우는 걸 도와드릴까요, 엄마?"

트레버가 말했다.

"잠깐, 이따가 하자. 루벤과 내가 너한테 할말이 있거든."

"뭔데요?"

"루벤이 말하는 게 좋을 것 같아."

"그래요, 뭔데요?"

"트레버, 어머니와 나는 큰 결정을 내렸단다. 네게 영향을 미칠 일이야."

"뭔데 그러세요?"

"우린… 약혼하기로 결정했단다."

"약혼이라고요? 그러니까 앞으로 결혼한다는 뜻인가요?"

"바로 그거야."

루벤은 포크를 꼭 쥔 채로 아를렌을 바라보았다. 그녀는 마음이 아프기라도 한 듯 눈을 꼭 감고 있었다.

"잘됐네요! 이렇게 될 줄 알았다니까요!"

트레버가 소리치는 바람에 아를렌이 눈을 번쩍 떴다. 트레버는 자리에서 벌떡 일어나 들썩거리며 춤을 추었다. 아를렌이 그걸 보고 꼭 데이온 샌더스 같다고 하자 루벤은 데이온 샌더스가 누구냐고 물었다. 아를렌과 트레버의 입이 동시에 헤벌어졌다.

"데이온 샌더스가 누구냐구요? 설마, 농담이시겠죠?"

트레버가 물었다. 놀란 기색이 역력했다. 아를렌이 일어나서 식탁을 치우기 시작했다. 긴장이 풀어지니 아를렌의 마음이 한결 편안해졌다.

"트레버, 모든 사람이 미식축구에 관심이 있는 건 아니란다."

"아무리 그래도 데이온 샌더스를 모르다니…."

트레버는 다시 앉아서 식탁에 팔꿈치를 대고 턱을 괴면서 루벤에게 말했다.

"미식축구를 안 보시는 거예요, 루벤? 방금 좋은 생각이 났는데요, 이제 '아빠'라고 불러도 될까요?"

루벤은 가슴이 따뜻해지는 것을 느꼈다. 오랫동안 고통만 느끼던 가슴이었는데….

"그게 편하다면 그러렴. 네 어머니도 괜찮다면 좋다."

아를렌은 두 사람을 바라보면서 고개를 끄덕였다.

"그래, 데이온 샌더스라… '포티나이너스'에서 뛰는 선수인가?"

트레버가 기가 차다는 듯이 말했다.

"맙소사, 선생님한테 가르쳐 줘야 할 게 많을 것 같네요."

"난 트레버가 '포티나이너스'의 팬인 줄 알았는데."

아를렌이 트레버의 잠자리를 봐주고 침실로 돌아오자 루벤이 말했다. 그녀가 이불 속으로 들어와 안 그래도 따뜻해진 루벤의 몸을 더 훈훈하게 해주었다. 편안함이 담겨 있는 손길이었다.

"그건 맞아요. 하지만 데이온 샌더스는 애틀랜타에서 뛰어요. 트레버는 애틀랜타의 팬이기도 하죠. 애틀랜타가 샌프란시스코와 맞붙을 때는 난리도 아니에요. 너무 흥분해서 게임을 제대로 못 본다니까요."

"사랑해요, 아를렌."

갑자기 텅 빈 방에서 이 말이 퍼득이는 것 같았다. 루벤은 자기가 말하고도 깜짝 놀랐다. 잠시 후 아를렌이 대답했다.

"우린 멋진 가족이 될 거예요. 트레버가 당신을 많이 사랑하거든요."

순간 미처 해보지 못한 생각이 떠올랐다. '그동안 다른 사람들로부터 나 자신을 완벽하게 차단해서 얼마나 많은 것을 놓치고 살았던가.' 루벤은 기분이 좋으면서도 어쩐지 아프기도 했다.

"트레버에게 잘 자라고 키스해 줘야 될 것 같은데."

"그래요, 트레버도 좋아할 거예요."

트레버는 닌자 거북이가 그려진 이불을 턱까지 덮고 누워 있었다. 창밖에서 새어든 가로등 불빛에 그의 왼쪽 얼굴이 부드럽게 빛났다.

"트레버."

루벤이 침대 모서리에 앉았다.

"선생님."

트레버는 잠시 즐거운 생각에 잠긴 듯하더니 이내 "아빠"라고 고쳐 불렀다. 트레버는 감정을 감추지 않고 환하게 미소지으며 물었다.

"근사하게 들리지 않아요?"

루벤의 얼굴에도 미소가 퍼졌다.

"진짜 멋지구나."

두 사람은 한동안 말없이 있었다. 루벤이 먼저 입을 열었다.

"언제 함께 게임을 보러 갈까?"

"좋아요."

"미리 말해 두는데, 난 미식축구에 대해선 아는 게 하나도 없거든."

"제가 가르쳐 드릴게요. 그런데 결국 제 프로젝트가 제대로 맞아 떨어졌다는 거 아세요?"

"나도 그 생각을 했단다. 그런데 내가 어떻게 다른 사람에게 베풀기를 해야 좋을지 모르겠더구나."

"그게 무슨 말씀이세요? 그런 건 걱정하실 필요가 없어요. 그냥 하면 된다구요."

"어떤 일을 할지 무슨 수로 생각해 내지? 난 너처럼 상상력이 풍부하지 않은 것 같은데."

"상상력은 필요 없어요. 그냥 주변을 둘러봐요. 뭔가를 필요로 하는 사람이 눈에 들어올 때까지요."

"그건 쉬울 것도 같은데."

"그렇다니까요."

루벤은 자신이 어린아이였다면 그럴 수도 있겠다는 생각이 들었다.

"잘 자렴, 트레버."

"안녕히 주무세요, 아빠. 엄마는 행복하시죠?"

"우리 둘 다 행복하단다."

크리스의 취재 노트 중에서

───

사실 그녀가 많이 두려울 거라는 생각이 들었습니다. 누구나 큰 결정을 내려야 할 때 그렇듯이요. 나 역시 겁이 났지만 잘 이겨나가리라는 각오가 서 있었죠. 하지만 아를렌에게는 복잡한 문제가 있었어요. 그 남자의 흔적이 여기저기 남아 있었죠. 그건 내가 보기에 정상이었고 정리가 잘 되리라 기대했습니다. 그날이 오기 전까지는요.

10월 19일, 절대 잊을 수 없는 날입니다. 난 그날 일어난 어떤 일도 잊지 않았어요. TV에서 나오던 소리까지 속속들이 기억하게 되는 그런 날이 있지 않습니까. 그 일이 일어나기 직전, 머릿속에 맴돌던 생각까지 죄다 기억나는 날이오. 인생이 그 일을 기점으로 둘로 나뉘는 순간이었지요. 그건 내 삶의 기원전과 후를 가를 수 있을 만큼 중요한 일이었습니다. 나 자신에게 지나친 연민을 느끼고 있는 것처럼 들릴 겁니다. 부정하진 않겠어요.

그 이후 난 거기서 완전히 놓여난 적이 없습니다. 어떤 면에선 완전히 놓여났다고 볼 수도 있겠지만…. 내가 너무 예민한지도 모르죠. 다른 사람들은 적당한 시간이 흐르면 상처가 치유되지요. 한데 나는 그게 안 됐어요. 상처는 그대로입니다.

10월 19일

🌿

　루벤은 소파에 앉아서 트레버와 팝콘을 나눠 먹고 있었다. 이따금 팝콘이 바닥에 떨어지면 고양이 미스 리자가 얼른 주워먹었다. 이제 미스 리자는 거의 매일 아를렌의 집에서 새 가족과 시간을 보냈다. 팝콘을 주워먹을 때마다 트레버는 "고양이는 팝콘을 좋아하면 안 돼."라고 타일렀다. 물론 미스 리자는 들은 체도 하지 않았다.

　버팔로와 레이더스의 경기를 시청하는 중이었다. 트레버는 경기 결과에 관심이 없었기 때문에 루벤에게 경기 규칙을 상세히 가르쳐 주고 있었다.

　게임 중간에 광고 방송이 나오자 트레버는 루벤에게 터치백(골키퍼가 상대방이 던진 공을 골 선상 또는 그 후방의 땅에 대기하는 것—역주)과 세이프티(자기편 골라인 뒤에 공을 찍기—역주)의 차이에 대해 가르쳐 주려 했다. 또 엔드존(골라인과 엔드라인 사이의 구역—역주) 후의 터치백과 킥오프 후의 터치백의 차이점도 말해

주려고 애썼다. 루벤은 이제 기본 규칙은 거의 다 알았지만 이런 세부 사항은 잘 몰랐다.

　코카콜라 광고가 시작되면서 귀에 익은 음악 소리가 흘러나오기 시작했다. 이 음악은 앞으로 루벤에게 무척 익숙한 소리가 될 것이었다. 이후 루벤은 모든 것을 그 음악과 연결지어 생각하게 되었으니까. 일부러 그러는 것은 아닌데, 마음이 괴로워지기 시작할 때마다 머릿속에서 그 음악이 맴돌았다.

　트레버는 미스 리자에게 일부러 팝콘을 먹이고 있었다. 미스 리자는 팝콘을 받아먹으려고 앞다리를 공중에서 휘둘렀다. 참 멋진 순간, 멋진 하루, 그리고 멋진 인생이 될 수도 있었을 것을. 얼마든지 그걸 누릴 자격이 있는 그들이었건만….

　현관문 두드리는 소리가 들렸다. 아를렌이 부엌에서 자기가 나가겠다고 소리쳤다. 현관문이 활짝 열렸다. 루벤이 고개를 들었다. 아를렌의 뒤통수만 보였지만, 왠지 묘한 표정이 느껴졌.

　문간에 한 남자가 버티고 서 있었다. 비쩍 마른 작은 체구에 검정 곱슬머리의 사내였다. 침묵이 루벤의 속을 비집고 들어갔다. 설명을 들을 필요도 없이 몸이 먼저 아는 것 같았다. 루벤은 트레버를 힐끗 보았다. 아이는 무표정한 얼굴로 문간을 응시하고 있었다. 콜라 광고 소리가 루벤의 머릿속을 계속 맴돌았다.

　먼저 입을 연 사람은 낯선 사내였다.

　"내가 왔는데도 전혀 반갑지 않은가 보군."

　아를렌은 쿵쿵 발소리를 내며 침실로 들어가 문을 쾅 닫았다.

마른 사내는 홀로 서 있다가 트레버에게 눈을 돌렸다.

"넌 인사도 안 하냐?"

"안녕하세요?"

트레버가 쌀쌀맞은 목소리로 말했다. 전에는 그렇게 말하는 것을 들어 본 적이 없었다.

"이제 애비한테 '아빠'라고 부르지도 않는 거냐?"

루벤은 트레버가 자기를 쳐다보는 것을 느꼈다. 마음의 상처가 생기기 시작했지만 아직은 멍한 충격만 느껴졌다.

"사람들 앞에서는 '아빠'라고 부르지 말랬잖아요."

"그때는 그때고. 이제부턴 아빠라고 불러. 그런데 어째 내가 돌아온 게 반갑지 않은 것 같구나. 대체 왜 그러냐?"

트레버는 소파에서 벌떡 일어나 제 방으로 뛰어가 문을 쾅 닫았다. 루벤이 움찔했다. 사내는 거실로 들어와 소파에 앉은 루벤에게 다가왔다. 그러고는 턱 버티고 섰다. 루벤은 '벌떡 일어나 봐'라고 속으로 중얼댔다. 사내보다 머리 하나는 크고 몸무게가 두 배는 더 나갔다. 하지만 몸이 마음대로 움직이질 않았다. 사내는 루벤을 처음 본 사람들이 보통 보이는 표정으로 쳐다보았다. 다른 것이 하나 있다면 루벤의 기분을 전혀 의식하지 않고 노골적으로 빤히 보고 있다는 것뿐이었다.

"당신 누구요?"

사내가 물었다.

고디

고디는 인터넷에서 만난 남자와 데이트 약속이 있었다. 고디는 인터넷을 아주 좋아했다. 옛 집에서, 친아버지에게서 2천 마일이나 떨어져 살고 있지만 바뀌지 않은 것이 딱 하나 있다면, 인터넷뿐이었다. 한결같은 그것이 좋았다.

컴퓨터 속에선 뭐든 될 수 있었다. 그래서 고디는 '쉴라'가 되었다. 여자가 된 것이다. 월프는 펜실베이니아 애버뉴의 백악관 바로 앞에서 만나자고 했다. 왜 전에는 거기서 누굴 만날 생각을 못했는지 의아했다. 펜실베이니아 애버뉴에는 경찰관이 우글댈 것이다. 그러니 낯선 사람들에게 얻어맞는 일은 없으리라. 아마도 그에게 가장 안전한 장소일 것이다.

고디는 화장을 하느라 1시간이나 보냈다.

계부 랠프는 거실의 안락의자에 앉아 텔레비전을 보고 있었다. 고디는 부엌 문간에 조용히 서서 랠프가 코를 골듯이 숨쉬는 소리를 들었다. 고디는 랠프가 앉은 의자 곁을 살그머니 지나서

도시의 밤으로 나섰다.

주머니에는 백악관 앞까지 갈 버스비가 들어 있었다. 손가락 사이로 동전을 만져 보았다. 돌아올 여비는 되지 않았다. 하지만 어쩌면 월프가 운전해서 데려다 줄지도 모른다. 아니면 집에 보내고 싶어하지 않을지도 모른다. 집까지 걸어와야 하는 경우에 대비해 화장을 지울 크림이라도 들고 나왔어야 했는데 아무것도 준비하지 못했다. 고디는 그냥 오늘밤 혼자 집으로 돌아오는 일은 없을 거라고 믿기로 했다.

불빛 때문에 눈을 깜빡이며 시내로 들어가는 버스의 낮은 계단을 올랐다. 운전사는 몹시 꺼림칙해하며 환승표를 주었다. 건네주기보다는 고디의 손에 표를 살짝 얹었다고 하는 편이 옳았다. 그 바람에 표가 통로에 떨어졌다. 고디는 표를 주우려고 허리를 굽히다가 뒤따라 버스에 탄 사람의 발소리를 들었다. 몸에 달라붙고 뒤에 지퍼가 길게 달린 새틴 바지를 입었으니 위에 긴 코트 같은 걸 입어야 했는데… 준비를 단단히 했어야 했는데… 그날 밤 그가 들어선 세상이 얼마나 살벌한 곳인지 미리 알았어야 했는데….

고디는 운전석 바로 뒤에 앉아서 더러운 통로 바닥만 내려다보며, 뒤에 탄 운동화 신은 사람의 눈길을 피했다. 이건 고릴라가 나오는 영화에서 배운 기술이었다. 공격을 피하려면 눈길은 과장될 정도로 딴 데로 돌려야 한다. 그 수법은 반은 통하고 반은 안 통했다. 아마 고릴라들 사이에서 잘 통하는 방법인 듯했다.

고디는 백악관을 에워싼 담장 앞을 잰걸음으로 왔다갔다 했다. 관광 온 부부들이 그를 발견하곤 아이들의 팔을 잡아 바싹 끌어당겼다. 제복 차림의 경관이 순찰을 돌다가 고디의 얼굴을 빤히 보고는 한심하다는 듯 고개를 젓거나 혀를 찼다. 하긴 누구든 한심해할 자유가 있으니까.

10월의 추위 속에서 사람들의 입김이 하얗게 퍼져 나왔다. 고디는 손목시계를 보았다. 거의 10시가 다 되어 갔다. 월프가 나오기로 한 시간에서 벌써 2시간이 지났다. 고디는 월프가 약속을 지키지 않은 건지, 아니면 나왔다가 진부하기 짝이 없는 흰 카네이션을 단 젊은 남자를 보고 달아난 건지 궁금했다. 창녀를 찾아갔을지도 모른다. 누군가와 밤을 함께 보내리라는 희망을 품고 있었을 테니 홀로 집에 가기는 죽기보다 싫었을 것이다.

하지만 아예 못 만난 것보다는 월프가 쉴라인 척했다며 고디를 때리는 편이 나을 것 같았다. 그러면 아침에 입술이 퉁퉁 붓거나 이가 빠져서 학교에 가게 될 테고, 그 꼴을 본 아이들은 그가 이미 죽도록 맞았다는 데 만족해서 더는 손대지 않을 테니까.

다시 시계를 보니 10시가 넘었다. 집까지 걸어가야 한다. 제복 차림의 경관이 뚜벅뚜벅 다가오더니 고디의 얼굴을 찬찬히 들여다보았다. 비극적인 사고 현장에서 고무 목이라도 발견한 것 같은 눈길이었다. 경관은 기름기 도는 검은 머리를 뒤로 빗어 넘겼고 코는 펑퍼짐했다. 멕시칸 스타일의 사내였다. 경관은 그를 메스껍게 여기는 것 같았지만, 그래도 주먹질은 하지 않으리라는 것을 고디는 알고 있었다. 몇 년을 그렇게 지내다 보니 위험이 다가오면 본능적으로 감지할 수 있었다. 그렇다고 위험을 막을 수는 없었지만.

"실례합니다, 경관님."

"뭔데?"

경관이 걸음을 멈추었다.

"제가 버스비가 없어서요…."

"소매치기라도 당했나?"

"네."

'잘했어.'

"벌써 2시간째 여기 있는 걸 봤는데. 혹시 누굴 유혹이라도 하려는 건가?"

"아니에요. 친구를 만나기로 했었는데요…."

"혹시 호객 행위를 하는 거라면 널 당장 체포해야 돼. 그래, 나이는 몇 살이지?"

"열여덟이오."

"그렇군. 그럼 나한테 버스비를 달라는 건가?"

고디는 경관이 집으로 갈 차비를 줄 거라는 생각이 들었다.

"걷기에는 너무 먼 길이라서요. 가다가 일을 당할 수도 있구요. 아시잖아요?"

경관은 고디의 얼굴을 다른 각도에서 찬찬히 살피기라도 하려는 듯 얼굴을 이리저리 움직였다.

"그래, 그럴 수도 있겠구나. 다치고 싶지 않다면 얼굴 좀 깨끗하게 지우지 그러냐? 이걸 쓰렴."

경관은 주머니에서 흰 손수건을 꺼내 주었다. 반듯하게 접힌 깨끗한 손수건이었다. 고디는 고분고분 손수건을 받아 얼굴을 닦았다. 상실감이 느껴졌다. 흠잡을 데 없이 완벽한 화장이었는데. 화장하지 않은 모습의 자기가 벌써 미워지기 시작했다. 짙은 톤의 파운데이션과 검정 마스카라가 묻어 손수건은 엉망진창이 되었다. 눈가는 대충 닦고 말았다. 초록색 눈화장은 남겨두고 싶었기 때문이다.

고디가 손수건을 돌려주려 했지만 경관은 더러운 것이라도 된다는 듯 양손으로 손사래를 쳤다. 고디는 할 수 없이 손수건을 주머니에 넣었다. 기분이 좋았다. 누구에게 뭘 받아 본 적이 없었는데….

"나아졌나요?"

"이런, 아직도 끔찍해 보인다."

경관은 제복 바지 주머니에 손을 넣더니 1달러짜리 지폐 3장을 주었다.

"집으로 가렴. 얼굴을 깨끗이 씻어. 그리고 다시는 이 주변에서 배회하다 나랑 부딪치지 말고."

"감사합니다, 경관님."

고디는 인사하고 반쯤은 뛰는 걸음으로 걸었다. 왠지 마음이 따뜻해졌다.

버스 환승권을 손에 꽉 쥐자 손톱이 종이를 통과해 살까지 파고들었다. 집까지 절반은 갈 수 있는 표니까 잃어버리면 안 돼. 그는 불 밝힌 바를 창으로 들여다보았다. 바가 그에게 손짓 하는 것 같았다. 가짜 신분증이 있었다. 다른 주에서 발행한 것이긴 해도 술집에서는 모르는 체하고 술을 팔 것이다.

안에 여자 손님이 한 명도 없었다. 그렇다고 꼭 게이 바라는 보장은 없다. 그저 나이든 남자들이 마누라를 피해서 밤에 한잔 하러 나왔을 수도 있다. 공연히 잘못 들어갔다가 나중에 낭패를 볼지도 모른다. 술값은 없지만, 누구에게 한잔 얻어 마실 수 있지 않을까. 집에 혼자 가기는 정말로 싫었다. 아니, 집에 가는 것조차 싫었다. 남자 화장실에 들어가서 얼굴을 깨끗이 씻으면, 혹시 계부와 마주쳐도 죽도록 맞지는 않을 텐데. 바로 그때 어디선가 남자 세 명이 나타났다. 그들은 길가에 서 있는 고디에게 다가왔다.

'맙소사. 내가 무슨 생각을 한 거야?'

고디는 갑자기 정신이 번쩍 들며 현실을 깨달았다.

"넌 뭐야?"

한 사내가 크게 소리쳤다. 고디는 재빨리 몸을 돌려 버스 정류장으로 향했다. 신발 굽이 바닥과 마주치며 내는 소리가 머릿속까지 울렸다. 아니, 그 순간에는 아무 소리도 들리지 않았다. 그때 뒤에서 누군가 말했다.

"또각또각, 소리 한번 좋은데. 이봐, 너한테 말하고 있는데

들리냐, 애송이 녀석아?"

"정말 남자애 같아?"

또 다른 목소리. 이제 두 사람뿐이구나 싶었다. 고디는 뒤를 힐끗 돌아보았다. 착각이었다. 세 남자 모두 그에게 성큼성큼 다가오고 있었다.

고디는 있는 힘을 다해서 내달렸다. 고운 쌀가루 같은 눈발이 휘날리기 시작했다. 한순간 뭔가에 다리가 탁 걸렸다. 다리가 휘청하면서 몸이 앞으로 꺾였다. 넘어지는 데 시간이 아주 오래 걸린 것 같았다. 땅바닥에 쓰러지면서 손수건과 3달러를 준 경관을 생각했다. 지금 경관이 여기 있다면 날 도와줄까, 아니면 비웃을까?

턱이 콘크리트 바닥에 심하게 부딪히자, 숨이 끊어지는 것 같았다. 큰 남자의 몸이 그의 몸을 찍어 눌러서 숨을 쉴 수가 없었다.

"한판 뜨고 싶냐?"

이어서 엄청난 몸무게가 떨어져 나갔고, 누군가 고디의 머리꽁지를 붙잡아 일으켜 세웠다. 그 다음엔 힘센 구둣발이 등 가운데를 찍었고 고디는 다시 고꾸라졌다. 양말로 만든 인형처럼 힘없이 코가 콘크리트 바닥에 처박혔다. 입술에서 피가 줄줄 흐르기 시작했고, 목구멍으로 핏덩이가 넘어가는 것이 느껴졌다. 고디로서는 아주 익숙한 상황이었다.

제3의 목소리가 들려왔다. 긴 터널 끝에서 말하는 것처럼 멀리서 퍼졌다. 그의 귀는 벨소리가 마구 울리는 듯 웅웅거렸다.
"빌어먹을, 꼬맹이 녀석이잖아. 난 다시 바로 들어가겠어."
"그래도 계집애가 아닌 건 알았잖아."
몸을 짓누르던 사내의 목소리였다.
"그냥 보내줘, 잭. 가자구."
고디는 차가운 길바닥에 죽은 듯이 널브러졌다. 아무것도 그를 건드리지 않았다. 발자국이 멀어져 가는가 싶더니 또 다른 발자국 소리가 들려왔다. 사람들이 거리를 오가고 있었다. 고디는 그들이 줄곧 지켜보고 있었다는 것을 깨달았다. 세 사내를 상대하느라 다른 사람들이 있다는 것을 미처 생각지 못했다. 갑자기 온몸의 감각기관이 살아난 것 같았다. 자신을 피해 빙 돌아가는 사람들의 발자국 소리를 똑똑히 들었다.
코피가 손가락 사이로 떨어졌다. 어쨌거나 다시 일어났다.

크리스의 취재 노트 중에서

———

그 일이 일어나고 나서 제가 생명의 위협을 받았다는 걸 아시나요? 사람들은 그게 다 내 잘못이라더군요. 내가 그날 밤에 나가지 않았더라면, 다음날 나갔더라면 그 아이는 그 시간쯤 공항에 도착했을 거고, 고향으로 돌아갔을 거라고요. 다들 당한 사람이 나였어야 했다고 생각하는 것 같아요. 그러니까 난 희생당해도 괜찮은 인간이다, 이거겠죠. 미안해요. 거북하게 할 의도는 없었어요.

만약 이 모든 일이 어떤 메시지를 주려고 일어난 일이라면, 무슨 일이 있어도 일어나고야 말았을 거예요. 나는 그날 밤 나갈 수밖에 없었을 거고, 그 아이는 도시를 떠날 수 없었을 테죠.

이건 내 잘못이 아니에요. 사람들은 어떤 사람을 내세워 증오의 대상으로 삼고 싶어하죠. 거기에 내 얼굴이 잘 맞아떨어진 거구요. 나도 그건 알아요. 하지만 지금은 나아졌어요. 처음 몇 달은 진짜 힘들었죠. 지금은 괜찮아요. 모든 게 한결 편안해졌어요.

─

어머니가 퇴근해서 집에 와 있었다. 좋은 소식이었다. 하지만 계부가 아직 안 자고 깨어 있었다. 나쁜 소식이었다. 고디는 화장품이 묻은 손수건으로 코를 막고 슬쩍 방으로 올라가려 했다. 어머니가 그냥 올라가게 해주었다면 좋았을 것을. 하지만 어머니는 아들의 얼굴을 보고 싶어했고, 그래서 랠프도 고디를 보게 되었다.

"어머나!"

어머니는 고디의 팔을 잡으며 소리쳤다. 고디는 팔을 빼려고 했지만 너무 힘이 없어서 뜻대로 되지 않았다.

"어머나, 고디! 애야, 무슨 일을 당한 거니?"

어머니는 고디의 얼굴에서 손수건을 치우려고 했다. 얼굴을 가릴 수 있는 것은 그것뿐인데.

"아무것도 아니에요, 엄마. 넘어졌을 뿐이에요."

어머니가 갑자기 물러섰다. 새 남편인 랠프가 그녀를 뒤로 밀쳐 버린 것이었다. 랠프가 고디에게 얼굴을 바짝 들이밀면서 고디가 달아나지 못하도록 손목을 단단히 잡았다. 문득 술집에서 나온 세 사내랑 함께 있는 편이 차라리 나았을 거라는 생각이 들었다. 랠프보다 그들이 훨씬 안전해 보였다. 적어도 그들은 집까지 쫓아오지는 않으니까.

"이런 우라질! 대체 어쩌다가 낯짝이 이 꼴이 된 게야?"

고디는 랠프의 딱딱한 손등이 얼굴에 닿는 것을 느꼈다. 어머니가 비명을 질렀다. 고디는 주저앉아 양손과 무릎으로 몸을 감싸려고 안간힘을 썼다. '제발 그만! 오늘밤은 더 이상 당하지 않았으면! 제발 오늘밤은 그만해요!' 그는 흔들거리는 어금니를 혀로 이리저리 밀어 보았다.

"똑바로 일어나, 이 자식아! 내 말이 안 들려?"

야수가 내지르는 포효와도 같았다. 고디는 일어나지 않았.

곁눈질로 보니 어머니가 뒤에서 랠프의 목을 꼭 끌어안고 있었다. 그들은 서로에게 소리쳤지만, 무슨 말인지 알아들을 수가 없었다. 랠프가 아내를 밀치고 다시 고디에게 몸을 돌렸다. 고디는 그 순간을 포착해서 달아났다. 그러고는 방에 들어가 문을 잠갔다.

랠프가 문을 마구 두드리자 문짝이 흔들렸다. 의자를 문 앞으로 옮겨 놓았다. 양손이 떨렸다. 문에 일격이 가해지고 문짝에서 나무 갈라지는 소리가 났지만 떨어져 나가지는 않았다. 그러더니 갑자기 조용해졌다.

밖에서 계부를 달래는 어머니의 차분한 목소리가 들렸다. 랠프에게 몇 차례 숨을 깊이 쉬게 하고 술을 한잔 주겠다고 달래는 것 같았다. 두 사람의 발소리가 복도 저편으로 사라졌다.

고디는 방에 딸린 욕실로 가서 얼굴을 씻었다. 따스한 물과 비누의 감촉이 느껴졌다. 피와 화장기가 물과 함께 세면대에서 빠져나갔다. 고디는 침대에 벌렁 드러누워 월프가 어떻게 생겼을지 상상했다. 아스피린을 먹고 싶었지만 약은 부엌에 있었다.

시간이 흐르자 문을 가만히 노크하는 소리가 났다. 어머니였다. 그는 힘겹게 일어나서 문의 잠금 장치를 풀었다. 그리고 다시 침대로 와서 누웠다.

"문을 잠그세요, 엄마."

"잠들었어."

"정신을 잃은 거겠죠."

어머니는 대답 대신 아들의 침대 모서리에 걸터앉아서 아스피린 세 알과 물 반 컵을 내밀었다. 고디는 아스피린을 삼켰다. 어머니는 얼음주머니도 건네주었다. 고디는 당장 여기저기에 얼음찜질을 하고 싶었다. 머리가 지끈지끈 아팠고, 턱과 코가 쑤셨다. 이가 흔들리는 부분의 턱이 몹시 아렸다. 고디는 얼음주머니를 코와 눈 위에 올렸다. 세상이 사라져 버린 느낌이었다.

"네 새 아빠는 그리 나쁜 사람이 아니란다. 그냥 화가 나서 그러는 거야. 네가 집에 돌아오기 전에 얼굴을 말끔히 씻으면 좋을 텐데. 옷도 갈아입고 말이다. 그러면 안 되겠니?"

"그래요, 엄마. 알았어요."

"그는 정말 나쁜 사람이 아니야."

"엄마, 오늘은 별로 얘기하고 싶지 않아요. 그냥 푹 자고 싶어요."

어머니는 살그머니 나가서 소리나지 않게 문을 닫았다.

한밤중에 악몽을 꾸다가 깨어 보니 얼음이 녹아서 이불과 베개가 젖어 있었다. 통증이 심해서 다시 잠을 이루지 못했다. 손수건을 준 경관의 꿈을 꾸던 중이었다. 꿈에서 경관은 그를 도와주지 않고 그저 비웃기만 했다.

크리스

전화가 온 것은 새벽 7시였다. 좋은 소식이라고는 생각하기 어려웠다. 크리스의 여자 친구인 샐리는 벨소리가 나자 신음 소리를 내면서 베개로 양쪽 귀를 틀어막았다.

머릿속에 안개가 깔린 듯 정신이 멍했지만 크리스는 곧 전화를 건 사람이 누군지 알아차렸다. 로저 메건. 친구라고 할 수 있는 사람이었다. 직업은 경관. 기자와 경관은 친구가 되기 어려운 사이였다. 게다가 크리스는 경찰을 별로 좋아하지 않았다. 물론 로저 같이 좋은 사람도 있었지만, 좋은 경관으로 꼽을 만한 사람은 늘 정직하고 이상주의적이고 닳지 않은 신참들뿐이라는 사실이 실망스러웠다. 하긴 오래 같은 일을 하는 동안 매사에 심드렁해지는 것이 그들의 책임은 아니었다. 이런 세상에서 누군들 안 그럴까. 하지만 크리스는 나태해지지 않으려고 자신과 싸웠다. 경관들도 그래야 하는 게 아닐까.

"미안해, 크리스. 자네가 늦잠을 좋아한다는 걸 깜빡했구만."

"무슨 일이야?"

"사실은 나도 잘 모르겠어. 아무 일 아닐지도 모르는데… 어쩌면 기사가 될 것 같기도 해. 이렇게 말하니까 바보 같군. 곤히 자는 자네를 깨워 놓고는 아무것도 아니라고 하니. 하지만 뭔가 있다면, 꽤 큰 거야. 자네에게 맨 먼저 말하고 싶었어. 알려진 얘기긴 한데… 좀 각도를 달리해서 보자 이거지. 만일 자네가 가닥을 잡으면, 가닥이라는 게 있다면 말이지만…. 이런 제길. 내가 무슨 소릴 하고 있는 거지?"

"당연히 바보 같은 소리지. 로저, 천천히 설명해 봐. 내 머릿속이 정리되도록 차근차근."

"최근에 폭력배 사망이 많이 줄었다는 거 알지?"

"그건 들었어. 하지만 우연 아닌가? 특별한 이유가 있겠어?"

"나도 모르겠어, 크리스. 조사를 해야 될 것 같아."

"그래서 나더러 뛰어난 기자 한 명을 소개하라고?"

"시끄러, 이 친구야. 자네가 잘하잖아. 들어 봐, 2달 전 총격 사건이 80퍼센트 떨어졌어."

"80퍼센트로 떨어진 거야?"

"아냐, 80퍼센트 줄어든 거야."

"그 정도일 줄은 몰랐는데."

"그래, 모두 이걸 대수롭지 않게 여기는 것 같아. 언제까지 가겠느냐는 거지. 우린… 모르겠어, 좀 겁내는 것 같아. 지난 달에는 5개 구역에서 폭력배가 딱 한 명 죽었어. 이게 얼마나 이상한 일인지 아나? 한창 때는 주말에만 25명도 넘게 죽었어. 한창 때라는 표현이 좀 우습지만…. 자네도 알잖아."

"이번 달에는?"

"지금까진 모두 살아 있어. 우리가 파악한 바로 지금까지는 한 명도 안 죽었다니까."

크리스는 머릿속 엔진이 갑자기 가동되는 느낌을 받았다.

"뭔가 특별한 이유가 있다고 생각해?"

"이봐, 이유 없는 일은 없어."

"내가 그걸 조사하길 바라는 건가?"

"이 세상에 우연한 일이란 없다고, 크리스."

크리스는 조소하고 싶었지만 꾹 참았다.

"로저, 이런 일은 어디부터 파고들어야 할 것 같아?"

"미첼 스코긴스란 녀석부터 시작해 봐. 그가 뭔가 알고 있으니까. 불법 무기 소지 혐의로 놈을 잡았지. 녀석은 라이벌 총잡이에게 원수를 갚으러 나왔는데 다친 사람은 아무도 없었어. 미첼은 명예 때문에 죽이지 않았다고 했지만 명예라니 무슨 뚱딴지인가 싶더라고. 총을 들고 적을 죽어라 쫓던 깡패가 상대를 죽이지 않는 게 명예라니, 언제부터 명예가 그런 의미였냐고. 아마 폭력배들 사이에 생긴 새로운 법인가 봐. 하지만 미첼은 거기에 대해서는 입도 뻥긋 안 해."

"그 미첼이란 작자는 지금 어디 있는데?"

"군 교도소에서 30일간 구류를 살고 있어."

§ 미첼과의 인터뷰 중에서 §

미　첼 : 뉴욕다운 일은 아니오. 지금은 유행처럼 되어 버렸지만 어쨌든 뉴욕에서 시작된 건 아니고 로스앤젤레스에서 시작되었소. 정확히 아는 건 아니고 소문을 들었다 이겁니다. 사람들이 다 그렇게 말합디다.

크리스 : 당신이 그 일에 대해 알고 있다고 들었는데요. 당신이 시작했다면서요.

미　첼 : 잘못 짚었소. 좋은 일이긴 하지만 내가 뭐 거짓말이라도 해서 허풍을 떨 사람인 줄 아쇼? 어떤 소문이 도는지 말해주리다. 시드니 G라는 작자가 이 일을 시작한 장본인이라던데 만난 적은 없소. 시드니 G라는 자는 이 일에 대해 쭉 꿰고 있을 거요. 거리에 나도는 소문이 그러니까. 하지만 그가 처음 시작한 게 아닐 수도 있소. 그자가 어디서 주워듣고 와서 보답을 하느라 벌인 일일 수도 있고 말이오.

크리스 : 보답하다니? 뭘요?

미　첼 : 그 운동 말이오.

크리스 : 그 일이 퍼져 나가나요?

미　첼 : 퍼져 나가지 않습디까?

크리스 : 더 자세히 말해 주세요.

미　첼 : 거기엔 나랑 같은 패거리가 아닌 사람도 해당이 된답디다. 누군지 쥐뿔도 모르는 사람에게 베푸는 거라 이겁니다. 당신이 날 속였다고 합시다. 그러면 난 죽어라 당신을 쫓겠죠. 하지만 잡아서 죽이진 않는 겁니다. 은혜를 갚는 거죠. 아니, 베푸는 거죠. 그리고 이렇게 말하는 겁니다. "운이 좋은 줄 알아라. 널 죽이진 않겠다. 넌 나의 '다른 사람에게 베풀기' 대상자였다."

크리스 : '다른 사람에게 베풀기'라니, 무슨 뜻이죠? 은혜를 갚는다더니 곧 베풀기로 말을 바꿨잖습니까?

미 첼 : 시드니 G를 만나 보쇼. 그가 얘기해 줄 거요.

크리스 : 어디 가면 만날 수 있는지 아십니까?

미 첼 : 모르오. 한번도 본 적이 없다니까.

크리스는 뉴욕 시간으로 5시가 넘어서 서부에 전화를 걸었다. 일이 잘될지 확실히 모르는 상황에서 전화 요금까지 많이 쓸 수는 없는 노릇이어서 할인 시간대에 건 것이다.

"파커 센터입니다."

"해리스 형사 부탁합니다."

"잠시만요."

몇 분이 흘렀다. 좀이 쑤셔서 다리를 마구 흔들어댔다. 이렇게 시간 낭비를 하다니. 저편에서 누군가 전화를 받는 기척이 들렸다.

"해리스입니다."

"해리스, 크리스 챈들러네."

"아, 크리스. 웬일인가? 여긴 시장판이나 다름없어. 어서 용건을 얘기해 보게."

"자네에게 부탁 하나 할까 해서."

"합법적인 일이고, 급하지 않은 일이면 말해 보게."

"그래, 언제 해주든 상관없어. 내일도 좋고 월요일도 좋아. 자네 컴퓨터로 조회해 줄 내용이 있어서 말이야. 시드니 G라는 이름의 총잡이가 있는지 찾아봐 주겠나?"

"성이 뭔데?"

"몰라. 단서가 될 만한 게 없어."

"그 사람에 대해 뭘 알아야 하는데?"

"그가 어디 있는지 알 수 있는 건 뭐든지. 말하자면 그를 담당하는 가출소 담당관 같은 거 말이야. 연락처도."

"며칠 걸리겠는데."

"상관없어."

"시드니 G라는 인물은 수십 명도 넘을 텐데."

"내가 일일이 확인해야겠지. 그러니 명단만 넘겨줘."

"주말 빼고 3일만 시간을 주게."

이틀 후, 해리스는 명단 한 장을 넘겨주었다. 시드니 그린웨이, 시드니 게라드, 시드니 가르시아, 시드리 길리엄, 시드니 구즈먼, 시드니 게레라, 시드니 갈레글리아, 시드니 개리스, 시드니 갠트, 시드니 곤잘레스. 모두 조직폭력배와 관계가 있는 인물들이었다. 세 사람은 집행 유예로 석방되었고, 다섯은 마지막으로 알려진 주소만 적혀 있었고, 두 사람은 현재 수감 상태였다.

크리스는 두 달에 걸쳐 그들을 추적했다. 오랜만에 살아 있는 느낌을 맛보았다. 애인 샐리는 크리스가 완전히 일에 빠졌다고 불평하며 이사를 갔다. 어쩌면 일시적으로 나가 사는 것일 수도 있고, 영원히 합치지 못하게 될 수도 있었다. 그것은 크리스가 언제 제정신으로 돌아오느냐에 달려 있었다. 시드니 게라드는 찾지 못했다. 다른 9명의 시드니는 크리스가 무슨 말을 하는지 감도 잡지 못했다. 그 사이 두 개의 기사 의뢰를 놓쳤고 몸무게도 5킬로그램이나 줄었다. 그리고 다시 입에 술을 대기 시작했다.

사회 운동을 시작한 시드니 G라는 분을 찾습니다. 그를 유명 인사로 만들고 싶습니다. 개인적인 질문은 안 할 것입니다. 시드니 G나 '다른 사람에게 베풀기'라는 사회 운동에 대해 아시는 분은 연락 바랍니다. 아래의 사서함 주소로 'C. 챈들러'에게 편지를 보내 주시면 후사하겠습니다.

그는 이 광고문을 「LA 타임스」에 한 달간 게재한 후 공연히 돈만 낭비했다는 결론을 얻었다. 일단 로스앤젤레스 사람들은 그 신문을 잘 보지 않았다. 게다가 너무 오랫동안 기사를 기고하지 않았기 때문에 이제 낭비할 돈도 수중에 없었다.

형을 찾아가서 천 불이나 더 빌렸다. 그러나 부끄러움이나 수치심 따위 느끼지 않았다. 전에도 했던 일이고 언제나 형은 선뜻 빌려 주었으니까. 그래서 같은 광고를 「밸리 뉴스」와 「LA 위클리」에 게재했다. 그는 사서함을 만들고, 다른 기사에 매달리려고 노력했다. 매일 사서함을 점검했지만 늘 비어 있었다. 보상금을 노린 사기꾼조차 얼씬도 하지 않았다. 이번 일도 실패로 돌아가면 어디 가서 돈을 더 구한다….

친애하는 C. 챈들러 씨에게

아는 사람이 「위클리」지에서 선생님이 낸 광고를 봤다며 보여 줬어요. 시드니 G는 좋은 일을 할 위인이 못 됩니다. 평생 그래 본 적이 없는 인간이거든요. 그 작자는 저에게 사생아를 둘이나 떠맡겼습니다. 그러고도 상관도 안 하는 작자예요. 나쁜 놈이죠. 어쨌든 그놈은 애타스카데로에서 만난 사람한테 그 일을 이어받았다고 하더군요. 사정이 나빠지니까 그 동네 숨어 있었대요. 하지만 꼬리가 길면 잡히기 마련이죠.

지난번에 그 작자가 감옥에 들어갔다는 소식을 들었어요. 어디에 있는지도 모르고 신경도 안 써요. 하지만 그의 본명은 시드니 G가 아니랍니다. 그의 진짜 이름은 로널드 폴락 주니어입니다. 그러니 선생님이 지금껏 못 찾으셨을 수밖에 없죠.

그 사람 때문에 곤란해지지 않길 바랍니다. 무슨 속임수 같은 걸 거예요. 그래서 이렇게 편지를 드립니다. 돈 때문은 아니고요. 하지만 아이를 둘씩이나 키우자니 돈은 간절히 필요하답니다. 보내 주신다면 사양하지는 않겠습니다.

스텔라 브라운

§ 시드니 G와의 인터뷰 중에서 §

크 리 스 : 당신은 유명 인사가 될 수도 있어요. 바로 여기 감옥에서 말입니다.

시드니 G : 이거 왜 이러시나. 난 벌써 이 감옥에서 유명한데. 전설적인 인물이란 말이오.

크 리 스 : 전 세계적으로 그렇게 될 수 있다는 말입니다. 그렇게 되면 당신의 처지가 나아질 수도 있을 거구요.

시드니 G : 어떤 면으로?

크 리 스 : 집행 유예 심사에 들어가기 전에 당신이 사회를 위해 공헌했다는 기록이 생기는 거잖습니까.

시드니 G : 난 앞으로 몇 년 동안 집행 유예 심사조차 받지 못할 신세요.

크 리 스 : 그 역시 바뀔 수 있죠.

시드니 G : 내가 어떡하면 되겠소?

크 리 스 : 이 사회 운동이 어떻게 시작되었는지 말해 주십시오.

시드니 G : 말했잖소. 내 머릿속에서 시작되었다고.

크 리 스 : 그렇다면 대단히 머리가 좋은 분이시군요.

시드니 G : 그렇소이다.

크 리 스 : 어떻게 이렇게 큰일을 생각해냈죠?

시드니 G : 그냥 생각이 내게 다가온 거지. 주변에서 돌아가는 일을 바라보다 보니 이런 생각이 들더군. '이 엉망진창인 세상을 바꿔야지.' 그리고 그 생각을 해낸 거요.

크 리 스 : 야, 대단한데요. 감명받았습니다. 비슷한 이야기를 어디서 보거나 들어 본 적은 없나요? 그래서 머릿속에 그런 생각이 심어진 건 아닙니까?

시드니 G : 내 머릿속에 생각을 심을 수 있는 사람은 나밖에 없소. 그러니 이제 어떻게 날 유명인으로 만들 건지나 얘기해 보쇼. 지금보다 더 유명하게 해준다면서?

크 리 스 : 나는 글을 쓰는 사람입니다. 이곳으로 비디오 카메라를 가져올 겁니다. 그런 다음 여기서 촬영한 테이프를 「위클리 뉴스」에 팔 겁니다. 그쪽에서는 내가 만드는 건 거의 다 사주거든요.

시드니 G : 교도소놈들이 여기서 촬영을 하게 할까?

크 리 스 : 수감자 중에 스타가 있다는 걸 알면 허락할 겁니다.

시드니 G : 어쩌면 주지사가 특별 사면해 주겠지. 그 프로그램을 보고 나서.

크 리 스: 시드니 G, 사형 선고를 받은 건 아니잖습니까. 나 같으면 특별 사면은 많이 기대하지 않겠어요. 어쩌면 조기 집행 유예를 줄지도 모르죠.

시드니 G : 좋소. 자, 나를 위해 할 수 있는 건 뭐든 해주시오, 백인 선생. 내가 감옥이랑은 어울리지 않는 인간이란 걸 당신도 잘 알 거요. 바깥에 나가면 엄청난 공헌을 할 수 있을 거라 이거지. 세상이 날 원하니까.

크 리 스 : 그렇습니다. 맞는 말입니다, 시드니 G. 잘 알고말고요.

크리스가 뉴욕의 아파트로 돌아온 것은 새벽 7시였다. 그는 당장 경찰 친구인 로저 메건에게 전화해서 흥분한 목소리로 그를 깨웠다.

"자네 덕분에 큰 건 하나 했어, 로저. 자네 신세를 단단히 졌네. 아주 크게 터질 것 같아. 왜 그런 생각이 드는지는 나도 모르겠어. 아직 속속들이 파헤치진 못했어. 하지만 다 알아내고야 말 거라구."

"도대체 누구쇼?"

"크리스야. 자는데 깨운 거야?"

그는 로저를 깨운 것을 잘 알면서도 짐짓 모른 체했다.

"크리스, 도대체 무슨 얘기를 하는 거야?"

"자네가 나한테 준 기삿거리."

"뭔가 알아냈어?"

"말했잖아, 아직 속속들이 파헤치진 못했다고. 하지만 알아낼 거라니까. 시드니 G라는 건달을 찾았어. 자기가 생각해서 한 일이라더군. 개똥 같은 녀석이 말이지."

"일이라니 무슨 일?"

"운동 말이야."

"총질이 멈춘 게 어떤 운동 때문이라는 거야?"

"어쨌든 퍼져 나가고 있잖아."

로저는 신음 소리를 내며 대답했다.

"도대체 뭐가 뭔지 모르겠구만. 아직 커피도 못 마셨다고. 자네 힘 좀 빌려 주려나?"

'나도 그럴 수 있다면 그러고 싶다네.'

크리스는 속으로 중얼댔다. 그는 통화를 하면서 구두를 벗어 던지고, 무선 전화기를 어깨로 받친 채로 술을 한 잔 따랐다.

'내 짐작으로는 누군가 이걸 세상에 퍼뜨리자는 생각을 한 거야. 꼭 다단계 판매 정책 같아. 다만 이익이 원래 시작한 사람에게 돌아오지 않는다는 것만 다르지. 사람들이 계속 다른 사람에게 좋은 일을 해주는 거야. 계속 가지치기를 해나가면서 다른 사람에게 보답을 하는 거지. 하지만 은혜를 베푼 사람에게가 아니라 다른 사람에게 보답해서 뻗어나가는 거야."

"무슨 의도로?"

"그런 건 없는 것 같아. 내가 흥분하는 게 바로 그 점이야, 로저. 일에 연루된 사람들이 밝혀지지 않았기 때문에 추적을 해나가기가 어려워. 사람들이 돌아다니면서 남의 목숨을 구해 주고, 남을 죽이지 않고, 돈을 주는 거야. 대부분은 자기를 돕는 사람이 누군지도 몰라. 기록 따위도 남기지 않고."

크리스는 시드니 G를 면담했을 때보다 스텔라를 찾아갔을 때 사정을 더 소상히 들을 수 있었다. 시드니 G는 세부 내용은 밝히지 않았다. 하지만 스텔라는 크리스의 손에 든 백 달러짜리 지폐 5장을 보자 아는 내용을 모두 털어놓았다.

"괴상하기 짝이 없군, 크리스. 아주 이상한 일이야."

"맞아, 괴상하기 짝이 없는 일이야. 그래서 내 맘에 든다니까."

"하지만, 이봐. 누군가 자네 목숨을 구해 준다면 그 이름쯤은 알아 두지 않을까? 나중에 신세를 갚을 수 있게 말이지. 세상사란 주고받고 그런 거잖아."

"이 운동이 바로 주고받는 것에 대한 거야. 하지만 받은 사람에게 주는 게 아니라 전혀 다른 사람에게 갚는 식이라고."

"말이 안 되는데."

"어째서 말이 안 돼?"

"그렇다면 그 일을 시작한 사람에겐 어떤 이득이 생기는데?"

"그 사람도 이 세상에서 살아가고 있잖아. 맞지?"

"그래서 이 건달 녀석이 진짜로 이타심을 갖고 있다는 거야?"

"아니, 그렇지 않아. 벌써 말했잖아, 개똥 같은 자식이라고."

"그렇다면 누가 시작했지?"

"나도 몰라. 하지만 알아낼 거야. 일단 이 멍청이를 영웅으로 그려서 「위클리 뉴스」에 내보낼 거야. 그런 다음 그 일에 대해 아는 사람의 제보를 받을 거야. 지금쯤 이 운동의 수혜자가 꽤 많을 테니까 뭘 좀 아는 사람이 나타나겠지."

"크리스, 시드니 G가 개똥 같은 자식이라면서 왜 그를 영웅으로 만들어 주려는 거야?"

"녀석이 거짓말쟁이니까. 누군가 그 녀석이 거짓말을 하고 있다는 걸 알 테지. 녀석이 잘난 체하며 거짓말하는 꼴을 보고 성질이 불끈 나는 사람이 나올 거야."

"그렇게 되면 사건 취재 기자의 명성에 해가 되잖아. 바보 녀석에게 놀아난 꼴이 된다구."

"내 이력이 그 정도로 무너지진 않을걸."

"너무 대담한 시도인데."

"인생 자체가 대담한 시도지."

크리스는 수화기를 내려놓았다. 잘될 것이다. 아니, 잘돼야만 했다.

트레버의 일기

......

자기 아버지를 좋아하지 않는다는 것은 문제가 있는 것 같다. 그 점에 대해서 부끄러운 줄 알아야 할 것이다. 하지만 그게 사실이고, 그러니 어떻게 해야 좋을지 모르겠다.

어제 엄마에게 그 얘기를 했다. 아버지가 싫다고. 입 밖으로 말하고 나면 기분이 나아질 줄 알았다.

엄마가 내게 윽박지르거나 때리거나 내 방으로 가라고 할 줄 알았다.

그런데 엄마는 피곤한 표정만 지을 뿐이었다.

아를렌

어느 토요일 아침, 아를렌은 카미노 거리의 주유소에서 루벤과 마주쳤다. 몇 달 만의 만남이었다.

루벤은 아스팔트 바닥을 내려다보면서 다가왔다. 아를렌은 그가 자신을 피하고 싶어한다는 것을 알아차렸지만 두 사람의 차가 너무 가까이 세워져 있어서 달리 돌아갈 길이 없었다.

"루벤."

아를렌은 잔뜩 겁먹은 목소리로 그를 불렀다. 루벤은 고개를 들지 않았다. 아를렌은 자신의 심장이 뛰는 소리를 들었다.

"루벤, 무슨 말이라도 좀 해봐요, 네? 차라리 고함치거나 욕을 하라구요."

루벤이 고개를 들었다. 아를렌은 그의 눈을 바라보았다. 다시 현기증이 일어났다. 루벤이 시선을 비꼈다.

"루벤, 난 노력해야 했어요. 그 사람은 내 아이의 아버지라구요. 그러지 말고 나한테 소리치고, 나 때문에 마음에 상처를 입었다고 말해요. 난 살 자격도 없는 여자라고 말하라구요. 그렇게 가만히 서 있지만 말고요."

루벤은 주유기를 빙 돌아서 그녀에게 다가갔다. 두 사람의 발끝이 닿을락말락 했다. 이렇게 가까이서 바라보자니 아를렌은 그동안 그를 얼마나 그리워했는지 깨달을 수 있었다. 그리움 때문에 주저앉을 것만 같았다.

"그래요, 그 사람은 당신을 임신시켰어요. 그러지 않고서야 어떻게 그 사람이 그 아이의 아버지가 될 수 있었겠어요?"

루벤이 말했다. 그가 이런 투로 말하는 것은 처음이었다. 깊고 두려움에 가득 찬 목소리였다.

"그래요, 바로 그거예요. 그는 이제 와서 그걸 보상하고 싶어해요. 내게서 빼앗아간 것을 갖고 싶어한다구요."

아를렌은 얼굴을 찡그렸다. 루벤은 자기 차로 가서 뒤도 돌아보지 않고 떠났다. 아를렌에겐 그가 조용히 떠나는 게 더 마음 아팠다.

아를렌이 집에 돌아와서 보니 리키는 소파에 누워서 TV를 보고 있었다.

"내가 나간 후로 손가락 하나 까딱하지 않았군요?"

"오늘은 바가지 긁지 말라구."

리키는 입술만 달싹여 말했다.

"일자리를 알아보러 나갈 줄 알았는데요."

"토요일인데?"

"그게 무슨 상관이에요. 나가지 않으려면 옷이라도 정리하고 자기가 먹은 그릇이나 씻어 놓지 그랬어요."

그는 고개를 홱 돌리더니 천천히 일어나 앉았다.

"오늘 아침에 뭘 잘못 먹었기에 바가지를 긁어대는 거야? 말이 많아졌구만."

"가슴에 쌓인 거죠."

"한 이틀 더 멀쩡한 정신으로 지낸 후에 일자리를 알아볼 거야. 쉽지 않겠지. 술을 안 마시고 지내는 건 마약 끊는 것만큼이나 어려우니까."

그는 담배에 불을 붙였다. 손이 떨리고 있었다.

"글쎄요, 제대로 하려면 이틀 정도가 아니라 거의 4개월 동안은 술을 입에 안 대야 할 텐데요. 난 1, 2주일 만에 술을 끊고 당신이 떠넘기고 간 그 잘난 놈의 트럭 값을 무느라고 아침, 저녁으로 두 군데에서 일을 해야 했다구요. 그리고 아이도 돌봐야 했죠. 나한테는 아무런 선택의 여지도 없었단 말이에요!"

"오늘은 바가지 긁지 말라고 했지!"

리키가 화난 듯 큰소리로 윽박질렀다. 평소 같으면 아를렌은 입도 벙긋 하지 못했을 것이다. 사실 자신의 그런 태도 때문에 그가 더 큰소리를 친다는 것을 아를렌도 알고 있었다. 리키가 또 언성을 높였다.

"대체 왜 이러는 거야? 이봐! 내가 부르는 소리 안 들려? 내가 사내 구실을 제대로 못할까 봐 그래?"

"글쎄요, 당신을 믿을 수 있을까요?"

그는 성큼성큼 다가오더니 아를렌 곁에 버티고 섰다. 위협적으로 느껴졌다.

"언제는 만나 본 남자 중 내가 최고라더니."

아를렌도 똑바로 섰다. 조용히, 하지만 할말은 다했다.

"서글픈 얘기지만 당시에는 그게 사실이었어요, 리키."

예상과는 달리 리키는 폭발하지 않았다. 그저 이 모든 게 피곤하다는 듯 손을 올려서 눈만 문질렀다. 아를렌은 어째서 예전에는 그를 미남이라고 생각했는지 의아해했다. 그는 미남이 아니다. 그때도 그랬을 텐데.

"그 깜둥이 자식 때문에 이러는가 보지? 그 이야기는 입에 올리기도 싫지만, 도대체 어쩌다가 내 집에 그런 자식을 들여놨지? 환장하겠구만. 처음에 놈이 소파에 앉아 있는 걸 봤을 때도 당신이 그 자식이랑 심각한 사이는 아닐 거라고 생각했지. 그런데…"

아를렌이 고개를 드니 트레버가 부엌 문간에 서 있었다.

"밖에서 노는 줄 알았는데."

"아뇨, 방에 있었어요."

트레버는 다시 조용히 들어갔다. 아를렌은 트레버를 따라 방으로 갔다.

"트레버, 그런 말을 듣게 해서 미안하구나."

아를렌은 무슨 대답이든 나오기를 기다렸지만 기다리기가 너무 고통스러워서 할 수 없이 먼저 입을 열었다.

"오늘 아침 루벤을 만났단다."

"그래요?"

짧지만 약간의 감정이 실려 있었다.

"네가 궁금해할까 봐 말하는 거야."

"선생님은 학교에서 매일 보는데요."

"아, 그래. 루벤이 엄마에 대해 물은 적 있니?"

"아뇨."

그뿐이었다. 덤덤하기도 하고 쌀쌀맞기도 한 대답이었다. '선생님이 왜 그러겠어요?'라고 말하진 않았지만, 아를렌은 그 말투에 담긴 뜻을 알아들을 수 있었다.

"트레버, 내가 실수했다는 걸 알아."

"그럼 고쳐요."

"엄마를 이해하지 못하는구나, 트레버."

아를렌의 마음과는 달리 눈물이 솟았다. 분노에 찬 뜨거운 눈물이었다. 그녀는 트레버가 이해 못 할 온갖 구실을 생각할 수 있었다. 그러나 스스로도 이해할 수 없는 것들이었다. 사정이 이렇게 나빠지는데도 왜 리키를 밀어내지 못하는 걸까? 하지만 아를렌은 노력해도 자기 힘으로 어쩔 수 없다는 것을 솔직하게 말하기로 했다.

"루벤은 굉장히 화가 나 있단다. 마음에 상처를 입었지. 내가 무슨 말을 해도 이제 그는 돌아오지 않을 거야. 오늘 아침, 네가 루벤의 표정을 못 봐서 그래. 정말 화가 났더구나. 나를 용서하지 않을 거야."

"루벤이 용서하지 않을 거라는 걸 엄마가 어떻게 알아요?"

"그냥 알아."

"물어보기 전에는 모르는 거예요."

"그냥 안다니까."

"루벤에게 물어봐야 해요."

"난 그렇게 못 해, 트레버."

"왜 못 해요?"

"그가 싫다고 할 거야."

"진짜 그런지 한번 물어보면 되잖아요."

"트레버, 말했잖니. 이건 어른들의 문제라고."

"그렇다면 난 어른이 되고 싶지 않아요."

"그래, 어른이 되고 싶은 사람은 아무도 없단다. 나도 내 뜻과는 달리 이렇게 어른이 되어 버렸어."

아를렌은 방에서 나와 조용히 문을 닫았다. 거실에는 여전히 TV가 켜져 있었지만 리키는 보이지 않았다. 차고 옆에 있던 그의 차도 보이지 않았다. 설거지거리랑 옷가지가 그대로 어지럽게 흩어져 있었다.

설거지를 절반쯤 했을 때 부엌문을 두드리는 소리가 들렸다.

문을 열었다. 보니가 기차 화물칸 같은 몸을 이끌고 안으로 들어왔다. 아를렌이 문에서 얼른 비켰기에 다행이지 안 그랬으면 부딪쳐서 뒤로 넘어갔을 것이다.

"아를렌, 지금 이 세상에서 가장 멍청한 여자가 되려고 안간힘을 쓰는 거야? 어쩌다 일이 이렇게 되어 버린 거야? 이봐, 그렇게 정직하고 말끔한 남자가 사랑했고 결혼하고 싶어했는데 결국 이렇게 되다니, 행복을 포기하겠다는 거야?"

"벌써 지난 일이에요, 보니. 왜 이제 와서 이러는 거예요?"

"나는 방금 들었으니까. 아를렌은 10월 이후 나에게 전화 한 통 걸지 않았단 말이야. 하필 그런 중요한 일이 있을 때 연락을 안 하다니 우연치곤 굉장하군 그래."

아를렌은 깊이 숨을 쉬면서 최대한 침착하려고 노력했다. 최근에는 혈압이 문제다. 커피 두 잔을 따라서 식탁으로 가져갔다.

"내가 여기 온 게 싫으면 순순히 갈게."

"아니에요, 보니."

아를렌은 커피잔을 앞에 놓고 앉아서 손에 얼굴을 파묻었다. 인생이 계속 꼬였다. 눈물이 쏟아지려 했다. 너무 피곤해서 흐르는 눈물을 막을 힘도 없었다. 보니도 식탁 앞에 앉았다.

"내 충고를 받아들일 마음이 조금이라도 있다면 말하지."

"어떻게 하면 실수를 만회할 수 있는지 알려 주세요."

"좋아, 1번. 리키의 짐을 싸서 마당에 내던지기."

"하지만 그이는 노력하고 있다구요, 보니. 술도 안 마시고 금주 모임에도 나가요. 변하는 데 시간이 든다구요."

"이보라구, 아를렌. 나는 하루가 멀다 하고 이 동네에서 열리는 모임엔 다 참석하는 사람이야. 만일 리키가 금주 모임에 나왔다면 내가 모를 것 같아?"

"그이가 간다고 하던데요."

"그걸 믿은 당신이 바보지. 그가 금주 모임 대신에 어디 가는지 알아?"

보니는 뭔가 알고 있는 듯했다. 그러나 아를렌은 진실을 알고 싶지 않았다. 뭐라고 대답하려 했지만 아무 말도 나오지 않았다.

"스탠리에서 어정거리고 있어."

"스탠리가 누군데요?"

"정신차려, 이 사람아. 술집 말이야. 카미노 거리에 있는."

"그이가 술을 마시나요?"

"전 부인이랑 마시지. 이름이 쉐릴이라던가."

"꾸며낸 얘기죠?"

아를렌의 머리가 한대 얻어맞은 것처럼 윙윙거렸다. 작은 고장에는 헛소문이 많이 돌았다. '아마 이것도 헛소문일 거야.'

"보니가 그걸 어떻게 알아요? 술집에도 안 가면서."

"금주 과정 12단계를 수행하려고 로레타랑 스탠리에 들렀지. 난 몰랐는데 로레타가 그 사람이 리키라더군. 자, 이제 그 명청이의 옷가지를 싸서 앞마당에 던질 준비가 됐어?"

아를렌은 숨을 깊이 들이쉬면서 마음을 정하려 노력했다. 지금쯤 준비가 되어야 한다는 걸 알고 있었다. 이만하면 밑바닥까지 다 내려가지 않았는가.

"그 말이 사실이라면요. 그이에게 물어봐야겠어요."

"그래, 그러면 그 작자가 퍽이나 사실대로 말하겠다."

"그 사람 말도 들어 봐야죠."

"만약 그 인간이 잡아떼면 어쩔 테야? 그러면 누구를 믿을 거냐고?"

아를렌은 식탁 위에 양팔을 올리고 앉았다. 좀처럼 마음이 안정되지 않았다.

"그이가 나한테 이럴 줄은 미처 몰랐어요, 보니."

"왜 몰라? 전에도 늘 그랬는데. 내가 항상 하는 말 잊었어?"

"물론 기억하죠. '변하려 하지 않으면 변하지 않는다. 늘 그렇게 행동하면 똑같은 꼴을 당하기 마련이다.' 귀에 못이 박히도록 들었다구요. 내가 모든 걸 엉망으로 망쳐 버린 거죠?"

한참 침묵이 흘렀다. 아를렌은 등에서 보니의 손길을 느꼈다.

"잘 생각해 봐."

부엌문이 닫히는 소리가 들렸다. 하지만 아를렌은 고개도 들지 않았다.

그날 저녁, 아를렌은 트레버와 소파에 앉아 TV를 보고 있었다. 하지만 완전히 딴 데 정신이 팔려 있어 아무런 흥미도 느끼지 못했다.

쉐릴 얘기를 꺼내면 리키가 뭐라고 할지 뻔했다. 그는 아를렌이 쥐 잡듯이 자신을 들볶는다고 할 것이다. 자기와 같이 살고 싶으면 집에 붙어 있고 싶은 마음이 들게 해줘야 하지 않느냐고 오히려 큰소리를 칠지도 모른다.

트레버가 말했다.

"재미있겠는데요."

"뭐가? 저 남자가 뭐라고 했는데?"

"다음 이야기는 조직폭력배의 폭력이 줄어들었다는 내용이래요. 누가 사회를 변화시킬 수 있는 아이디어를 냈기 때문이라는데요."

"그래?"

"제가 하려던 거와 비슷해요. 저기서는 조직폭력배들한테만 베푼 거지만. 그래도 비슷하잖아요."

TV에서 중간 광고가 시작되었다. 동시에 아를렌은 리키의 차가 요란한 엔진 소리를 내며 뒷마당으로 들어오는 소리를 들었다. 가슴이 쿵 하고 내려앉았다. 리모콘을 눌러 TV를 껐다.

"이제 그만 네 방으로 가렴, 트레버."

"이 프로그램을 보고 싶은데요."

"미안하구나. 네 아빠랑 긴히 할 이야기가 있어서 그래."

트레버는 엄마의 말을 따랐다.

리키가 문을 열고 들어선 순간 아를렌은 그가 술을 마셨음을 알 수 있었다. 리키는 그 사실을 감추려고 애썼다. 하지만 그것까지도 훤히 알 수 있었다.

"얘기 좀 해요, 리키."

"지금은 안 되겠는데. 뜨거운 물로 샤워를 해야겠어."

"그것도 좋지요. 그렇게 해요."

리키가 샤워를 하는 사이 아를렌은 그의 짐을 꾸렸다. 그리고 얼마 되지 않는 짐을 그의 차에 실었다. 바지와 셔츠, 양말 한 벌씩은 남겨서 욕실 세면대 위에 놓았다.

"이건 필요없는데. 곧장 잘 거거든."

"잘됐네요. 쉐릴에게 전화해서 당신이 거기로 간다고 말하죠. 잠자리를 준비하라고 말하겠어요."

아를렌은 정말 그렇게 했다. 리키는 옷을 입고 한마디 말도 없이 떠났다. 아무런 소동도 없었다.

크리스

수신자 부담 전화가 울리기 시작했다. 한밤중인데도 계속 오는 전화 때문에 크리스는 잠을 잘 수가 없었다. 대부분은 밤에 방송된 내용에 대해 자세히 알고 싶어하는 사람들의 전화였다. 새로운 정보를 준 사람은 없었다.

새벽 6시, 그는 잠자기를 포기하고 커피를 한 주전자쯤 마시면서 전화기를 노려보았다. 몇 시간째 전화벨이 울리지 않았다. 브랜디 한 잔을 따랐다. 평화를 누리고 싶었다. 인위적인 평화라는 생각이 들긴 했지만 어쨌든 술을 한 잔 더 따랐다. 9시 10분 전, 전화벨이 다시 울렸다. 남자 목소리였다.

"어젯밤에 방송된 엉터리 뉴스의 책임자와 통화하고 싶은데요."

"제가 책임자입니다."

잠시 침묵이 흘렀다.

"아, 그러세요?"

"네, 제 이름은 크리스 챈들러입니다. 제가 조사하고, 글을 쓰고, 프로그램을 제작했습니다."

"개똥 같은 프로그램이었어요."

"누구든 비평할 자유야 있죠."

크리스는 브랜디를 쭉 들이켰다. 긴장이 조금 풀리는 듯했다.

"그 자식을 그렇게 높이 평가하다니 믿을 수가 없어요. 시드니 G라는 작자 말이에요. 새빨간 거짓말쟁이라구요. 어떻게 그런 자식을 띄워 줄 수가 있죠?"

"사실 나도 그를 믿지 않아요."

"안 믿는다구요?"

"그래요."

"그럼 왜 그런 엉터리 이야기를 만들었나요?"

"그가 거짓말쟁이라는 건 알았지만 사건의 정황에 대해 알아볼 수 있는 방법이 없었지요. 그래서 그 일에 대해 아는 사람이 나한테 사정을 알려 주길 바라고 그걸 만들었습니다. 시드니 G가 거짓말쟁이임을 밝힐 수 있게 도와줄 사람이 있을 거라는 바람으로 말입니다."

크리스는 전화를 건 남자가 그런 인물이라고 확신하진 않았지만 그래도 약간의 희망이 느껴졌다.

"내가 좀 아는 게 있어요. 그리고 그가 거짓말쟁이라고 똑똑히 말할 수 있습니다."

"그가 이 아이디어를 어디서 얻었는지 압니까?"

"네, 나한테서 얻은 겁니다."

'그렇겠지, 애야. 알 만하다. 시드니 G의 아이디어는 아닌 게 확실해. 그는 거짓말쟁이 깡패에 지나지 않으니까. 그런데 이번엔 다 네 아이디어라 이거지.'

"그래요, 그렇다면 당신이 진짜 영웅이군요. 그럼 이제 당신에 대한 프로그램을 만들어야 될까요?"

"아뇨, 내가 생각해낸 아이디어가 아니에요. 난 그저 다른 사람에게 은혜를 갚은 것뿐이죠. 애타스카데로에 있는 어느 술집 뒷골목에서 죽도록 얻어맞는 그 나쁜 자식을 도와줬을 뿐이에요. 그리고 그 운동에 대해 말해 줬지요."

크리스는 귀가 솔깃해졌다. 애타스카데로… 스텔라는 시드니 G가 사정이 급박했을 당시 애타스카데로에 있었다고 말했었다. 하지만 프로그램에서 그 이야기는 하지 않았다. 스텔라와 만났다는 것을 시드니 G에게 알리고 싶지 않았기 때문이다.

"아, 그럼… 당신 이름이 뭐죠?"

"매트."

"아, 매트. 내 말이 불손하게 들렸다면 미안합니다. 밤새도록 사람들의 전화에 시달렸어요. 자, 혹시 이 일이 어떻게 시작되었는지 알고 있나요?"

"시드니 G라는 나쁜 자식이 시작한 게 아니란 것만 알아요."

"그럼 당신에게 도움을 준 사람이 누군지도 모르나요?"

"그거야 알죠. 그분 이름은 아이다 그린버그였어요."

"잠깐만요. 잠깐만 기다려 줄래요, 매트? 펜을 가져올게요. 끊지 말고 기다려요, 알겠어요?"

크리스는 인도 가까이에 차를 세웠다. 애타스카데로는 혀를 내두를 만큼 더웠다. 포드 승용차를 렌트해 주면서 직원은 평소 같지 않은 날씨라고 말했다. 그렇게 생각하면 좀 위로가 되는 건가. 크리스는 샌 루이스 오비스포 공항에서 차를 렌트했다. '페어몬트'라는 모델이었는데 옛날 아버지 시절에나 몰았을 법한 크고 이상한 차였다. 에어콘도 붙어 있지 않았다.

그는 그린버그 부인의 이웃에게 얻은 주소를 다시 한 번 확인해 봤다. 유일한 유족인 아들의 주소였다. 문을 노크했다. 기다렸지만 응답이 없어서 다시 노크했다. 어디선가 윙윙 하며 돌아가는 엔진 소리가 났다. 잔디 깎는 기계 소리 같았다. 이 집 뒷마당에서 나는 소리인지, 옆집에서 나는 소리인지 구분이 되지 않았다.

집을 빙 돌아 뒤편으로 가서 고목 울타리 너머로 들여다보았다. 40대의 남자가 잔디를 깎고 있었다. 흰 민소매 티셔츠에 몸에 꼭 붙는 청바지 차림이라 몸매가 훤히 드러났다. 검은 머리가 길었다. 크리스는 벌써부터 그가 마음에 들지 않았.

정원을 말끔하게 가꿀 사람처럼 보이지 않았는데, 어쨌든 눈앞에는 잘 가꾸어진 정원이 펼쳐져 있었다. 꽃밭에는 꽃이 가득

했고 장미도 잘 가꾸어져 있었다. 잔디밭에는 잡초 한 포기 보이지 않았다. 자기는 돌볼 줄 몰라도 마당은 잘 관리할 줄 아는 사람인가 보다.

몇 차례 '안녕하세요'라고 소리쳤지만 사내는 기계 소리 때문에 듣지 못했다. 크리스는 담장에 기대어 기계가 멈추길 기다렸다. 땀이 목을 타고 등까지 줄줄 흘러내렸다.

마침내 사내는 크리스를 발견하고 고개를 들었다. 크리스가 손을 흔들었더니 사내는 하던 일을 멈추었다. 그런데도 크리스의 귀에는 여전히 기계 돌아가는 소리가 윙윙댔다.

"리처드 그린버그를 찾고 있는데요. 혹시 선생이십니까?"

사내는 손등으로 이마를 닦으며 울타리 쪽으로 다가왔다. 전혀 서두르는 기색이 아니었다.

"내 이름이 리처드 그린이오만."

"이런, 제가 잘못 알고 왔나 보군요. 저는 아이다 그린버그의 아들 리처드를 찾고 있는데요."

"그래요, 내가 그 사람이오. 무슨 일 땜에 그러슈?"

"그냥 몇 가지 질문을 하고 싶어서 찾아왔습니다."

"뭐에 대해서 묻겠다는 거요?"

"돌아가신 어머니에 대해서요."

리처드는 조소했다.

"내가 좋아하는 화제는 아니구만."

"왜죠? 어머니가 아드님께 아무것도 남겨 주지 않아서인가요?"

"도대체 당신이 그 일에 대해 뭘 안다고 이러쇼? 이봐요, 당신 뭐하는 사람이오? 그 양반 친구라도 되나? 어쨌거나 좋소. 다 알고 왔다니 얘기하지. 어머니는 나한테 1달러만 남겨 주고 나머지 종신 보험금은 전혀 모르는 사람들에게 나눠줬소. 우리 어머니가 그렇게 멋쟁이 할머니였다 이거요. 도대체 왜 그걸 알고 싶은 거요?"

"그분의 유서에 대해서 이야기하고 싶었습니다. 집은 어떻게 됐습니까? 그분의 집이었나요?"

"어머니와 은행 공동 소유였소. 덕분에 지금은 이 집 주인의 차고에 살면서 정원 정리나 해주고 있소. 그 대신 임대료를 깎아서 내고 있지. 그게 아이러니라면 아이러니지요. 어머니가 나한테 화가 단단히 난 이유가 정원 손질을 해주지 않았기 때문인데 지금은 남의 정원을 가꿔 주며 붙어살다니. 이게 아이다식 복수인가…. 그런데 도대체 뭣 때문에 그런 걸 파헤치려는 거요?"

"나는 기삿거리를 찾는 기자입니다. 선생 어머니가 하신 일이… 어떻게 표현하면 좋을지 모르겠군요. 말하자면 행운의 편지 같은 것인데, 편지를 보내는 게 아니라 도움을 주는 것이었거든요."

"난 거기에 대해선 아는 바 없소. 어머니가 왜 그런 짓을 저질렀는지 모르겠소."

그는 이렇게 말하고 다시 잔디 깎는 기계의 전원을 켰다. 크리스는 주머니를 뒤져서 편지 사본을 꺼냈다. 매트가 건네준 것이었다.

"어머니께서 왜 그러셨는지 알려 드리지요."

리처드가 다시 몸을 돌렸다.

"누구한테 그런 얘길 들었죠?"

"당신 어머니의 돈을 받은 사람들 중 한 사람에게요. 이 편지에 나와 있어요."

리처드가 다시 가까이 다가와 물었다.

"고양이를 키우는 그 정신 나간 여자인가요?"

"아닙니다, 식료품 점에서 일하던 청년이에요."

"아, 이렇게 뒤통수를 맞다니…. 나는 40년 넘게 아들로 살았어요. 그런데 식품점에서 물건 싸 주는 십대 애들에게 내 돈을 넘겨줘 버렸군요."

그는 크리스의 손에서 편지 사본을 낚아챘다. 크리스는 잠시 입을 다물고 편지를 읽는 그를 지켜보았다.

"녀석이 돈을 올바르게 쓰리라는 걸 어떻게 믿지? 청산유수처럼 말도 잘했구만. 맙소사, 나한테 물려주면 헛된 데 쓸 테니까 안 물려준다고? 거짓말! 그 양반은 정원 때문에 화가 났던 거요."

그는 편지를 공중에 던졌다. 여러 장의 종이가 아직 깎지 않은 잔디 위에 떨어졌다.

"내가 정원을 손질해 주겠다고 했는데도 어떤 애를 불러서 돈을 주고 시킨 거요. 놈에게 돈을 주지 않았다고? 그래, 퍽이나 그랬겠다. 애들이 돈도 안 받고 정원 정리를 해줬다니. 어머니는 그 정원에 홀려 있었소. 그 정원만큼 날 사랑해 준 적이 없었지. 이쯤에서 애길 접어야겠소이다."

리처드는 다시 뒷마당 안쪽으로 터벅터벅 걸어갔다.

"실례합니다만 편지 사본을 돌려주시겠습니까?"

리처드는 못 들은 체하고 잔디 깎는 기계를 다시 켰다. 엔진이 돌아가는 요란한 소리가 났다. 크리스는 담장을 훌쩍 뛰어넘어서 편지 사본을 모으기 시작했다. 까딱 잘못하면 잔디 깎는 기계 속으로 들어가 버릴 지경이었다.

"고양이 보호소를 운영하는 부인을 만나 보셨어요?"

"그랬죠. 그 부인은 그린버그 부인을 모르던데요."

"사실 저도 그래요. 그냥 부인이 식품점에 오시면 계산을 해드렸을 뿐이에요."

테리는 식료품점 뒷골목에 서서 1회용 라이터로 반쯤 피운 담배에 불을 당기며 말을 이었다.

"알아요, 담배를 피우면 안 되는데…. 끊으려고 노력하는 중이에요. 그래서 끝까지 다 피우지 않고 절반만 피우죠."

크리스는 벽돌 건물에 등을 기대고 웅크리고 앉았다. 더위와 햇빛 때문에 눈이 감겼다. 가벼운 바람이 불었지만 그마저도 후

텁지근했다. 그는 가볍게 어깨를 으쓱했다.

"내가 뭐라고 했나요?"

"그래요, 암말 안 하셨지요. 모르겠네요, 제가 도움이 될지."

"그린버그 부인과 가게에서 얘기를 많이 나누었나요?"

"별로요. 부인은 늘 관절염에 대해 불평했어요. 하지만 좋은 분이었죠. 제가 아니라는 투로 말했나요? 아뇨, 좋은 분이었어요. 아프다는 얘기는 누구라도 듣기 좋아하지 않죠. 하지만 부인은 누군가한테는 말해야 했어요. 부인은 외로웠거든요. 남편이 돌아가셨대요. 그래서 제가 부인의 얘기를 들어 드렸죠. 그때 얘기를 들어 드리길 잘했다 싶어요. 그 대가로 8천 달러나 받았잖아요."

"마지막으로 부인을 본 일을 기억하나요?"

"약간요, 부인은 기분이 좋아 보였어요."

"뭐라고 말하던가요?"

테리는 머리를 뒤로 젖히고 눈을 감았다. 더운 공기 속으로 담배 연기가 날아갔다. 그녀는 고개를 저으며 말했다.

"아주 오래전의 일이라서 기억이 안 나네요.

"이해해요. 나는 '모텔6'에 묵고 있어요. 하루나 이틀쯤 더 머무를 거예요. 혹시 무슨 생각이 떠오르면… 뭐든 좋으니까 나한테 전화해 줄래요?"

"그러죠."

크리스는 명함을 내밀었다. 테리가 명함을 보더니 셔츠 주머니에 넣고 담배 꽁초를 구두 뒤축으로 문질렀다.

"휴식 시간이 끝났을 거예요. 도움이 되지 못해서 죄송해요."

"아니에요, 큰 도움이 됐어요."

크리스는 오븐 속 같은 차로 돌아갔다.

크리스는 그린버그 부인의 집을 찾아냈다. 생각보다 훨씬 쉬웠다. 그런데 왜 이런 데 신경을 쓰는지 스스로에게 설명하는 게 어려웠다. 죽은 부인의 집이 무슨 이야기를 해줄 거라고 그 앞을 얼쩡대는지….

해가 비스듬히 넘어가기 시작했지만 여전히 더웠다. 그는 작은 청회색 집 앞에 서서 정원을 구경했다. 흠잡을 데 없이 가꾸어진 상태였다. 누가 새로 이사 와서 살고 있는 것 같았다.

현관문을 노크했다. 아무 대답도 없었다.

현관 앞 계단에 앉으니 막막한 심정이 되었다. 일어나야 하는데 힘이 없었다. 저녁 식사를 할 시간이었지만 배가 고프지 않았다. 잠도 안 오는데 모텔방으로 돌아가기도 뭣했다.

그때 한 소년이 거추장스러워 보이는 낡은 자전거를 타고 거리를 내려오며 석간 신문을 돌리는 것이 보였다. 그는 그린버그 부인의 집 앞에는 신문을 던지지 않았다. 집은 아직도 은행 소유인 듯했다. 하지만 은행 관리가 마당을 저렇게 깔끔하게 꾸며 놓을 리는 없는데. 요즘은 다 그렇게 하나? 아니, 새로 이사 온 사람이 석간 신문을 안 보나 보지.

그는 마스터 카드를 셔츠 주머니에서 꺼내서 들여다보았다. 카드가 두 개니 빚만 두 배로 늘어나는 것 같아 마스터는 가위로 잘라 버리겠다고 맹세했었다. 하지만 결국 여기로 오는 비행기 표, 모텔비, 렌트카 비용을 다 이 카드로 결제했다. 대체 뭐하러 이러고 있는 건가?

길 건너편 집에서 부인이 신문을 가지러 나왔다. 크리스는 벌떡 일어나서 큰 소리로 외치며 달려갔다. 부인이 화들짝 놀랐다.

"실례합니다만, 건너편 집에 대해서 한 가지 여쭤봐도 되겠습니까?"

"그린버그 부인의 집이오?"

"예, 그분과 잘 아셨나요?"

"아주 잘 알지는 못했어요. 남편이 동네 사람들과 너무 가까이 지내지 말라고 해서요."

부인은 가슴에 팔짱을 꼈다 풀었다, 원피스 자락을 잡아당겼다 놨다 했다.

"지금 저 집에 누가 살고 있나요?"

"아뇨, 아직 팔리지 않았다던대요. 은행 소유예요."

"그럼 누가 저렇게 관리를 하나요?"

"그건 말씀드릴 수 없어요. 그럼 이만 실례하겠어요."

그녀는 안으로 들어가 소리나지 않게 문을 닫았다. 크리스는 한숨을 내쉬고 그린버그 부인 집의 현관으로 터벅터벅 걸어갔다. 앞쪽 창 앞에 서서 안을 들여다보았다. 가구에 흰 보가 덮여 있었다. 사방에 먼지가 뽀얗게 앉은 것 같았다. 그는 다시 계단에 주저앉았다.

이제 그만 집으로 돌아가야 한다. 죽은 사람을 인터뷰할 순 없다. 만일 할 수 있다 한들 뭘 얻겠는가? 누군가 그녀에게 좋은 일을 베풀어 줬다는 게 다일 텐데. 어쩌면 그 사람의 이름조차 모를 수 있다. '다른 사람에게 베풀기' 운동의 피라미드에서 그린버그 부인이 어느 지점에 있을지 누가 알겠는가. 자신이 이 세상에서 가장 뛰어난 취재 기자라면 그 뿌리를 추적해서 여기까지 오지도 않았을 것이고, 문서로 된 기록이 없는 일인 줄 알았다면 시작도 하지 않았으리라.

신문 배달 소년이 되돌아가는 길에 그린버그 부인네 잔디밭에 자전거를 세웠다. 크리스는 소년이 자신에게 뭔가 할말이 있는가 보다고 기다렸지만 소년은 마당 끄트머리로 향했다. 손에는 고양이 먹이 봉투를 들고 있었다. 울타리를 다듬는 가위와 함께.

"안녕."

크리스가 소년에게 말을 걸었다.

"안녕하세요."

소년은 울타리 나무를 다듬기 시작했다. 나무들이 담장처럼 이웃집까지 쭉 뻗어 있었다. 크게 손볼 게 없는 것 같은데도 소년은 가위질을 계속했다. 소년이 현관 쪽으로 다가오자 크리스가 말했다.
"이곳을 관리하는 사람이 바로 너로구나."
"네."
"누가 수고비를 주니?"
"돈을 주는 사람은 없어요."
"그럼 왜 이런 일을 하지?"
"모르겠어요. 그냥…."
소년은 이마를 찡그리며 잠시 일에만 몰두하는 듯하더니 다시 고개를 들고 말을 이었다.
"부인이 집이 엉망이 된 걸 보고 싶어하지 않을 것 같아서요. 볼 수나 있는지 모르겠지만요. 어떻게 생각하세요?"
"어떻게 생각하다니 뭘?"
"사람이 죽으면 땅을 내려다볼 수 있다고 생각하세요?"
크리스는 잠시 생각하다가 머리를 저었다. 자기 생각을 정확히 표현할 수가 없었다.
"못 볼 것 같아. 하지만 나도 잘 모르겠다."
"그래요, 저도 잘 모르겠어요. 어쨌거나 만일 부인이 본다면 깔끔한 게 좋을 것 같아서 정리하는 거예요."
"부인과 아는 사이였구나."
"네."
"잘 아는 사이였니?"
소년은 일손을 멈추고 가위를 내려뜨린 채 코를 찡그렸다.

"아주 잘 알지는 못했고 그냥 가끔 대화를 하곤 했어요."

"뭐에 대해서?"

"글쎄요, 여러 가지요. 미식축구, 학교 과제… 부인이 제 과제를 도와주려고 했거든요. 하지만 결국 돌아가셨어요."

크리스는 이제 진짜 돌아가야 할 때라고 생각했다. 이 도시에 사는 사람 모두에게 말을 걸어 봐도 그 일에 대해 아는 사람은 만나지 못할 것 같았다. 하지만 한 번만 더 시도해 보기로 했다. 어차피 아침이면 뉴욕 집으로 날아갈 테니까.

"혹시 부인의 유서에 대해 아는 게 있니?"

"부인의 뭐요?"

"유서. 왜, 돈을 어떤 사람들에게 남겨줬다든지 하는…."

"아뇨, 부인이 유서를 썼다는 것도 몰랐는데요."

"그래, 그랬겠지. 그럼 잘 가라."

"안녕히 가세요."

크리스는 몇 분 동안 차에 앉아서 소년이 일하는 모습을 지켜보았다. 보통 저 나이 또래면 부인이 죽었으니 일에서 해방될 절호의 기회라 생각할 텐데 참 이상했다. 그러다가 그린버그 부인이 정말로 이곳을 내려다보고 있는지 궁금해졌다.

'만일 그렇다면, 여기까지 찾아왔으니 뭘 좀 보여 주시지요!'

하지만 눈에 보이는 것은 울타리 나무를 손질하는 소년뿐이었다. 그는 시동을 걸고 그곳을 벗어났다.

트레버의 일기

......

 그들 중 단 한 사람이라도 다른 사람에게 베풀기를 했는지 아직도 모른다. 바보 같은 생각이었나 보다.
 그린버그 부인이 살아 있었다면 그렇게 했을 텐데. 할 수만 있었다면.
 루벤 선생님도 다른 사람에게 베풀기를 하고 싶어한다는 걸 난 안다. 하지만 선생님은 그럴듯한 일을 생각하지 못하고 있다.
 그래서 아무것도 못 하는 거다. 꼭 대단한 일이 아니어도 되는데. 큰일만 해야 되는 건 아닌데. 큰일이냐 아니냐는 누구에게 베푸느냐에 달려 있을 것이다.

루벤

루벤이 학교에서 퇴근한 것은 4시 15분쯤이었다. 그리고 트레버가 그의 집을 노크한 시각은 4시 30분이었다.

"미스 리자는 어디 있어요?"

"부엌에서 밥을 먹고 있어. 방금 먹이를 줬거든. 고양이 때문에 들렀니, 트레버? 아니면 의논할 게 있어서 왔니?"

"할 얘기가 있어서요."

루벤이 안으로 물러서며 문을 활짝 열어 주었다. 트레버는 집으로 들어와서 소파에 앉았다.

"선생님이 괜찮으시다면 얘기를 좀 하고 싶어서요."

무슨 얘기가 나올지 생각하면 괜찮지 않았다.

"물론 괜찮고말고. 네가 오는 건 언제나 환영이야."

고양이가 부엌에서 달려나와 트레버의 무릎 위로 뛰어올랐다.

"와, 미스 리자가 제 목소리를 들었나 봐요. 그렇죠?"

"기분이 정말 좋겠는데, 트레버. 미스 리자가 음식보다 널 더 좋아하니 말이야."

가벼운 이야기가 오가는 사이 루벤은 가슴이 무너지는 것 같은 기분을 느꼈다. 익숙한 감정이지만 평소보다 더 심했다. 트레버까지 잃은 건 아니라고, 언제나 친구로 지낼 수 있다고 생각했지만 실제로 그렇게 되지가 않았다. 트레버와 있으면 마음이 아팠고 아이도 찾아오는 일이 줄어든 걸 보면 그걸 눈치 챈 듯했다. 지난번에 왔을 때는 고양이를 만나러 왔다고 했고, 오래 있지도 않고 돌아갔다.

"뭐 마음에 걸리는 거라도 있니?"

"혹시 아직도 다른 사람에게 베풀기를 할 생각이 있는지 궁금해서요. 꼭 그러실 필요는 없지만 그냥 궁금해서요."

루벤은 깊이 숨을 들이쉬면서 의자에 주저앉았다. 가끔 눈물이 나오려 할 때는 양쪽 눈 뒤에서부터 그 기운이 느껴졌다. 오래전의 기억을 되살리는 것처럼.

"나도 여전히 할 수만 있다면 해야 된다고 생각해. 하지만 다른 사람을 위해 내가 뭘 할 수 있는지 모르겠구나. 그것 때문에 힘든 시간을 보내고 있단다."

"도움이 필요한 사람을 제가 알고 있어요."

"내가 아는 사람이니?"

"네, 엄마예요."

"무슨 일인지 모르지만 네 아빠가 도울 수 있을 텐데."

"엄마가 아빠를 내쫓았어요. 게다가 이 문제는 아빠가 도울 수 없어요. 이건 선생님 아닌 누구도 할 수 없는 일이에요."

루벤은 가슴이 뜨거워지는 것 같았다.

'아를렌이 남편을 내쫓았다니… 잘된 건가?'

"트레버, 너의 프로젝트는 정말로 훌륭하다고 생각한단다. 그 일을 돕기 위해서 나도 맡은 바를 다할 거야. 언젠가 나도 다른 사람에게 베풀어야겠지. 하지만 어머니와 나 사이에 일어난 일은…."

"그래요, 엄마도 선생님이 화가 났다고 말했어요. 하지만 저는 그래서 오히려 잘됐다고 생각했어요. 선생님이 정말 돕고 싶은 사람을 돕는다면 그건 그다지 큰 도움이 아니에요. 그렇죠? 한데 엄마한테 화가 났는데도 엄마를 돕는다면 그게 바로 큰 도움이 아니고 뭐겠어요."

트레버가 귀 뒤를 만져 주자 고양이는 더 바싹 붙어서 게슴츠레한 눈을 뜨고 그르렁댔다.

루벤은 일어나서 창가로 갔다. 최대한 트레버와 멀리 있고 싶었다. 귀가 윙윙댔지만 왜 그러는지 알 수 없었다. 마치 긴 터널 저편에서 트레버의 목소리가 울리는 것 같았다.

"미안하구나, 트레버. 나는 그런 일을 할 정도로 마음이 넓은 사람이 아닌 것 같구나."

트레버의 얼굴이 실망으로 구겨졌다. 고양이가 무릎에서 뛰어내려 부엌으로 달려갔다.

"엄마에게 필요한 게 뭔지 알고 싶지도 않으세요?"

루벤은 '좋은 남자를 고르는 눈'이라고 말하고 싶었지만 물론 그런 말은 하지 않았다.

"다른 이야기를 하면 좋겠는데."

트레버는 어깨를 으쓱했다.

"아까 한 얘기 좀 해보겠니? 엄마가 아빠를 내쫓았다면서."

"별로 할말이 없어요. 둘이 계속 싸웠어요. 이틀 전, 엄마가 아빠한테 나가라고 했어요. 그리고 아빠가 떠났어요. 이제 집에 가봐야겠네요."

"내가 태워다 줄게."

"아뇨, 자전거 타고 왔는데요."

"자전거는 트렁크에 싣고 가면 되잖니."

"그러죠, 미스 리자에게 인사하고 나올게요."

둘은 침묵 속에서 트레버의 집으로 갔다.

'어째서 트레버를 집에 데려다 주겠다고 했을까?' 루벤은 가는 내내 스스로에게 물었다. 아를렌을 만나고 싶지 않다면, 왜 트레버가 자전거를 타고 돌아가도록 두지 않고 데려다 주겠다고 한 걸까? 늘 자전거를 타고 오가는 아이인데.

루벤은 트레버에게 엄마가 집에 있는지 묻고 싶었다. 어떤 상황이 닥칠지 마음의 준비를 하고 싶었던 것이다. 하지만 끝내 그 이야기를 꺼내지 못했다.

아를렌의 집 건너편 길에 차를 세웠다. 집 앞에 그녀의 차가 없었다. 안도감과 실망감이 함께 밀려왔다. 루벤이 시동을 껐다. 두 사람은 잠시 말없이 앉아 있었다. 그런데 순간, 자동차 부딪치는 소리가 연달아 났다. 작은 차가 연쇄 충돌하는 소리 같았다. 근처에서 나는 소리였다.

"이 근처에서 사고가 난 것 같은데?"

루벤이 담담하게 말했다. 그는 다시 차를 몰고 떠날 기분이 나지 않았다.

"가서 보고 올게요."

트레버가 차에서 내리더니 조수석 문을 열어둔 채로 몇 걸음 걸어갔다. 그는 양손을 호주머니에 넣은 채 자기 집 차고 쪽을 바라보았다. 그러더니 다시 루벤의 차로 와서 조수석에 앉았다.

"엄마예요. 엄마가 야구 방망이로 트럭을 마구 두들기고 있어요."

루벤은 뱃속에 싸늘한 기운이 흐르는 듯한 기분을 느꼈다. 귀에서 다시 윙윙대는 소리가 나기 시작했다. 조개 껍데기를 귀에 대면 바다 소리가 나는 것처럼.

"어머니가 집에 안 계실 거라 생각했는데…."

"아니에요. 집에 계세요."

"차가 없잖아."

"고장났어요. 요즘은 버스를 타고 일하러 가세요. 그래서 저 트럭에 그렇게 화가 나는가 봐요. 아직도 트럭 값을 내야 되는데

다가 이젠 버스를 타고 두 군데 일터에 가야 하니까요. '레이저 라운지'에 밤 근무하러 다시 나가게 됐거든요."

"아빠를 내쫓은 다음부터?"

"아뇨, 계속이오. 아빠는 돈을 많이 벌어오지 않았어요."

자동차 두드리는 소리 때문에 말소리가 잘 안 들렸다. 트레버가 계속 말했다.

"내 야구 방망이가 엉망이 되게 생겼네요."

'나도 뭔가 저렇게 두들길 수 있다면 좋으련만.'

루벤은 생각했다. 북받치는 감정을 발산해야 될 것 같았다. 이대로 있다간 폭발해 버릴 것 같았다.

"내가 엄마에게 새 차를 사주길 바랐던 거니? 그거였어?"

"아뇨, 그건 아니었어요."

"그럼 새벽 3시에 엄마를 일터에서 집까지 태워다 주기를 바랐니? 버스를 타기엔 위험한 시간이라서?"

"그렇게 늦은 시간에는 버스가 다니지도 않을걸요. 바텐더 해리 아저씨가 집까지 태워다 줘요."

펑, 펑, 펑. 계속 금속 두들기는 소리가 났다.

"그럼 뭔데?"

트레버도 트럭 부수는 소리 때문에 마음이 산란한 듯했다.

"어머니에게 필요한 일 중에 나만이 할 수 있는 일이 뭐니?"

"선생님이 엄마에게 기회를 한 번 더 주는 거예요. 엄마는 자기가 다 망쳤다는 걸 알아요. 좋은 일과 나쁜 일이 있는데 나쁜 일을 선택한 거잖아요. 엄만 멍청하지 않아요. 다 알고 있죠. 알면서 왜 그랬는지 모르겠어요. 선생님이 자기를 용서하지 않을 거라고 말했어요. 하지만 전 선생님이 용서할 수도 있을 것 같았어요. 그건 정말 큰 결심이 필요한 일이죠. 하지만 선생님은 할 수 있어요. 누군가를 위해서 정말 큰일을 하고 싶다면요. 전에 어떻게 그렇게 큰일을 할 수 있느냐고 저한테 물으셨죠? 그래서 제가 이렇게 말했죠. 주변을 둘러보라고요. 선생님의 도움이 필요한 사람이 있을 거라고요. 지금 엄마가 그런 상태예요. 선생님의 도움이 필요하다구요."

차 안에 침묵이 감돌았다. 루벤은 트레버의 숨소리까지 들을 수 있었다. 아이를 꺼안아 주고 싶었다. 그리웠으니까. 하지만 꼼짝도 하지 않았다.

"미안하구나, 트레버. 그럴 수 없어."

"…할 수 없죠, 뭐."

"미안하다."

"괜찮아요. 엄마도 선생님이 그럴 거라고 말했어요."

"이 얘기를 엄마와 했니?"

"꼭 그런 건 아니고요. 엄마가 선생님이 용서하지 않을 거라고 했어요. 저는 엄마에게 진짜 그런지 물어보라고 했죠. 하지만 엄마는 선생님이 안 된다고 할 거라면서 안 물어보겠대요. 그래서 제가 물어본 거예요."

"미안하구나, 트레버."

"괜찮아요."

소리가 갑자기 멈추었다. 사방이 조용한 게 오히려 이상하게 느껴졌다. 트레버는 작별 인사도 하지 않고 차에서 내리고는 자전거를 끌고 길을 건넜다. 루벤은 트레버가 현관문을 닫고 들어갈 때까지 지켜본 다음에야 시동을 걸었다.

아를렌의 차고 앞 도로를 지나면서 그는 브레이크를 약하게 밟았다. 그러려고 한 게 아닌데 어쨌든 그렇게 되었다. 아를렌은 방망이를 어깨에 걸치고 서서 숨을 헐떡거리고 있었다. 그녀가 고개를 들다가 루벤을 보았다. 방망이가 바닥에 떨어졌다. 루벤은 자기도 모르게 액셀러레이터를 꾹 밟았다. 차가 잠깐 쿨링거리더니 속도가 났다. 사이드 미러로 보니 그녀는 도로 한가운데 서 있었다. 아를렌이 부르는 소리가 들렸다.

"루벤! 루벤, 잠깐만요!"

그는 휙 코너를 돌았다. 곧장 가는 게 더 빠른 길이었는데도.

루벤은 침대에 누워서 11시 뉴스를 보는 체했다. 고양이가 가슴 위에 올라와서 숨을 쉬기가 힘들었지만 그냥 내버려두었다.

전화벨이 울렸다. 수화기를 들자 고양이가 얼른 침대에서 내려갔다. 그는 목소리를 듣지 않고도 누구 전화인지 알 것 같았다. 그래서 '여보세요' 라는 말도 안 했다. 무슨 위험한 일이라도 일어난 듯 수화기를 귀에 바싹 대고 있기만 했다.

"루벤, 제발 끊지 말아요."

그는 전화를 끊었다.

다시 벨이 울리자 루벤은 수화기를 들어 침대 옆 탁자에 놓았다. 그리고 거실로 가서 서성거렸다. 다시 침실로 돌아와 보니 고양이가 수화기에 코를 대고 킁킁거리고 있었다. 수화기를 드니 아를렌이 계속 말을 하고 있었다. 숨도 쉬지 않고 말하는지 하나도 알아들을 수가 없었다. 그는 전화 코드를 빼서 전화기를 침실 창에 냅다 던졌다.

그러면 기분이 좀 나아질 줄 알았다. 망가진 트럭을 야구 방망이로 내려치는 것 같은 기분을 느끼게 될 줄 알았다. 하지만 실망스런 기분만 들었다.

그저 어색하게 벌거벗은 사내가 방에 홀로 서 있었다. 인생의 한가운데에서 부서진 창문과 함께. 따스한 바람이 그의 벗은 몸을 휘감았다. 창문은 부서지고, 전화기는 없고. 뭘 내던져서 기분이 풀리는 타입이 아니라는 걸 미리 알았다면 좋았을 것을.

아를렌

트레버는 조의 집에 자러 가고 없었다. 아를렌은 혼자 집에 앉아서, 만일 차가 있었다면 루벤의 집에 찾아갔을지 생각해 봤다. 차만 있다면 용기를 내리라, 문까지 두드렸으리라. 하지만 차가 없었다. 그렇다고 화가 나진 않았다.

차고 옆에 시체처럼 널브러진 트럭을 부수느라 양팔이 쑤시고 몸이 떨렸다. 트럭이나 리키에게 얼마나 더 당해야 할까? 대체 무슨 생각으로 자신은 고물 차를 끌면서 리키가 새 트럭을 사려고 융자받는 데 보증을 섰을까? 조만간 리키가 집으로 돌아오리라고 믿었기 때문이었다. 보증을 서면 집으로 돌아올 것이라고….

그 순간, 리키가 모는 GTO란 차가 수집가들이나 갖고 있는 괜찮은 차라는 생각이 떠오르면서 화가 솟구쳤다. 리키는 번쩍이는 크롬을 붙이고, 차 앞면을 새로 부착하고, 새 타이어를 다는 등 거의 처음부터 끝까지 손을 봤다. 그녀에게는 트럭 값을 고스란히 물게 하면서 어떻게 감히 그런 차를 몰고 다닐 수 있단 말인가?

'레이저 라운지'의 휴무일이었지만 아무 데도 갈 수가 없었다. 뭘 더 부술 힘도 없었고. 부글부글 끓어오르는 분노만 점점 더 커져 갔다. 카미노 거리에 술집이 한 군데 있었고 걸어갈 만한 거리였지만 술집에 가고 싶은 마음은 별로 없었던 것 같다. 보니에게 전화를 건 걸 보면.

"무슨 일이야?"

"보니, 전화를 안 하면 문제가 생길 거라더니 막상 전화를 하니까 하나도 안 반가운가 보네요."

"안 반갑다고는 안 했어. 그냥 또 무슨 일이 생겼는지 들으려고 기다리고 있는 것뿐이라구."

"아무 일도 아니에요. 그냥… 제 차가 퍼져 버렸어요."

"그럼 술 생각이 슬슬 나겠네."

"그래요, 하지만 그래서 전화한 건 아니에요."

보니는 아를렌이 마음을 정리할 시간을 주느라 일부러 연락을 하지 않았다. 하지만 상황이 더 나빠진 것 같았다. 아를렌은 리키에게 화가 나 있었다. 그 얘길 하면 보니는 이렇게 말하리라.

"그래, 아를렌이든 누구든 리키를 만나는 여자의 결말은 다 똑같아."

그래도 아를렌은 최선을 다해 사정을 설명했다. 그녀에게 트력 값을 물게 해놓고 정작 리키는 좋은 차를 타고 쉐릴이랑 돌아다닌다는 생각을 하니까 얼마나 화가 나는지, 술을 입에 안 대겠다고 해놓고는 제 버릇 개 못 준다고 곧장 예전 생활로 돌아간 게 얼마나 괘씸한지, 이제 루벤에게 돌아가기에는 너무도 늦어 버렸는데…….

보니는 조용히 듣다가 '루벤'이란 말이 나오자 "그거야!"라고 외쳤다.

"제가 옳은 말이라도 했나요?"

"방금 아를렌을 괴롭히고 있는 게 뭔지 스스로 말한 것 같아서. 하지만 이해해. 지금 리키한테 너무 화가 나서 그의 속을 긁어 주고 싶고, 술집으로 가서 1년 동안이나 끊고 살았던 술을 퍼붓고 싶을 거야. 하지만 그런다고 리키가 확실히 잘못을 알게 될거다? 이봐, 당신이 펀치를 날릴 때마다 결국 자기 턱만 깨는 거라구."

아를렌은 한숨을 쉬었다. 눈물이 나올 거라고 생각했지만 그것마저 말라버린 듯했다. 다시 깊게 심호흡을 하니 정신이 한결 맑아지는 것 같았다.

"아뇨, 술은 안 마실 거예요. 그럴 작정이었다면 보니한테 전화하지도 않았겠죠."

"나도 알아. 그냥 얘길 하고 싶었을 테지."

"이제 기분이 한결 나아졌어요."

"필요하면 다시 전화해."

"내일쯤 할게요. 오늘밤에는 쉐릴네 집에 가서 리키에게 내가 왜 화가 났는지 단단히 가르쳐 줘야겠어요."

"그렇게 해서 당신에게 도움이 될 것 같으면 그렇게 해. 그래 봤자 그 작자는 조금도 개의치 않겠지만."

집에서 막 나오려는 순간 리키를 내쫓으려고 짐을 챙길 때 깜빡 잊은 총이 기억났다. 기분이 많이 가라앉고 집중력도 생기던 차라 총을 챙겨 가지고 쉐릴의 집으로 향했다. 걷기에는 먼 거리였지만 어쨌든 차가 없는 현실을 감당해야 했다.

쉐릴이 목욕 가운 차림으로 현관에 나왔다가 아를렌을 보자 문을 닫으려 하며 말했다.

"마음을 바꾸기에는 너무 늦어 버렸어."

"그래서 온 게 아니에요. 리키가 내 물건을 갖고 있고 나도 그의 물건을 갖고 있어서 맞바꾸려고 왔어요. 그러면 모든 게 깨끗하게 정리될 테니까."

침실에서 귀에 익은 목소리가 희미하게 들려왔다.

"여보, 누구야?"

아를렌이 뭐라고 대답하려는 쉐릴을 막으며 말했다.

"대답할 필요 없어요. 누가 왔는지 내가 직접 가르쳐 줄 테니까요."

아를렌은 쉐릴을 밀치고 침실로 들어섰다. 리키는 허리까지만 이불을 덮은 채 침대에 누워 있었다.

"아를렌, 무슨 일이야?"

"두 사람은 일찍 잠자리에 드나 보네요? 오래 있지 않을 테니 염려 말아요. 당신 차 열쇠 어디 있죠?"

"왜 그걸 묻지? 난 다른 사람이 내 차 운전하는 거 싫어. 잘 알잖아."

"그런 건 중요하지 않아요, 리키. 왜냐하면 이제부터 그 차는 당신 차가 아니니까. 그 차를 나한테 넘겨요."

"웃기시네. 그 차는 하나부터 열까지 내 손이 간 거라구. 내 애마나 다름없는데 누구 맘대로 내놓으라 마라야? 어디서 그런 개똥 같은 생각을 하게 된 거야?"

쉐릴도 아를렌의 어깨를 가볍게 밀면서 쏘아붙였다.

"당장 여기서 나가지 않으면 경찰을 부르겠어!"

아를렌이 권총함을 열었다. 집에 자물쇠를 빼놓고 왔기에 재빨리 열 수 있었다. 그러고는 몸을 획 돌렸다. 쉐릴에게 총을 겨누려고 한 것은 아니지만 몸을 돌리니 그녀에게 저절로 총을 겨누게 되었다.

"가서 전화하시지, 쉐릴. 그 굼벵이들은 느릿느릿 움직일 테고 여기 일은 그렇게 오래 걸리지 않을 테니까 말야."

아를렌은 리키에게 다시 몸을 돌렸다. 그는 침대 머리판에 등을 바싹 붙이고 있었다.

"자, 어떻게 그런 개똥 같은 생각을 하게 됐는지 말할게, 리키. 당신은 온갖 달콤한 말로 내가 트럭 값의 보증을 서게 만들었어. 절대로 날 실망시키지 않겠다고 맹세했는데 결국 어떻게 했지? 나는 트럭 값을 물려고 일자리 두 곳을 뛰어다니는데 당신은 비싼 차를 몰고 다니며 술이나 퍼마시지. 이제 두 가지 중에서 하나를 선택하라구. 그놈의 트럭 값을 동전 한 푼까지 그대로 물어내든지, 자동차를 나한테 넘기든지!"

리키는 침착하게 천천히 양손을 들었다. 그녀가 격앙된 감정에서 벗어나도록 최면이라도 거는 듯한 동작이었다. 하지만 아를렌은 그저 거래를 명확하게 하고 있을 따름이었다. 리키가 겨우 입을 열어 말했다.

"제발 그 총 내려. 그래야 얘기를 할 거 아냐."

"이렇게 해야 대화가 더 잘될 것 같은데. 당신도 알잖아, 리키. 예전에 만난 여자들이 어떻게 당신을 죽이려고 했는지 들으면서 당신을 가엾게 여긴 적이 있어. 첫 부인은 총을 당신 얼굴에 겨눴고, 쉐릴은 당신 머리에 담요를 씌우고 냄비로 냅다 두들겨 팼지. 그리고 그 둘 사이에 만난 여자는 칼을 들이댔고. 그 얘기를 들었을 때는 그 미친 여자들이 너무했다고 생각했는데 이제야 이해하겠어. 자, 이제 종이를 꺼내서 나한테 차를 넘긴다는 각서를 쓰시지."

리키는 침대 옆에 있는 테이블 서랍에서 작은 메모지를 꺼냈다. 쉐릴이 볼펜을 던져 주었다. 아를렌은 그녀가 경찰에 전화 거는 소리를 듣지 못했다. 설령 경찰을 불렀다 해도 상관없었다.

이건 아주 조용한 사업상 거래니까.

"그러니까 내가 차를 당신한테 파는 걸로 하란 말이군."

"똑바로 써."

"가격을 얼마로 써야 되지?"

"1달러랑 값진 배려라고 해. 차 등록번호를 엉터리로 쓸 생각은 하지 마. 그 정도로 멍청하진 않으니까."

"내가 어떤 값진 배려를 받을 수 있다는 거지?"

"총을 쏘지 않는 것만 해도 대단한 배려 아냐?"

리키는 머리를 숙이고 휙휙 휘갈겨 쓰더니 메모지를 내밀었다. 뒤로 물러날 준비를 단단히 하고 조심스럽게 손을 뻗었다. 아를렌은 그가 적은 내용을 읽었다.

"서명하는 걸 잊었군."

"아, 참."

그는 서명을 해서 다시 내밀었다.

"열쇠는 어디 있지?"

리키는 아이처럼 샐쭉해져서 잠시 머뭇댔다.

"가서 열쇠 가져와, 쉐릴."

아를렌은 문으로 나가면서 열쇠를 받았다.

"고마워, 리키. 이제 모든 게 깨끗이 끝났어. 참, 깜빡 잊을 뻔했네."

그녀는 씽긋 웃으며 주머니에서 1달러를 꺼내 거실 바닥에 던졌다. 그러고는 총을 쉐릴에게 준 다음 새 차로 걸어갔다. 마음에 들었다. 차는 날렵했다. 경주용 차에나 하는 도장을 새로 해서 새 차 같았다. 오렌지 색깔이 맘에 쏙 들지는 않았지만 그래도 보닛 부분이 예쁘장했다. 시끄러운 소리를 내는 머플러는 새로 교체하면 될 것이다.

등 뒤에서 리키의 고함소리가 들렸다.

"빌어먹을! 진짜 맘에 드는 차였는데!"

그녀는 운전석에 앉아서 시동을 걸었다. 운전석 위치를 조절하느라 시트를 앞으로 끌어당기고 기어를 넣으려는데, 바로 그때 리키가 총을 들고 창문에 와서 다리를 벌리고 섰다. 창밖에서 아를렌의 머리를 겨누었다.

"당장 내리시지, 아를렌. 그놈의 양도 각서를 내놓지 않으면 다치는 수가 있어!"

아를렌은 창을 반쯤 열고 말했다.

"아, 말한다는 걸 깜빡했네. 총알을 안 넣었어요. 그 총알도 내 돈으로 샀잖아요, 기억 나죠?"

차의 빨간 미등 불빛으로 그의 얼굴이 보였다. 아를렌은 기분이 좋아졌다.

그가 어두운 밤 속으로 사라져 갔다. 과거와 함께.

카미노 거리에 있는 자동차 부품점은 9시까지 영업을 했다. 아를렌은 거기 들러서 운전대에 끼우는 도난방지용 장치를 샀다. 그런 다음 드라이브 삼아 여기저기 돌아다녔다. 차는 힘도, 승차감도 좋았다. 아를렌의 기분이 한결 가벼워지기 시작했다.

특별히 갈 곳이 없어서 루벤의 집 부근으로 차를 몰았다. 침실에 불이 켜져 있었고 집 앞에는 그의 차가 세워져 있었다. 동네를 한 바퀴 돌아 다시 그 집 앞으로 갔다. 그러기를 세 번쯤 하고 나서 시동을 끄고 한참 있었다. 루벤의 집을 보며 그가 반갑게 문을 열어 주던 시절을 생각했다. 노크를 하고 안으로 쑥 들어갈 수 있던 때를, 고양이가 몸에 올라와서 턱 밑을 간지르며 잠을 깨우던 때를. 리키가 아니었으면 지금쯤 결혼을 해서 그녀의 새 차를 마련하기 위해 둘이서 열심히 예산을 짜고 있었을 텐데…. 루벤이라면 새 차를 사도록 도와주었으리라. 아를렌은 그가 그런 남자임을 알았다.

가슴에 뭔가 무거운 게 턱 걸린 것 같았다. 루벤의 집을 바라보고 있으려니 숨쉬기가 점점 더 어려워졌다. 한참 후 차를 몰고 집으로 갔다. 도난방지용 장치를 운전대에 끼우고 열쇠를 잠겄다.

밤에 리키가 차를 빼앗으러 올 수도 있다. 만일 그런 일이 생기면 경찰에 신고할 작정이었다. 양도 각서가 있으니 모든 걸 법적으로 처리할 수 있다. 경찰에는 '트럭 값을 물어내라고 요구했더니 그가 줄 수 없다고 했어요. 그래서 그의 차를 받기로 했죠. 나한테 각서를 써서 넘겨줬어요.'라고 말하면 된다.

문득 리키가 캘리포니아에서 두 개의 영장을 발부받은 사실이 떠올랐다. 경찰에 불려 가면 그로선 골치 아파질 것이다. 차는 내일 아침에도 그녀의 집 차고 앞에 그대로 세워져 있을 가능성이 높다.

아를렌은 루벤과 통화하려 했지만 그는 전화를 받지 않았다. 그녀의 전화인 줄 어떻게 알고 받지 않는 걸까? 누워서 잠을 청해 보려 했지만 잠이 오지 않았다. 오히려 머릿속에 이런저런 생각이 밀려왔다. 지난 밤, 루벤에게 전화로 했던 모든 얘기가 떠올랐다. 그가 들었는지 모르지만.

아를렌은 일어나서 다시 옷을 입었다. 차고로 나가 보니 차는 그대로 있었다. 다시 루벤의 집 앞으로 가서 1시간 동안 앉아 있었다. 집 안의 불이 꺼지는 것을 보자 이제 안에 들어가든 돌아가든 어느 쪽으로든 움직여야 한다고 생각했다. 밤새 이렇게 앉아 있어 봤자 소용이 없었다.

가슴이 쿵쿵 뛰었다. 그의 집 뒷문으로 가서 문을 두드렸다. 침실 불이 켜졌다. 뒷문이 열리고 루벤이 목욕 가운 차림으로 문간에 섰다. 화난 것 같진 않았다. 그는 큰 체구로 버티고 서 있었지만 어쩐지 약해 보였다. 아를렌이 밀고 들어간다 해도 내쫓지 못할 것 같았다.

"당신이 밤새 거기 그냥 있을 거라 생각했는데."

그가 먼저 말했다.

"내가 와 있는 걸 알았어요?"

"당연히 알았죠."

"어떻게요?"

"머플러 소리가 하도 요란해서 창밖을 봤지요. 아니면 머플러가 없어서 그런 소리가 나나? 그 차는 어디서 났어요?"

"얘기하자면 길어요."

"트레버를 집에 혼자 두고 나온 거예요?"

말투에서 못마땅한 기색이 느껴졌다. 예전에는 자신의 도움 덕분에 상식적으로 행동했는데 이젠 그걸 다 내팽개쳤느냐고 추궁하는 것 같았다.

"트레버는 친구네 집에서 잔대요."

"아."

그는 가운 주머니에 손을 찔러 넣었다. 두 사람은 바닥만 내려다보면서 잠시 그렇게 서 있었다. 한참 후 루벤이 먼저 입을 열었다.

"왜 뒷문으로 왔어요?"

아를렌으로서는 대답할 수 없는 질문이었다. 그래도 굳이 말해 보라면 아마 수치심 때문이라고 말했으리라. 하지만 그녀는 정확히 그게 어떤 감정인지 알고 싶지 않았다. 그래서 최선을 다해 화제를 바꾸려고 했다.

"사랑해요, 루벤."

그 말이 둘 사이에 메아리쳤다. 루벤에게서 다정한 대답을 듣고 싶었다. 하지만 그저 그의 입에서 말이 떨어지기만 기다릴 뿐이었다. 결국 그녀가 말을 이었다.

"그 말을 하려고 들렀어요. 이 말 한마디로 상황이 바뀌지 않는다는 걸 알아요. 하지만 당신에게 알려 주고 싶었어요. 전에는 한 번도 말하지 않은 것 같아서요."

루벤은 주머니에서 손을 뺐다. 그리고 턱을 약간 들었다.

"당신이 그와의 관계를 정리할 때까지는 그 말을 아끼려 했다는 걸 알아요."

루벤이 손으로 문 가장자리를 잡자 아를렌은 문이 닫히기 전에 빨리 말을 하는 편이 좋겠다고 생각했다.

"그런 게 아니에요, 루벤. 당신이 트레버를 집에 태워다 줬을 때 당신은 차도로 다가오면서 속도를 늦췄어요. 차가 거의 섰지요. 그 전까지는 당신이 나랑 말하지 않으려 한다고 생각했어요. 그런데 그 일이 있은 후 당신의 일부분은 나와 이야기하고 싶어 한다는 걸 알았어요."

그녀는 지금이야말로 문이 닫힐 거라고 생각하며 약간 얼굴을 찌푸렸지만 그는 문고리를 잡았던 손을 다시 내렸다. 아를렌이 말을 이었다.

"당신이 날 용서하지 않는다는 걸 알아요. 그걸 기대하지도 않고요. 하지만 당신도 마음 한구석에서는 날 그리워할 거예요, 맞죠? 내가 당신을 그리워한다는 건 하늘이 알 거구요."

아를렌은 그의 오른손을 잡았다. 루벤은 한동안 아를렌의 얼굴을 들여다보았다. 마음이 아팠지만 그래도 가만히 쳐다보았다. 안쪽에서 새어나오는 불빛이 밝지 않아서 아를렌은 그의 표정을 잘 읽을 수 없었다. 그녀는 루벤이 봐주기를 바라며 미소지었다. 울음이 터지지 않기를 바랐다. 루벤은 손을 꼭 잡고 뒤로 물러서며 아를렌을 안으로 끌어당겼다.

아침 햇살이 침대 머리맡에 비춰들었다. 아를렌이 기억하는 그대로였다. 눈을 뜨니 루벤이 깨서 그녀를 바라보고 있었다. 아를렌이 미소짓자 그는 몸을 뒤척여 침대 끝으로 움직였다.

"이봐요, 괜찮아요?"

그는 대답하지 않았다.

"말해 봐요, 루벤."

"이건 실수였어요."

루벤은 이 말과 함께 일어나서 옷을 입기 시작했다. 몸에 난 상처가 밝은 햇빛을 받아 어쩐지 더 슬퍼 보였다. 그가 두 사람 사이에 거리를 두려는 순간이어서일까. 루벤이 서둘러 옷을 입는 걸 보면 그걸 의식하는 듯했다.

"한밤중에 당신을 들어오게 한 건 나예요. 그렇다고 지금까지의 일이 완전히 지난 일이 되는 것은 아니에요."

루벤은 얼굴을 돌리고 침대 모서리에 걸터앉았다. 그렇게밖에 할 수 없다는 몸짓이었다. 아를렌이 곁으로 다가갔다. 그녀는 루벤의 등에 몸을 기대고 끌어안으려 했다. 그의 몸이 뻣뻣해지며 거부했다.

"이러지 말아요. 이제 집으로 돌아가요, 아를렌."

아를렌은 그가 울음을 토해내는 것을 알 수 있었다. 그녀는 깜짝 놀랐다. 아를렌이 아는 한 루벤이 이런 적은 없었다. 자신 때문에 루벤이 이렇게 약해진다는 생각이 들었다. 그리고 루벤이 이 순간을 들키기 싫어한다는 것을 알았다. 그래서 그의 말대로 조용히 집을 나섰다.

크리스

샐리가 전화한 후에야 그는 그동안 얼마나 그녀를 그리워하고 있었는지를 깨달았다. 그때까진 그 감정을 애써 외면하고 있었다. 하루의 일이 끝날 무렵, 주변에 어스름이 내리면 뭔가 쓸쓸한 기분을 느낄 때도 있었지만 그 감정과 거리를 두려고 노력했다. 일에 매달리고, 운동에 매달리고, 하루 종일 잠만 자거나 아예 새거나 그것도 아니면 술을 마시고 잠이 들거나… 그런 식으로 생활했었다. 한데 그녀한테 전화가 왔다. 크리스는 그녀에 대한 모든 감정을 마음 한구석에 고스란히 품고 있었음을 깨달았다.

샐리가 어떻게 지내냐고 물어서 잘 지낸다고 대답했다. 그건 거짓말이다. 또 기사가 어떻게 되어 가느냐고 묻기에 완전히 끝났다고, 막다른 골목에 다다라서 꿈쩍도 안 한다고 말했다. 그건 사실이다.

크리스는 샐리에게 저녁 식사를 하자고 청했다. 샐리는 이번

주 내내 외식을 했다면서 새로 이사간 아파트로 오면 음식을 만들어 주겠다고 대답했다.

크리스는 사랑한다고 말했고 그것도 사실이었다. 하지만 샐리는 머뭇거렸다. 크리스는 그녀가 아직도 관계를 어떻게 정리해야 할지 결정하지 못하고 있음을 알았다.

전화벨이 울린 건 저녁 식사가 끝난 후였다. 샐리와 가까이 앉아서 이런 분위기가 참 그리웠다는 생각을 하던 참이었다. 그녀의 체취도….

바로 그때 전화벨이 울렸다. 샐리가 전화를 받더니 곧 얼굴이 어두워졌다. 그녀는 송화구를 손으로 가리고 말했다.

"내 번호를 남들에게 알려 줬어요?"

크리스는 고개를 저었다.

"이리로 전화를 연결해 놨지."

애써 가까워진 감정이 그 순간 공중에서 깨져 버렸다는 것을 크리스는 생생하게 느꼈다.

"어린 아가씨가 당신을 찾아요."

"당신이 생각하는 그런 게 아냐."

샐리는 수화기를 넘겨 주고 나가 버렸다. 그는 한숨을 내쉬고는 잠시 수화기를 들고 있었다. 부엌에서 접시를 개수대에 넣는 요란한 소리가 났다. 샐리와는 늘 이런 식이었다.

"여보세요?"

"크리스 챈들러 씨세요?"

"네. 누구시죠?"

그는 짜증스런 기색을 보이지 않으려 했지만 어쩔 수 없이 목소리에 감정이 실렸다.

"테리예요, 식료품점에서 일하는. 아시죠? 제가 곤란한 시간에 전화드렸나요?"

"아, 아니에요. 괜찮아요, 테리. 무슨 일인가요?"

"혹시 생각나는 게 있으면 전화하라고 하셨잖아요. 특별히 대단한 것은 아니지만 생각나는 게 있어서요. 마지막으로 부인을 봤을 때 얘긴데요. 부인이 왜 그렇게 기분이 좋으셨는지 기억났어요. 제가 부인에게 정원이 아주 멋지더라고 말했던 기억이 나요. 그랬더니 부인 얼굴이 환해지는 거예요. 그리고 이웃집 소년이 그렇게 해주었다고 말했어요. 부인이 소년의 이름을 말해줬는데 기억이 안 나요."

크리스는 한동안 말없이 듣기만 했다. 더 그럴듯한 이야기가 나오기를 기다렸다. 그린버그 부인에게 정원이 중요했다는 건 이미 아는 얘기였다.

"제가 별것 아닐지 모른다고 이미 말씀드렸죠?"

그때 머릿속에서 휙 떠오르는 목소리가 있었다. 리처드 그린버그인가 아니 그린인가 하는 사내의 퉁명스런 목소리였다. 그 몇 마디가 하필 이런 때 머릿속에서 메아리쳤다.

'그 양반 말로는 돈을 주지 않았다고, 아이가 공짜로 해줬다더군요. 네, 퍽이나 그랬겠죠. 요즘 애들처럼 영악한 것들이…'

"아니에요. 전화해 줘서 고마워요. 테리, 혹시 다른 게 생각나면 또…."

"지금 생각나는 것은 부인이 그 정원 때문에 굉장히 행복해 했다는 것뿐이에요."

"전화해 줘서 고마워요, 테리. 진심이에요."

"장거리 전화라 요금이 많이 올라가겠어요. 안녕히 계세요."

그는 전화를 끊고 천천히 눈을 깜빡였다. 뭔가 실마리가 잡혔다. 어떤 아이기에 그런 일을 공짜로 해줬을까? 부인이 죽은 후에도 오랫동안 아무 보수도 없이 계속 정원을 손질하는 아이라면 그럴 수 있겠지.

"신문 돌리는 애야!"

크리스는 자기도 모르게 소리쳤다.

트레버의 일기

......

얼마나 멋진 일인지 이루 말로 표현할 수가 없다.

우선 모두 엄마를 정말 훌륭한 엄마라고 말한다. 그리고 모두 루벤에게 정말 훌륭한 선생님이라고 말한다.

그리고 나한테는 훌륭한 소년이라고 말한다. 그러면 나는 '아니에요. 그렇지 않아요.'라고 말한다.

누구라도 생각해낼 수 있었던 아이디어였으니까. 이건 아주 단순하다. 가끔 이게 제대로 될 수 있을까 하는 생각을 했다. 참 놀랍다. 그리고 어떤 때는 일이 잘 안 될 이유가 뭐가 있을까 하는 생각도 했다. 아주 간단한 일이니까.

사람들을 믿었던 부분이 제대로 먹혀들어 간 것이다. 이전에 아무도 해보지 않은 부분이 바로 그거였다.

사람들이 나한테 뛰어나다고, 특별하다고 말하고 싶어하면 그렇게 하도록 내버려두자.

그게 엄마와 루벤 선생님을 행복하게 하니까.

아를렌

"엄마, 녹화하는 거죠?"

아를렌은 녹화를 하고 있을 뿐만 아니라 트레버가 똑같은 말을 몇 번째 하는지도 헤아리고 있었다.

"그래, 트레버. 벌써 여섯 번째 묻는 거야."

하지만 그녀의 말투엔 짜증스런 기색이 묻어나지 않았다. 아들의 마음을 이해했기 때문이다.

"감자칩이 더 있어야 될 것 같은데요, 엄마."

아를렌은 한숨을 쉬었다. 평소 같으면 네가 감자칩을 가져오라고, 손목이라도 다쳤냐고 쏘아붙였을 테지만 이 순간을 함께 하기 위해 트레버의 외할머니가 레드랜즈에서 차를 몰고 와 있었다. 또 조와 로레타, 보니, 트레버의 고모이자 리키의 여동생인 이블린도 와 있었다. 그리고 아직 나타나지는 않았지만 루벤도 올지 모른다. 트레버에게 이 순간은 다시 경험할 수 없는 특별한 순간이었다. 온전히 트레버만을 위한 순간.

아를렌이 부엌에서 감자칩을 한 봉지 가지고 왔을 때 TV에서는 광고가 나오고 있었다. 그녀는 리본으로 장식해서 매단 풍선들 틈을 지나서 비디오가 있는 곳으로 갔다.

"끄지 마세요!"

트레버가 소리치는 바람에 모두 놀랐다.

"광고까지 녹화하려고?"

"금방 프로그램이 시작될지도 모르잖아요."

"그래, 그냥 두자. 건드리지 않을게."

아를렌은 포기한다는 듯 과장된 몸짓으로 양손을 들었다. 그리고 어머니가 마실 맥주와 로레타가 마실 사이다를 가지러 다시 부엌으로 갔다. 루벤의 차가 오는지 보려고 부엌 커튼을 젖혔다. 조금 늦었지만 지금쯤 달려오고 있을 거라 생각했다. 아를렌이 아는 한 그는 평생 무슨 일에 늦는 사람이 아니었지만.

바로 그때 거실에서 기다리던 소리가 들렸다. 내레이터가 시드니 G와 전에 방송된 내용에 대해서 이야기하고 있었다. 그 일에 대해 다른 사실이 밝혀졌다는 거였다. 갑자기 온 나라를 선의로 뒤덮은 이 운동을 생각해낸 장본인이 누군지 이제부터 시청자들에게 알려 드리게 되어 제작진이 얼마나 기쁜지 모르겠다는 멘트가 흘러 나왔다.

그리고 트레버의 이름이 나왔다. 아를렌은 가슴이 뭉클했다.

'트레버의 이름이 전국적으로 TV에 나오다니… 내 아들의 이름이…'

아를렌은 무릎이 후들후들 떨려서 거실로 가지 못할 것 같았다. 그리고 순간, 자신에게 트레버를 아들이라고 부를 자격이 있을까 하는 생각이 들었다. 어쩌다 트레버 같은 아이를 갖게 되었는지 설명할 수가 없었다. 그녀가 낳은 아이라면 그저 평범한 아이였을 것이다. 트레버가 사실 그랬다. 그런데 이런 일이 생기다니 정말 놀랍고 이상했다.

"엄마, 빨리 오세요! 빨리요!"

아를렌은 휘청대는 걸음으로 거실로 갔다. 작은 TV 화면 속에서 트레버가 자전거를 타고 그린버그 부인 집 근처 거리를 달리며 집집마다 신문을 던졌다. 트레버… 내 아들이. 조용히 소파에 앉아서 TV를 보는 바로 저 아이가. 아를렌은 아는 사람 중 TV에 나온 적이 있는 사람이 있는지 떠올려 보려 했지만 생각나는 사람이 없었다.

고물 자전거가 너무 낡아 보였다. 새 자전거를 사줘야 했다. 왜 진작 그 생각을 못 했을까? 이런, 사람들이 어떻게 생각할까?

아를렌이 소파 등걸에 양손을 걸치자 어머니가 손을 뻗어 그녀의 손을 꼭 쥐었다. 너무 이상한 순간이었다. 어머니가 그녀의 손을 잡다니…. 태어나서 지금까지 어머니의 칭찬을 받을 만한 일을 한 것은 이번이 처음이었다.

TV 속의 트레버는 그린버그 부인의 집 마당에 서서 제 용돈으로 사온 고양이 밥을 어디에서 주는지 보여 주고 있었다. 자신이 이 세상에 없다고 집 없는 고양이들이 굶는 것을 부인이 원하지 않을 것 같아서 계속 고양이들에게 먹이를 주고 있다고 했다. 또 잔디 깎는 기계로 부인의 정원을 가꾸고 있다고 했다. 지금은 부인 소유의 집이 아니지만 말이다. 트레버가 자전거 손잡이에 붙이고 다니는 플라스틱 가스통도 화면에 나왔다. 잔디 깎는 기계의 가스가 떨어질 때를 대비한 것이라고 했다.

이 모든 것이 아를렌에게는 낯설었다. 그녀는 아들이 집 밖에서 무슨 일을 하는지 다른 시청자와 다름없이 처음으로 듣고 있었다. 트레버에게도 나름의 생활이 있지만 이 정도일 줄은 몰랐다.

이제 교실 장면이 나왔다. 칠판 앞에 선 루벤을 보자 아를렌의 가슴이 조여들었다. 거기 그 문장이 적혀 있었다.

세상을 바꿀 수 있는 아이디어를 생각해서 실천에 옮기시오.

이 모든 것을 시작하게 했던 과제 내용이었다.
아를렌은 트레버의 어깨를 가만히 찌르면서 물었다.
"집에 오겠다고 했니?"
"네?"
"루벤 말이야."
"그러겠다고 했어요."
지금 당장이라도 차를 몰고 루벤의 집으로 가야 될 것 같았다. 그가 그녀의 집에 온 손님들을 피해 자기 집 침대에서 혼자

TV를 보고 있는지도 모르니까 말이다.

　루벤은 프로그램이 끝난 뒤의 축하 모임에도 오지 않았다. 아를렌은 샴페인을 마시지 않았다. 손님들에게 몇 가지 안주를 갖다준 후 트레버와 단 둘이 있게 될 시간을 기다렸다. 트레버가 얼마나 자랑스러운지 말해 주고 싶었다. 하지만 사람들은 떠나지 않았고 함께 비디오 테이프를 세 차례나 돌려서 봤다.

　아를렌은 메스꺼움 때문에 잠에서 깼다. 어머니가 집에 함께 있지 않았다면 그냥 지나갔을 일이었다. 어머니는 거실에 있는 침대 겸용 소파에서 자고 있다가 아를렌이 화장실에 가는 소리를 듣고 깼다. 어머니는 안테나를 갖고 있는 것 같았다. 하얗게 질린 얼굴로 침실로 돌아가니 어머니가 침대에 걸터앉아 있었다. 아를렌은 못 본 척하고 침대로 들어갔다. 몸이 안 좋아서 어쩔 수 없었다.

　"요즘도 술 마시니?"

　"엄마, 1년 넘게 한 잔도 안 마셨어요. 아시잖아요."

　"어젯밤 축하 모임은 정말 대단했지. 모두 흥분했고."

　"그 자리에서 제가 사과 주스만 마시는 걸 보셨으면서도 그렇게 말씀하세요?"

　"우리가 잠자리에 든 후 네가 뭘 했는지 누가 아니?"

　"세상에. 엄마, 절 못 믿으시는 거예요?"

"알았다. 그만하자. 그냥 물어본 거야."

긴 침묵이 흘렀다.

아를렌은 어머니에게 직장에 전화해서 아파서 못 나간다는 말을 해달라고 부탁할까 고민했다. 아니, 이제 어린아이가 아니다. 그녀가 직접 전화해야 한다.

"배탈이 났니?"

"제가 의사도 아닌데 어떻게 알겠어요?"

"그런 일이 자주 있었니?"

"처음이에요."

"혹시 임신한 거 아니니?"

"그런 생각은 하지도 마세요."

"그냥 물어본 거야."

"엄마, 트레버의 아침 식사 좀 준비해 주세요. 저는 직장에 못 나간다고 전화한 다음 좀 쉬어야겠어요."

어머니가 방에서 나가자 아를렌은 안도의 한숨을 내쉬었다. 오늘도 어머니가 집에 돌아가겠다는 말을 하지 않으면 이제 그만 가시라고 해야겠다는 생각이 들었다.

직장에 전화한 후 잠에 빠졌지만 메스꺼움 때문에 다시 깼다. 침대에 누워 있는데 트레버가 학교에 간다고 키스하러 왔다. 아이는 할머니가 학교까지 태워다 준다고 했다.

"유명 인사가 되더니 이제 자전거는 안 타겠다는 거야?"

"그런 게 아니라 할머니가 데려다 주고 싶어하셔서요."

"곧 새 자전거를 사자."

트레버가 침대에 걸터앉자 아를렌은 아들의 머리를 쓰다듬어 주었다.

"지금 것도 괜찮아요."

"아니, 너는 더 좋은 걸 탈 자격이 있어. 엄마한테 키스하지 말고 나가면서 키스를 보내 줄래? 메스꺼워서 말야."

"사랑해요, 엄마."

"엄만 네가 정말 자랑스럽다, 트레버."

"오늘 학교에 가면 진짜 재미있을 거예요. 아마 메리 앤 텔민은 저한테 말도 안 걸걸요."

트레버의 얼굴에 만족스런 미소가 퍼졌다.

아침 나절 잠에서 깨니 기분이 많이 나아졌다. 그래서 직장에 전화해서 오후에는 나가겠다고 했다. 더 이상 근무 시간을 빼먹으면 생활비를 감당하지 못하게 될 것이다.

하지만 다음날 아침에 다시 몸이 안 좋아졌다. 그래도 어렵게 직장에 나갔다. 직장 상사는 스트레스 때문일 거라고 말했지만 중병은 아니더라도 뭔가 병에 걸렸다는 생각이 들었다.

아를렌은 매사가 놀랍도록 잘 돌아가고 있는데 무엇에 그렇게 스트레스를 받는지 짐작할 수가 없었다. 아침 나절 동안 반은 일하고, 반은 루벤에게 전화해서 프로그램을 봤는지 물어볼까 망설이며 보냈다. 어떻게 그 프로그램을 안 볼 수 있을까? 아니, 더 정확히 말하면 어떻게 그들과 함께 보지 않고 혼자 볼 수 있을까?

퇴근하고 집에 도착해 보니 어머니는 떠나고 없었다. 왠지 서운한 마음이 들었다. 전화기 옆에 어머니가 남긴 메모가 있었다. 신경에 거슬릴 정도로 단정한 필체였다.

그 기자가 전화했더구나. 너랑 꼭 얘기해야겠다던데. 널 직접 만나고 싶다더라. 트레버에 관한 일인데, 우편물도 있다고 하고 난 알아들을 수 없는 얘기도 하더라. 백악관이 어쩌고 하던데… 전화하고 싶으면 수신자 부담 통화로 하라더구나. 될 수 있으면 빨리 연락하라더라. 병원에 가 봐라. 어쩌면 위궤양일지도 몰라. 네 아버지도 그것 때문에 고생하셨거든.

사랑하는 엄마가

아를렌은 숨을 깊이 쉬고 수화기를 들었다. 금요일이라 다행이다. 이제 이틀 동안은 아침에 아픈 몸으로 출근하지 않아도 되고 봉급이 깎일까 봐 걱정할 필요도 없다.

전화벨이 다섯 번 울린 후 자동응답기에서 말이 흘러나왔다.

"크리스 챈들러입니다. 혹시 아를렌 맥킨니가 전화했다면, 제가 지금 캘리포니아로 갈 비행기를 타려고 공항으로 가는 중이니 그렇게 아세요. 미리 알리지도 않고 출발해서 미안합니다.

하지만 직접 만나서 이야기할 게 있습니다. 댁의 주소와 전화번호를 사람들에게 알려 주지 않겠다고 약속했기 때문에 부인께 가야 할 중요한 얘기가 모두 저한테 왔습니다. '이달의 시민'으로 트레버가 뽑혀서 당장 인터뷰를 시작해야 합니다. 그리고 백악관에서 트레버와 아를렌, 그리고 루벤을 초청하고 싶다고 합니다. 이번 일과 관련해서 세간의 관심이 얼마나 쏠릴지 모르겠습니다. 그럼 아침에 뵙겠습니다. 혹시 다른 분이면 메시지를 남겨 주십시오. 삐이."

아를렌은 시계를 힐끗 봤다. 음식을 소화시킬 수 있을지 걱정스러웠다. 트레버의 15분짜리 유명세가 얼마나 지속될지도 궁금했다.

트레버의 일기

......

아마 얼마 동안은 일기를 쓰지 못할 것이다. 왜냐하면 일기장은 집에 두고 떠날 거니까. 대통령을 만나러 가는데 일기 쓸 시간이 어디 있겠어.

하지만 집에 돌아와서 쓸 거니까 기다리라구.

루벤은 내게 일어나는 일에 대해 평생토록 기록해야 한다고 말했다.

그럴 시간이 있기를 바랄 뿐이다.

루벤

그들은 샌터바바라까지 기차를 타고 가서 셔틀버스로 갈아타고 로스앤젤레스 공항으로 갔다.

기차에서 트레버는 창 쪽에 앉고 싶어했고 당연히 그 곁에는 아를렌이 앉았다. 루벤은 뒷좌석에 혼자 앉게 되었다. 기차가 흔들려서 책을 읽을 수 없었기 때문에 조용히 앉아서 두 사람의 뒤통수만 쳐다보았다. 그가 내주었던 과제가 여기까지 이끌게 될 줄은 몰랐다. 그저 모든 상황이 당황스럽기만 했다. 트레버가 계속 발로 바닥을 두드렸다. 루벤은 그럴 만하다고 생각했다. 백악관에 가는 길인데 당연히 긴장이 되리라.

한편 아를렌이 이상하게 낯설게 보이고 서먹서먹했다. 그녀와 트레버는 너무도 다정해 보였는데, 그걸 보는 루벤은 마음이 불편해서 숨도 쉬기 어려웠다.

공항에서 트레버가 루벤에게 말을 걸었다. 그는 조잘조잘 앞으로 경험하게 될 일들에 대해서 묻고 또 물었다. 대통령은 어떻게 생겼을까? 어떤 곳들을 돌아보게 될까? 백악관에 들어갈 때 금속 탐지기를 지나가거나 신분증을 보여 줘야 될까?

트레버는 루벤에게 '이달의 시민' 인터뷰가 잘 되었다고 생각하는지 물었다. 이렇게 저렇게 말을 돌려서 똑같은 내용을 몇 번이나 되물었다. 그런 다음 백악관에 대해 아는 사실을 죄다 쏟아 냈다.

"거기서 불이 났었다는 걸 아세요?"

"들어 본 것 같구나."

"그래서 흰색으로 칠한 거래요."

루벤은 아를렌이 안 듣고 있다고 생각했는데 그녀가 불쑥 끼여들었다.

"네가 꾸며낸 이야기지?"

"아니에요, 정말이에요. 1812년 전쟁 때랑 1929년에 그랬대요. 그런데 '빌'이라고 불러도 되나요?"

"누굴?"

아를렌이 무심히 물었다.

"대통령이오."

"뭐? 안 돼! 맙소사. 트레버. 그러면 안 돼. 어떻게 그런 생각을 할 수가 있니? '대통령 각하'라고 하거나 '미스터 클린턴'이라고 해야지. 아니면 그냥 '각하'라고 하든지."

"첼시를 만나면 어떡하죠?"

"그건 만났을 때 생각해."

비행기에서도 트레버는 창가 자리에 앉았고 아를렌이 그 옆에 앉았다. 그리고 루벤이 아를렌 곁에 앉았다. 분위기가 몹시 어색했지만 그래도 루벤은 말을 걸지 않았다.

트레버는 창밖을 구경했고, 루벤은 주머니 속에 든 반지 상자를 쓰다듬으면서 '왜 이걸 가져왔을까?'라고 자신에게 물었다. 그가 침묵하는 건 냉정하게 대하려고 그러는 게 아니라 스스로 판 참호 속에 웅크리고 있는 것임을 그녀는 알까? 그가 움직일 때마다 참호는 더욱 더 깊어지는 것 같았다. 하지만 이 여행 중 어느 시점이 되면 그녀에게 말할 것이다. 그가 좋은 생각을 하면서 짐을 쌌다는 것을. 그러나 날씨나 여행 일정을 얘기하며 말을 걸지도 못하는 남자로선 그런 감정을 털어놓는다는 게 보통 큰 일이 아니었다.

공항에 도착하니 양복 차림의 젊은 청년이 '맥킨니 일행'이라고 적힌 표지판을 들고 기다리고 있었다. 프랭크라는 참한 얼굴의 이 청년은 미국산 검은 승용차의 트렁크에 일행의 짐을 싣고, 먼저 호텔에 들러서 잠시 쉬겠냐고 물어보았다. 아를렌이 그러면 좋겠다고 하자 트레버는 실망한 표정을 지었다. 그들은 트레버에게 무슨 일부터 하고 싶은지 물어보았다.

"관광이오."

"그래, 오늘 내가 맡은 일이 바로 그거야. 세 분께 시내 구경을 시켜드리고 안전하게 호텔로 모셔다 드리겠습니다. 그리고 내일 아침 9시 정각에 호텔로 모시러 가겠습니다. 백악관 구경을 잠시 하다가 대통령과의 약속 시간에 가시면 됩니다."

"우선 뭐부터 보나요?"

트레버가 물었다. 그와 프랭크는 만나자마자 죽이 잘 맞았다. 루벤과 아를렌은 뒤로 밀리게 되었다. 루벤은 트레버의 날이니 그럴 만도 하다고 생각했다.

"뭘 보고 싶은데?"

"워싱턴 기념비, 국회 도서관, 제퍼슨 기념비, 링컨 기념비, 그리고 스미소니언 박물관…."

"그걸 하루에 다 볼 수는 없는데. 하지만 내일 오후가 있으니까. 우선 뭐부터 볼까?"

"베트남전 추모비부터요."

루벤은 예상치 못했던 '베트남'이란 말이 나오자 움찔했다.

베트남전 추모비가 눈에 들어오자 프랭크는 루벤의 이름을 부르며 말을 걸었다.

"참전 용사라고 알고 있습니다."

"그렇습니다."

"이곳은 약장수처럼 떠들며 안내하지 않을 생각입니다. 참전 용사들이 좋아하지 않는다는 걸 알거든요. 선생님은 제가 모르는 걸 많이 아실 테죠. 혼자서 둘러보고 싶으실 것 같은데요."

루벤은 어렵사리 침을 삼켰다. 목구멍에 덩어리가 걸린 것 같앉다. 프랭크가 일깨워 주기 전까지 그는 마음이 불편한 이유를 다른 데로 돌렸었다.

트레버가 말했다.

"저희가 여기서 잠깐 기다려 드릴게요, 선생님. 저는 프랭크가 약장수처럼 떠드는 얘길 들으면 되니까요."

프랭크가 예의바르게 소리내어 웃는 소리를 들으며 루벤은 벽 쪽으로 갔다. 그의 발자국 소리가 유난히 크게 울려 퍼졌다. 베트남에서의 몇 주일, 그리고 의료 기관에서 일주일간 안정을 취하다가 루벤은 황급히 비행기에 실려 병원으로 보내졌다. 이 화강암 벽에 이름이 새겨진 사람들은 베트남전에 대해 잘 알리라. 하지만 루벤이 아는 것은 매일 아침 거울에 비친 자신의 슬픈 모습뿐이었다. 그걸로 충분할지도 모르지만.

그는 잠시 전몰 용사 명단 색인표에서 누군가의 이름을 찾아보았다. 벽을 따라 걸어가 보니 전쟁 후반기에 죽은 병사들의 명단이 새겨져 있었다. 루벤은 손가락으로 이름을 더듬어 가다가 아티의 이름에서 멈추었다. 그 이름을 보면서 약간 움찔했다. 불쑥 현실감이 느껴졌다. 갑자기 악몽이 현실이 되어 버렸다고나 할까. 그는 아티의 이름을 어루만졌다.

1분이 지났을까, 아니면 1시간이 흘렀을까. 트레버가 옆에 와서 서 있었다. 루벤은 자신의 자존심 때문에 아를렌은 물론이고 트레버에게도 상처를 안겨 주고 있음을 알았다.

"선생님, 여기 몇 명의 이름이 새겨져 있는지 아세요?"

"약 5만 8천 명일걸."

이 말을 하는데 느낌이 이상했다. 한동안 말을 안 하다가 하기 때문이었다.

"5만 8천156명이에요. 그런데 아서 B. 레빈이 누구예요?"

"옛 전우."

등 뒤에서 아를렌의 목소리가 들리자 루벤은 깜짝 놀랐다.

"트레버, 선생님은 혼자 있고 싶으실 거야."

"아니에요. 괜찮아요, 아를렌. 정말 괜찮아요."

"옛 전우에 대해 이야기하고 싶지 않으실 텐데 네가 공연한 얘기를 꺼냈구나."

"아니, 괜찮아요. 기초 훈련을 받을 때 알던 사람인데, 그를 아티라고 불렀지. 아티는 일을 망치려고 뽑힌 사람 같았어."

루벤은 트레버에게 하는 말인지 아를렌에게 하는 말인지, 아니면 둘 다에게 말하고 있는지 알 수가 없었다.

"아티는 수류탄을 던지려고 핀을 뽑다가 손을 떠는 바람에 수류탄을 바닥에 떨어뜨리고 말았어. 높이 자란 풀밭에. 거기서 어물쩡대며 떨어뜨린 수류탄을 찾고 있었지. 찾아서 멀리 던지려고 한 거야. 나는 곧 수류탄이 터져 그 친구 몸이 날아갈 거라는 것을 알았어. 그래서 달려가서 그 친구를 안전한 지역으로 끌어내려 했지. 그런데 너무 늦어 버렸어."

"아티는 죽었나요?"

트레버가 조용한 목소리로 물었다.

"그렇단다."

"선생님은 그래서 부상을 입으셨군요?"

한동안 침묵이 흘렀다. 루벤이 먼저 입을 열었다.

"잘 아는 사이도 아니었지. 그냥 거기 있는 다른 사람보다는 조금 더 아는 정도였어. 모두 생전 처음 보는 얼굴들이었는데 아티만 안면이 있었지."

루벤은 아를렌이 자신의 허리에 팔을 감는 것을 느꼈다. 그는 계속 혼잣말하듯 중얼거렸다.

"가끔 거울을 보면서 생각하지. 만일 내가 그냥 달아났으면 어땠을까? 나 자신은 구했겠지. 어차피 아티는 죽었을 테니까. 만일 거기서 도망쳤다면 지금도 사진 속의 얼굴이겠지. 그때보다는 나이가 들어 보이겠지만."

하지만 그는 전사 이름이 새겨진 벽을 보면서 생각했다. 그런 사고가 일어나서 고국으로 후송되지 않았다면 어떻게 되었을까? 나의 이름도 저 명단 속에 있지 않을까?

아를렌의 숨소리가 그의 귀를 간지럽혔다.

"당신은 그런 사람이 아니에요. 만일 달아났다면 당신은 매일 묻겠죠. '내가 도왔더라면 어떻게 됐을까.' 라고."

"하지만 난 아티를 돕지도 못했어요. 트레버, 잠깐만 프랭크한테 가 있겠니?"

"네, 선생님."

루벤은 몸을 돌려서 아를렌을 껴안았다. 한동안 두 사람 모두 아무 말도 하지 않았다. 루벤은 숨을 깊이 들이마셨다.

"그동안 많이 생각했어요, 아를렌. 난 누군가에게 사랑을 느끼게 되면 깊이 안으로 빠져들어요. 무슨 뜻인지 알아요? 당신도 이해하겠지요. 나와 똑같은 타입이니까. 그래서 생각할 시간이 필요했어요. 당신이 성실하려 했던 것 알아요."

"무슨 뜻이에요?"

루벤은 아를렌이 그의 진심을 믿지 못한다는 걸 알아차렸다.

"리키와 있었던 일 말이에요. 당신 같은 여자를 얻는다면 행운일 거예요. 왜냐면 오랜 세월이 지나 우리에게 그런 일이 벌어져도 당신은 나를 그런 성실한 태도로 대할 테니까요."

"그러니까 그 말은…."

그는 작은 벨벳 상자를 아를렌의 손에 쥐어 주었다.

"열어 봐요."

아를렌은 숨을 멈추었다. 눈물이 흐를 것처럼 몸이 떨렸다.

"환불하지 않았군요?"

"우습죠? 나도 왜 그랬는지 모르겠어요."

호텔에 도착할 즈음 트레버가 완전히 곯아떨어져서 루벤이 객실까지 안고 올라가야 했다. 트레버와 아를렌이 묵는 방과 루벤의 객실은 복도를 사이에 두고 있었다. 그는 아를렌에게 건너오라고 하고 싶었지만 트레버를 혼자 두는 것은 옳지 않은 것 같앉다. 대신 오랫동안 키스를 나눴다. 루벤은 앞으로 시간이 많다고, 평생토록 함께 지내게 될 거라고 말했다. 아를렌은 미소만 지을 뿐 아무 말도 하지 않았다. 초조하거나 슬프거나, 아니면 둘 다인 것 같았다.

아침에 트레버가 건너와서 엄마가 아프다고, 사방에 토했다고 말했다. 루벤이 걱정스런 표정을 짓자 트레버는 늘 있는 일이라고 말했다.

"스트레스 때문일 거예요. 엄마가 긴장했거든요."

그들은 붉은 카펫이 깔린 중앙 홀에 초조하게 서 있었다. 트레버는 대통령 문장을 올려다보면서 여기가 '크로스 홀'이라고 얘기해 주었다. 홀 끝쪽에 있는 '이스트 룸'에는 언론사의 카메라와 경호원들, 백악관 직원들로 북적댔다. 긴장되느냐는 프랭크의 물음에 트레버는 아니라고 대답했다. 뻔한 거짓말이었다.

대통령은 경호원과 공보관에 둘러싸여 걸어오고 있었다. 언뜻 보면 그냥 한 떼의 사람들로 보였다. 루벤은 왜 대통령이 등장하면 팡파레가 울릴 거라고 기대했는지 모르겠다고 생각했다.

잠시 후, 무리 중에서 한 남자가 빠져 나와 트레버에게 곧장 걸어왔다. 그는 자연스럽고 다정해 보였다. 그가 트레버의 손을 잡고 악수했다.

"네가 트레버구나. 프랭크가 잘 대접해 주었니?"

"네, 각하. 클린턴 대통령 각하."

트레버는 전혀 당황하지 않는 기색이었다. 클린턴 대통령은 미소지으면서 빌이라고 부르라고 말했다. 트레버는 몸을 돌려 아를렌에게 그것 보라는 듯한 표정을 지었다.

"언론이 준비를 하고 있으니 1분쯤 걸릴 거야. 모두 뉴스에 내보내고 싶어하거든, 트레버."

"저는 괜찮습니다, 빌. 아니, 각하…."

"그래, 지금까지 무슨 구경을 했니?"

"모두 다요."

"어떤 게 가장 마음에 들었지?"

"벚꽃이오. 아니다, 베트남전 추모비요. 거기서 엄마랑 루벤 선생님이 약혼하셨으니까 그게 최고로 마음에 들어요."

"정말이니?"

대통령은 고개를 들어 두 사람을 응시했다. 루벤은 혀가 굳어 버린 것 같았다.

"축하합니다."

"내일은 제 생일이에요. 정말 멋진 생일이 될 거예요."

트레버가 말했다.

"와, 지금 넌 온갖 축하할 일을 다 갖고 있구나."

"그런 것 같지요?"

그때 누군가 와서 말했다.

"각하, 준비됐습니다."

카메라가 돌아갔다. 이스트 룸을 비추고, 크로스 홀을 등지고 서 있는 그들을 비추었다. 대통령은 연단 뒤에 서서 트레버와 악수했다. 루벤은 자연스럽게 보이려고 애썼지만 조명 때문에 저절로 눈이 찡그려졌다. 조명과 초조함 때문에 눈앞에 펼쳐지는 장면이 초현실적으로 느껴졌다.

"만나게 되어 영광이다, 트레버."

대통령이 말했다.

"네, 저도 영광입니다. 선거에서 이기셨을 때 얼마나 기뻤다구요."

"그래? 고맙구나, 트레버."

"가망이 없으신 것 같았거든요."

루벤의 눈에 갑자기 하얗게 질린 아를렌의 얼굴이 들어왔다. 대통령은 머리를 뒤로 젖히며 웃음을 터뜨렸다. 시원하고 다정한 진짜 웃음이었다. 기자단이 술렁거렸다.

"트레버, 우리 둘은 꿈을 포기하지 않으면 어떻게 되는지 보여 주는 좋은 예 같구나."

"그렇습니다, 빌. 각하… 그런 것 같네요."

트레버는 작은 기념패를 받았다. 루벤이 서 있는 자리에서는 기념패에 새겨진 글귀를 읽을 수가 없었다. 그는 땀이 났지만 카메라 앞에서 이마의 땀을 닦아내고 싶지 않았다. 땀방울이 눈으로 들어가서 따가웠다. 대통령의 말소리가 세 마디 중 한 마디만 들렸다. 대통령은 세상을 바꿀 수 있는 사람에 대해서, 한 소년이 우리를 이끄는 능력에 대해서 말했다.

루벤은 관심이 자신에게 쏟아지자 어쩔 줄을 몰라 했다. 그는 땀이 밴 손으로 클린턴 대통령과 악수했다. 대통령이 아이들은 미래이며, 루벤 같은 선생님들이 그 미래의 틀을 잡아간다고 말하자 그는 목례를 했다. 그러나 "각하"란 말을 많이 했던 기억만 날 뿐 뭐라고 말했는지 하나도 기억이 나지 않았다.

트레버는 생일 파티라도 하는 것처럼 루벤에게 환한 미소를 보냈다. 긴장감이라곤 전혀 없이 즐겁기만 한 얼굴이었다. 이 순간이 그런 생각을 할 때는 아니지만, 루벤은 내일이 트레버의 생일이라는 걸 모르고 있었다는 생각을 했다. 왜 몰랐을까? 트레버에게 뭔가 사줘야 할 텐데.

루벤이 긴장이 풀려서 정신을 차릴 때쯤 일정이 끝났다. 프랭크가 그들을 호텔까지 데려다 주었다.

"정말로 멋있었어요."

트레버가 말했다. 반면 루벤은 정신이 없어서 분위기를 즐기지 못해 아쉬웠다. 하지만 대통령과 만난 장면이 뉴스에 방송될 테고, 어머니가 녹화를 할 테니 나중에 보면 된다고 스스로를 위로했다.

"오늘은 최고의 날이에요. 이렇게 좋은 날이 또 있을까요, 선생님? 내일이 생일이고, 대통령을 만났고, 선생님이랑 엄마랑 결혼을 할 거잖아요. 이런 날이 다시 올까요?"

루벤은 대답할 수 없었다. 너는 열네 살 생일 직전에 인생의 정점을 맛보았다는 말을 하고 싶지 않았기 때문이다.

트레버는 침묵이 흐르게 내버려 두지 않았다.

"이제 제가 한 가지만 더 하면 된다는 걸 아시겠죠?"

"한 가지라니 뭘?"

아를렌이 물었다.

"한 사람만 더 도우면 된다구요. 그린버그 부인을 도왔고, 두 분을 도왔잖아요. 그러니까 한 사람만 더 도우면 되는 거예요."

"그만하면 충분해, 트레버. 그렇죠, 루벤?"

루벤은 여전히 '트레버에게 이런 날이 또 올까?'라는 생각에 여념이 없었다.

"네가 지금까지 한 일만으로도 충분히 자긍심을 느껴도 된다는 생각이 드는구나, 트레버."

"그럴지도 모르죠. 하지만 한 가지 더 할 거예요. 누군가 도움이 필요할 거예요. 그렇죠?"

루벤, 아를렌, 프랭크는 동의하지 않을 수 없었다. 도움이 필요한 사람은 언제나 있으니까.

고디

🌿

고디에게 샌디는 곰 같은 사람이었다. 그것도 친절한 곰. 늑대에서 곰 사이랄까. 화를 낸다거나 위험한 타입의 곰은 아니었다. 샌디는 몸이 크고, 목소리가 걸걸하고, 텁수룩하게 털이 나고, 보수적인 옷차림에 외모도 세련되지 못했다. 고디가 그를 만난 것은 캐피털 몰에서였다. 샌디는 42세였으니 고디보다 4반세기를 더 산 셈이다. 하지만 그런 건 문제가 되지 않았다. 샌디는 그에게 아름답다고 말했다.

고디는 가끔 잠자리에 들기 전에 거울에 자신의 모습을 비춰 보았다. 방문을 걸어 잠근 후 벗은 몸으로 전신 거울 앞에 섰다. 털이 많고 바싹 말라서 바람이 불면 날아갈 것 같았다. 하지만 다른 면에서 보면 샌디 말이 맞았다.

고디는 왜 전에는 그런 칭찬을 듣지 못했는지 의아했다. 왜 다른 사람들은 그걸 보지 못했을까.

샌디는 고디를 때리지 않았다. 그리고 체중이 100킬로그램쯤

나가기 때문에 그와 함께 있는 동안엔 아무도 고디에게 손찌검을 하려 들지 않았다. "나한테 와서 같이 살자." 샌디는 그렇게 말했고 고디는 그러겠다고 했다.

옷을 가져오지 않았으니 어머니와 계부는 그가 영영 집을 나갔다는 것을 금방 알아차리지 못할 것이었다. 샌디는 나중에 옷을 더 사주겠다고 말했고 진짜로 약속을 지켰다.

샌디는 다른 선물도 주었다. 아주 그럴듯하게 만든 가짜 운전면허증이었다. 덕분에 하룻밤 사이에 고디는 21세가 되었다. 샌디는 고급 술집과 클럽에 자주 다녔다. 스웨터 위에 조끼를 입고 그 위에 양복을 입었다. 그는 고디와 팔짱 끼는 것을 좋아했다. 샌디는 고디가 화려하게, 여성스럽게 차려입는 것을 좋아했다. 고디가 아무리 립스틱을 바르고 실크 옷을 입었어도 실은 남자라는 사실이 샌디를 더욱 만족시켰다.

고디는 꼭 집에 온 것 같은 느낌이었다.

토요일 밤이면 샌디는 고디를 데리고 춤추러 갔다. 둘은 악단 반주에 맞춰서 천천히 춤을 추었다. 고디는 따라하기만 하면 됐다. 너무 고단하게 살았기에 따라하기만 하면 된다는 게 마음 놓였다. 당분간 그냥 이렇게 살고 싶었다.

어느날 샌디는 노동절 토요일에 고디를 데리고 동성애자들이 가는 술집 겸 식당에 갔다. 고디가 샌디의 팔짱을 끼고 들어서자 청회색 제복을 입은 경비원이 문간에 서 있다가 목례를 했다. 경비원은 총을 갖고 있진 않지만 체격은 제법 우람했다.

고디의 눈에 그 경비원의 직업은 동성애자 손님을 보호하는 일이지만, 개인적으로는 동성애를 용납하지 않을 사람으로 보였다. 그렇다고 경비원이 그런 내색을 한 것은 아니다. 어쨌든 샌디 같은 손님이 봉급을 주는 셈이었으니까. 또 문을 열어 주면 이따금 팁도 얻었다. 고디는 경비원에게 가볍게 미소지으며 미끄러지듯 안으로 들어갔다.

샌디는 고디에게 스테이크를 사주었다. 고디는 조심스럽게 음식을 씹으면서 남자들이 춤추는 모습을 지켜보았다. 식사 중간에 알렉스와 제이가 합석했다. 그들은 샌디의 친구들로 국회의원 수행원이었다. 그들은 음식을 먹으려 하지 않았다. 둘 다 거구였다.

"고디는 살찔 걱정이 없으니 좋겠군."

알렉스가 고디의 옆구리를 가볍게 꼬집으며 말했다. 고디는 샌디에게 미소지어 보였다. 그는 샌디의 지금 모습 그대로가 좋았다. 뚱뚱하지 않지만 체격이 컸다. 때로는 위압적일 정도였지만 고디는 다정한 사람에게 압도당하는 것이 싫지 않았다.

고디는 대화에 낄 때인지 아닌지 몰라서 입을 다물고 있었다.

"고디를 어떻게 데리고 들어왔지, 샌디?"

제이가 속삭이며 물었다.

"그게 무슨 소리야? 고디는 21세라구."

샌디는 당황하지 않고 받아넘겼다. 제이는 웃음 반 야유 반 섞인 소리를 냈다. 그리고 고디에게 몸을 가까이 숙이며 귀에 대고 속삭였다.

"젊음은 참 매력적이야."

고디는 미소지으며, 롤빵에 버터를 바르는 샌디를 바라보았다. 이제 집으로 돌아갈 일은 없다.

크리스의 취재노트 중에서

───

나는 그냥 행복했어요. 드디어 행복을 찾았던 거죠. 그리고 지금도 다시 행복해졌어요. 이제는 모두 행복하다는 생각이 들어요.

샌디는 완전히 회복이 됐어요. 갈비뼈가 두어 대 금이 갔지요. 우린 서로 빨리 회복할 수 있도록 잘 돌봐줬어요. 그 아이가 다른 사람을 도왔으면 좋았을 텐데…. 하지만 그랬다면 지금 나는 여기 있지도 않겠죠. 우리가 그날 밤 집에 있었다면 아무 일도 없었을 거라는 걸 알아요. 하지만 그런 생각은 해봤자 속만 더 상하잖아요. 그동안 수없이 많은 사람들한테 얻어맞았는데 그걸로도 부족한 걸까요? 누가 때리고 가면 또 다른 사람이 와서 때리고… 난 언제까지 그렇게 당해야만 하나요?

사람들이 이 인터뷰를 본다면 이해해 주길 바랄 뿐이에요.

내가 기억할 수 있는 것은 다 말하겠어요. 하지만 잘 되살릴 수 있을지 모르겠어요. 너무 순식간에 일어난 일이어서요. 금방 충격이 느껴졌거든요. 꼭 꿈 속에서 벌어진 일 같았어요. 그러니 꿈 이야기하듯 말해야겠네요. 하지만 실제 있었던 일이에요.

───

　고디는 샌디의 팔짱을 끼고 따스한 봄의 밤 거리로 나왔다. 미소를 보내려고 고개를 돌렸지만 경비원은 거기 없었다. 경비원은 바의 벽돌 건물에 등을 대고 있었는데 이상하게 꼼짝도 하지 않았다. 스킨헤드족(신 백인우월주의 집단-역주)이 경비원의 몸을 찍어누르고 있었다. 경비원이 턱을 들고 목덜미를 허옇게 드러내고 있었다. 번뜩이는 칼날을 보자 고디는 다리가 후들거렸다. 굴곡진 긴 칼이었다. 고디는 그 광경에 정신이 팔려 있다가 샌디의 숨소리를 듣고 정신을 차렸다. 갑자기 숨이 빠져나가는 듯한 소리가 들리더니 팔짱이 풀렸다. 곧 샌디가 바닥에 쓰러졌다. 헐렁한 진바지 차림의 사내 둘이 고디 앞에 서 있었다. 한 사람은 야구 방망이를 손바닥에 탁탁 내리쳤다. 군인처럼 짧게 친 머리칼 사이로 두피가 하얗게 보였다. 한쪽 눈썹 위에 흉터가 있었고 양쪽 눈썹이 짝짝이였다.
　"이런, 애인이 어떻게 됐는지 똑똑히 보라구."
　사내가 얼굴을 바싹대고 비아냥거리자 담배 냄새가 풍겼다.
　"너희 같은 게이놈들은 이 세상에서 없어져야 돼!"
　고디로서는 갑작스러운 충격이었지만, 한편 다행스럽게도

폭행을 당할 때 마음속으로 딴 생각을 할 수 있는 능력이 여전히 남아 있었다. 전에도 무수히 얻어맞았듯이 또 당하겠지. 다친 살과 뼈는 치료가 될 테고. 아니, 이번에는 그렇게 되지 않을 수도 있다. 어쨌든 얻어맞으면서도 마음은 딴 데 돌릴 수 있다. 버둥대지 않고 무심히 맞으면 때리는 놈들은 쾌감을 느끼지 못한다. 마음이 딴 데 가 있는 사람을 때리기란 어려운 법이다.

고디는 방망이가 요동치는 것을 보고 싶지 않아서 눈을 감았다. 배 아래에 일격이 가해지자 허리를 굽혔다. 상대가 고디의 목을 움켜쥐고 몸을 똑바로 세웠다. 다시 방망이가 날아왔다. 죽을 것 같았다. 이제 다 끝나겠지.

터널 저쪽에서 소음이 들리는 것 같았다. 할머니네 집에서 나는 소리 같기도 했다. 할머니네 집에서 비몽사몽 헤맬 때 멀리서 어렴풋이 들었던 소리 같았다. 반쯤 정신을 놓았을 때 아련히 울려 퍼지는 소리….

나락으로 떨어지기 직전, 눈꺼풀 속의 잿빛이 검정색으로 변하려는 찰나에 다른 소리가 들렸다. 소년의 외침이었다.

"이봐요!"

아이처럼 톤이 높은 목소리, 말하다가 중간부터는 갈라지는 목소리였다. 변성기에 접어들 무렵의 고디 목소리도 그랬다.

야구 방망이로 바닥을 치는 소리가 났다. 고디는 뼈가 흐물흐물 녹는 기분이었다. 아무도 몸을 부축해 주지 않았기 때문에 바닥에 픽 쓰러졌다. 그런데 딱딱한 아스팔트 바닥이 아니었다. 촉감으로 샌디의 큰 체구 위에 엎어졌다는 걸 알 수 있었다. 편안했다. 그나마 둘은 여기서 함께 쉬리라.

고디는 샌디의 숨결을 어렴풋이 느꼈다. 어쩌면 지금 그에게 가장 필요한 것이 샌디의 존재였기 때문이 아닐까.

루벤

"프랭크에게 작별 인사해야지, 트레버."

"안녕히 가세요, 프랭크."

그들은 '워싱턴 암즈 호텔' 앞 인도에 가로등 불빛을 받으며 서 있었다. 따스하고 기분 좋은 봄 밤이었다.

"트레버, 도어맨이 짐을 트렁크에 싣는 것을 도와주자."

프랭크가 말했다.

올 때 가져왔던 짐 외에 트레버는 선물로 받은 상자 세 개가 더 있었다. 그의 생일이라는 말을 듣고 백악관에서 사전 한 세트를 선물로 주었다. 도어맨이 알아서 처리할 수 있었지만, 트레버는 책 상자가 호텔 리무진 트렁크에 제대로 들어가는지 지켜봤다. 그들은 이 차를 타고 공항으로 가기로 되어 있었다.

아를렌은 루벤의 손을 잡고 차 앞으로 갔다.

"아직도 메스꺼워요?"

루벤이 물었다. 아를렌은 어쩐지 기분이 가라앉는 것 같았다.

요즘 그녀는 정신이 없었고, 기분이 시시때때로 변하곤 했지만 루벤은 그 이유를 알 수가 없었다.

"아뇨, 이제는 괜찮아요. 당신에게 할말이 있어요."

"지금?"

"마음의 짐을 빨리 덜어야겠어요."

"심각하게 아픈 건 아니지요?"

"네, 임신 때문에 그런 거예요."

잠시 침묵이 흘렀다. 루벤은 옆 블록에서 어렴풋이 들려오는 소리를 들었다. 격투를 벌이는 소리였다. 무슨 소리인지 잘 들리지 않았다. 아를렌의 말도 마찬가지였다.

"무슨 말이라도 해봐요, 루벤."

"얼마나 됐는데요?"

"지금 당신이 무슨 생각을 하는지 알아요."

"그래요?"

그녀가 그렇게 말하니 이상했다. 사실 루벤 자신은 무슨 생각을 하고 있는지, 아니 생각이나 하고 있는 건지도 알 수 없었다. 그저 아를렌의 목소리에 집중하려는 생각뿐이었다. 그리고 트레버의 목소리, 옆 블록에서 나는 고함소리와 툭툭 때리는 소리만 어렴풋이 들릴 뿐이었다. 어쩐지 그 소리가 더 현실적인 것 같았다.

"내가 당신 집에 갔을 때 임신했다고 생각해요? 아니면 리키가 떠나기 전이라고 생각하는 거예요?"

"그건 잊고 있었는데."

그는 그 밤의 일을 잊지 않지만 그렇다고 아를렌의 임신이 자신과 관계되었다는 생각은 잠시도 해보지 않았다.

"그럼 어느 쪽이죠?"

"겨우 1주일에서 10일 정도 간격밖에 없어요. 그러니까 확실히 말하기 힘들어요."

"그럼 어떻게 알 수 있죠?"

"아마 알아내지 못할 거예요. 당신한테 부담이 된다면… 그래요, 이해해요. 나도 원하는 바가 아니란 뜻이에요. 당신도 알잖아요. 이제야 이 반지를 받았는데 이걸 간직하고 싶지 않겠어요? 하지만 당신한테 말하는 게 당연하잖아요? 당신이 사실이 밝혀질 때까지 기다리고 싶다고 해도 괜찮아요. 시간이 흐르면 자연히 알게 될 테니까요."

그 순간 루벤은 부담이 되든 안 되든 무슨 말이든 해야 한다는 것이 너무 부담스러웠다. 바로 그때 프랭크가 다가왔다.

"트레버가 두 분과 함께 있는 게 아니었나요?"

아를렌은 놀라기보다는 정신이 없는 표정이었다.

"아뇨, 우린 프랭크와 함께 있는 줄 알았는데요."

"1분 전만 해도 함께 있었는데…."

루벤은 본능적으로 좋지 않은 일이 일어났음을 알아차리고 소리가 나는 쪽으로 고개를 홱 돌렸다. 주의를 기울이지 않고 있었지만 계속 비명 소리와 신음 소리가 났다.

블록 끝, 레스토랑인지 술집인지 바깥에 몇 사람이 모여 있는 광경이 눈에 들어왔다. 두 사람은 건물에 기대 서 있고 한 사람은 땅바닥에 쓰러져 있었다. 또 다른 두세 명이 쓰러진 사람 위에 모여 있었고 그중 한 명이 야구 방망이를 높이 들었다. 그리고 트레버가 그쪽을 향해 달려가고 있었다. 이미 출발한 후였다.

루벤은 필사적으로 달려갔다. 호텔 건물 정면이 그의 시야에서 미끄러지듯 지나치며 희미해졌다. 왜 빨리 옆 블록이 나오지 않을까? 그는 다리의 움직임과 심장이 뛰는 것을 느꼈지만 트레버가 있는 곳까지 너무 멀게 느껴졌다. 왜 좀처럼 트레버에게 가까워지지 않는 걸까….

"트레버!"

루벤이 소리쳤다. 그것은 비명이었다. 소리가 그의 폐 속에서부터 울려 퍼졌다. 아픔이 솟구쳤다. 여러 사람이 고개를 돌렸다.

트레버는 돌아보지 않았다. 대신 건물에 붙어 선 두 사람을 휙 지나쳤다. 루벤은 이제 똑똑히 볼 수 있었다. 현장에 거의 다 온 모양이었다. 한 사람은 경비원인 듯 청회색 제복을 입고 있었다. 다른 사람은 헐렁한 청바지를 입고 머리를 삭발한 사람이었는데, 건물 벽에다 경비원을 밀어붙이고 있는 것 같았다.

가로등 불빛에 뭔가 금속 같은 것이 번쩍 하고 빛났다. 트레버가 번개처럼 달려오자 방망이를 든 사내가 무슨 일인지 놀라서 고개를 돌리고 트레버가 다가오는 것을 지켜보았다.

트레버가 속도를 늦추지 않고 그대로 달려들자 방망이를 든 사람은 바닥에 고꾸라졌다. 그의 다리에 걸려 같은 패거리 한 명도 바닥에 주저앉았다. 그들이 두 번째 희생자로 삼았던 사람이 인도 위에 늘어져 있었다. 트레버가 비틀비틀 일어나는데 야구방망이가 땅바닥을 내리때리는 요란스런 소리가 났다.

루벤이 건물에 기대선 사내들 가까이 다가갔을 때, 트레버가 갑자기 고개를 돌리더니 루벤 쪽으로 움직이기 시작했다. 루벤에게 돌아오는 걸까? 아니면 루벤이 나머지 한 명을 자빠뜨릴 수 있을 거라고 생각했을까?

경비병을 짓누르고 있던 스킨헤드족은 트레버를 막으려고 달려들었다. 그러자 트레버는 그 스킨헤드족을 향해 힘껏 앞으로 나갔다. 그들은 루벤이 있는 곳에서 한두 걸음쯤 떨어져 있었다. 경비병과는 차 한 대 길이 정도 떨어져 있었다. 일이 그렇게 순식간에 일어나지 않았다면 경비병이나 루벤이 스킨헤드의 옷소매를 움켜잡을 수도 있었으련만.

눈 깜짝할 새였다. 스킨헤드가 어둠 속으로 튀어나갔다. 그는 같은 패거리 옆을 지나쳤다. 나머지 패거리들도 앞서간 스킨헤드를 뒤쫓아 냅다 뛰었다. 그들은 흐르는 강물처럼 밤 속으로 흘러가 버렸다. 너무나 빨랐다. 누군가 불을 켰을 때 그들은 거기 없었다.

루벤은 갑작스런 테러 사건을 가장 가까이서 목격한 사람이 되었지만 어떻게 된 일인지 전혀 이해할 수가 없었다.

무슨 일이 일어났는지 파악하는 데 몇 분이나 걸렸다. 정말 그런 일이 일어났다는 사실을 받아들이는 데는 며칠이나 걸렸다. 그 일을 이해하려면 한평생 걸리리라.

§ 루벤의 인터뷰 중에서 §

크리스 : 숨을 깊이, 크게 쉬어 보세요. 괜찮으세요?

루 벤 : 괜찮습니다.

크리스 : 조금 있다 할까요?

루 벤 : 아니요. 그냥 잠깐만 시간을 주세요.

크리스 : 하루 종일이라도 시간을 드릴 수 있습니다. 우리가 가진 건 시간뿐이니까요.

루 벤 : 나는 아주 가까이서 그 광경을 봤어요. 하지만 각도가 이상했지요. 뒤에서 그들이 부딪치는 것을 지켜보고 있었어요. 내가 뭘 봤는지 잘 모르겠어요. 그냥 그 사내의 오른쪽 팔꿈치가 뒤로 나왔다가 다시 앞으로 쭉 나가는 것을 본 기억만 납니다. 그가 트레버의 배에 일격을 가하는 것 같았어요. 특별히 세게 치는 것도 아니었지요. … 사실은 보지 못한 것도 같습니다….

크리스 : 여기 휴지요.

루 벤 : 고맙습니다. 잠깐만 호흡을 좀 가다듬구요.

크리스 : 시간이 얼마 지나지 않았잖아요. 사람들은 시간

이 약이라고 말하지요. 하지만 누구나 그런 건 아닌 것 같아요. 게다가 치유가 된다 해도 시간이 아주 오래 걸리지요.

　　루　벤 : 그들이 달아난 후 트레버는 그 자리에 서 있었어요. 괜찮아 보였어요. 트레버는 배를 움켜쥐고 있었어요. 얼굴은 그냥 담담했어요. 그걸 어떻게 설명할 수 있을까요? 얼굴에 고통이나 두려움이 없었다고 할까요. 내가 알 수 있는 것은 그것뿐이었어요. 나는 "트레버" 하고 불렀죠. 그 말밖에 못하겠더군요. 이젠 다 끝났다고 생각했어요. 트레버가 괜찮을 거라고 생각했죠….

　　크리스 : 계속하기 힘드시면….

　　루　벤 : 아닙니다. 이 얘기는 꼭 해야 합니다. 트레버가 무슨 말을 했는지 말해야 해요. 무슨 뜻인지는 잘 모르겠지만 계속 마음에 남아 있어요. 뒤에서 발자국 소리가 난 것 같아요. 프랭크의 목소리가 들렸지만 나는 뒤돌아보지 않았지요. 트레버가 고개를 들어 내 얼굴을 봤어요. 그 애가 내 얼굴에서 뭘 봤는지는 하나님만이 아시겠지요. 내 얼굴에 뭔가 떠올랐나 봅니다. 트레버가 그걸 봤나 봐요. 트레버에게 그런 게 느껴졌어요. 꼭 거울을 보는 것 같았지요. 바로 그때 밑을 내려다봤어요… 트레버의 손을. 그러자 트레버도 내려다봤어요. 내가 보는 곳을 자기도 보려는 것 같았어요. 트레버는 손을 뻗었는데… 가로등 불빛에서 그걸 봤죠. 너무 놀란 표정이었어요.

크리스 : 피를 봤기 때문인가요?

루　벤 : 트레버가 다시 고개를 들어 나를 보며 말했어요. "저는 괜찮아요, 선생님. 괜찮아요. 걱정하지 마세요."

크리스 : 트레버가 충격을 받았다고 생각하시나요?

루　벤 : 모르겠어요. 나는 충격에 빠졌지만 트레버는 어땠는지 모르겠어요. 때로는 그 아이도 그랬을 거라는 생각이 들고, 어떤 때는 트레버가 아무것도 모르고 자기는 괜찮다고 말했다는 생각을 하기도 하지요. 또 어떤 때는 트레버가 날 위로하려고 그렇게 말했다는 생각도 해요. 그 아이는 내가 당황하지 않기를 바랐을 거예요.

크리스 : 트레버가 왜 그 현장에 뛰어들었을까요? 그냥 남을 도와주는 습관이 몸에 배서 그랬을까요?

루　벤 : 트레버는 한 사람에게 더 도움을 줘야 한다고 했어요. 그 애는 제리를 도운 게 실패했다고 생각했거든요. 두 사람은 도왔으니까 한 사람이 남았다고 생각했죠. 그래서 도움이 필요한 사람을 찾고 있었어요.

크리스 : 트레버가 제리에 대해서 알았으면 좋았을 것을.

루　벤: 트레버는 정말 최고의 하루를 보내고 있었지요.

크리스 : 무슨 뜻입니까?

루　벤 : 계속 그렇게 말했어요. 최고의 날이라고. 심지어 자기에게 이렇게 좋은 날이 또 있을 것 같냐고 묻기까지 했어요.

크리스 : 정말 마음이 아프네요.

루　벤 : 정말 웃기긴 하지만 그게 내게는 위로가 되는군요. 그날은 트레버 인생의 최고 정점이었어요. 더 오래 살았다 해도 그건 변함없었을 겁니다. 무슨 뜻인지 아시죠?

크리스 : 알 것 같네요.

루　벤 : 트레버는 괜찮다고 말했어요. 나한테 걱정하지 말라고 했지요.

크리스 : 트레버가 그 밖에 다른 말도 했나요?

루　벤 : 아니요, 다른 말은 없었어요.

크리스

그는 이불을 덮은 채 샐리 곁에 누워 TV를 보고 있었다. 샐리는 눈에 안대를 하고 있었다. 그녀가 잠들었는지 깨어 있는지 알 수가 없었다.

"워싱턴에서 마음 아픈 소식을 전해 드리겠습니다."

11시 뉴스를 시작하며 앵커가 말했다.

"오늘 미국 대통령을 만났던 트레버 맥킨니는 워싱턴 D.C.에 있는 병원에 입원해 있습니다. 그의 가족이 머물렀던 호텔에서 멀지 않은 병원입니다. 목격자에 따르면, 트레버가 호텔 근처 노상에서 벌어진 폭행 사건을 말리려다가 한 차례 칼에 찔려 부상을 입었다고 합니다. 병원 관계자는 트레버가 위중한 상태로 병원에 왔으며, 현재 급히 수술을 받고 있다고 말했습니다. 지금 소년의 상태에 대해 더 이상의 소식은 알려지지 않고 있습니다."

크리스는 벌떡 일어나 앉았다. 샐리는 안대를 벗고 고개를 들었다.

"오늘밤 클린턴 대통령은 트레버의 상태에 대해 깊은 충격과 걱정을 표시했습니다. 대통령은 다음과 같이 말했습니다. '선행으로 세상을 좋은 곳으로 만들려는 노력을 기념하기 위해 워싱턴에 왔던 소년이 몰지각한 폭력 행위의 희생자가 되었다는 사실은 상상할 수도 없는 슬픈 일입니다. 트레버와 그의 가족에게 나의 마음을 바치며, 제 가족은 오늘밤 그의 쾌유를 비는 기도를 올릴 것입니다. 미국 전체가 저희와 함께 트레버의 회복을 비는 기도를 올려 주시기 바랍니다.'"

화면에는 트레버가 오늘 대통령과 만난 장면이 나왔다. 크리스는 눈을 깜빡거렸다.

샐리가 그의 팔을 가만히 만졌다. 크리스는 침대에서 내려와 무선 전화기를 찾아서 장거리 전화 안내를 눌렀다. 그리고 워싱턴 D.C. 지역의 병원 전화번호를 다 받아냈다.

다행히 처음 전화 건 병원이 트레버가 수술받는 병원이었다. 교환원이 트레버가 거기 있다고 확인해 주었다. 수술 중이라고 했다. 교환원은 컴퓨터를 두들기며 크리스가 알고 싶어하는 정보를 찾아 주었다.

"중상이라고 되어 있네요."

"지금 알 수 있는 것은 그뿐인가요?"

"현재 상황으로는 그렇습니다. 죄송합니다. 트레버의 상태를 묻는 전화가 많이 오고 있습니다."

"그의 어머니는 어디 있지요? 아를렌 맥킨니인데요. 틀림없이 거기 있을 텐데요?"

"죄송합니다. 바꿔 드릴 수가 없군요."

"방송으로 호출해 줄 수 없을까요?"

잠시 한숨 소리만 들렸다. 전화에서 대기 음악이 흘렀다.

크리스는 입술을 질근질근 씹으며 기다리다가 전화기를 턱으로 받치고 부엌으로 가서 브랜디를 손가락 마디 세 개쯤 높이로 따랐다. 고개를 드니 샐리가 조용히 지켜보고 있었다. 크리스가 먼저 시선을 피했다. 그때 누군가 전화를 받았다.

"여보세요?"

"아를렌?"

"누구세요?"

"크리스예요, 아를렌. 크리스 챈들러입니다."

"아, 크리스."

긴장된 목소리였다.

"무슨 일이 일어난 겁니까, 아를렌?"

"아, 크리스. 모르겠어요. 모든 게 너무 순식간에 일어났어요. 트레버가 칼에 찔렸어요. 어떤 사람들이 맞는 걸 보고 말리려고 했나 봐요."

"괜찮을까요?"

"병원에서 말을 해주지 않아요, 크리스. 지금 두 시간 넘게 수술을 받고 있어요. 정확한 상태를 알게 되면 알려 주겠다고 해요. 가봐야겠어요, 크리스."

그녀는 흐느끼는 소리로 말했다.

"그러세요, 아를렌."

전화가 끊겼다.

그는 샐리 곁을 지나 침실로 갔다.

"괜찮아요, 크리스?"

그는 이불 속으로 들어갔다.

"이봐요, 크리스. 괜찮아요?"

"그 사이 뉴스에서 트레버에 대해 무슨 말을 했어?"

"소식이 들어오는 대로 알려 주겠다는 말만 했어요."

그들은 뉴스가 끝날 때까지 조용히 앉아 있었다. 한밤의 토크 쇼가 시작되었다. 크리스는 샐리가 잠든 후에도 오랫동안 깨어 있었다. 무슨 소식이라도 있을까 해서 계속 채널을 돌렸다. 늦은 시간이라 영화만 나왔다.

다른 소식은 없었다. 정규 방송만 계속되었다.

크리스는 깜짝 놀라 깨었다. 잠들었다는 사실에 스스로 놀랐다. 시계를 보니 늦은 아침이었다. 침대 끄트머리에서 TV 소리가 윙윙거렸다. 샐리가 부엌에서 커피 끓이는 소리가 들렸다.

크리스는 일어나 앉아 눈을 문질렀다. 화면에서는 클린턴 대통령이 기자 회견을 하고 있었다.

대통령은 오늘 워싱턴에 조기가 게양될 것이며, 정오에는 나라 전체가 잠시 모든 일을 멈추고 묵념을 하게 될 거라고 발표했다. 뉴스 앵커가 말을 이어받았다.

"더욱 슬픈 일은 오늘이 트레버의 열네 번째 생일이었다는 것입니다. 계속해서 다음 뉴스를 전해 드리겠습니다."

아를렌

전화벨 소리에 두 사람은 잠에서 깨어났다. 아침 10시가 넘은 시각이었다. 햇살이 창으로 들어와 아를렌의 얼굴을 비추었다. 그녀는 어떻게 이렇게 아무렇지 않게 살 수 있었는지 의아했다.

"자동응답기가 받도록 내버려둬요."

아를렌이 말했다.

루벤은 몸을 돌려 그녀의 베개 밑에 왼팔을 넣었다. 그리고 오른팔로 그녀를 감싸안고 왼뺨을 그녀의 얼굴에 댔다. 아를렌의 등에 닿는 그의 가슴은 따뜻하고 든든했다. 그는 안대를 벗고 있었다. 왼쪽 눈이 있던 자리가 그녀의 뺨에 부드럽게 닿았다. 루벤은 이제 그녀 앞에서 다친 부위를 가리지 않았다. 아를렌도 꺼리지 않는다는 것을 그는 알고 있었다.

아를렌은 자신의 손으로 루벤의 손가락을 쓰다듬었다.

자동응답기가 전화를 받았다. 다시 벨이 울렸다. 그녀는 자동응답기의 볼륨을 최대한 낮춰 놓았다.

"어떻게 이렇게 오래 잤을까요?"

아를렌이 말했다.

"지난 며칠 밤 잔 것보다 더 많이 잔 것 같네요."

"그래요."

"이제 오늘밤 7시까지 뭘 하죠?"

"나도 모르겠어요. 일주일 내내 했던 그대로 지내야겠죠. 일어나고, 세수하고, 먹고."

"울고."

"그래요, 그것도 해야지."

최근 며칠 동안은 두 사람 다 많이 울지 않았다. 샘물 밑바닥이 말라 버린 것 같았다. 그리고 뼛속까지 피로가 몰려들었다. 아를렌은 갈비뼈 아래 텅 빈 곳이 어떻게 그리도 무겁게 느껴질 수 있는지 궁금했다.

그녀는 눈을 꼭 감았다.

"아기가 리키의 아기면 어떡하죠, 루벤? 조만간 그 이야기도 해야 해요."

그가 대답하기까지 1, 2초쯤의 순간이 길게 느껴지고 또 겁이 났다.

"나는 리키의 첫째 아이를 키우겠다고 한 사람이에요. 그렇지 않은가요? 그리고 그 아이는 아주 좋은 아이였구요."

"그래요, 훌륭한 아이였죠."

놀랍게도 그 텅 비고 무거운 가슴이 또 눈물을 흐르게 했다.

아를렌은 루벤의 손을 놓고 그의 얼굴을 쓰다듬었다. 그는 오른손으로 그녀의 배를 만져 보았다. 큰 손이 배 전체를 덮었다. 아기에게 자기 소개라도 하려는 것 같았다.

아를렌은 경적 소리를 들었다. 카미노 거리에서 울리는 소리였다. 가끔 구급 차량이 빨간 불빛을 번쩍이며 창을 지나갔다.

"저기서 무슨 일이 벌어지고 있을까요?"

그녀가 담담하게 중얼거렸다.

"아마 사고가 났나 봐요."

"그렇겠죠."

루벤은 전화선을 뺐다. 그들은 다시 아침 내내 잠에 빠졌다.

"제 차를 가져갈까요?"

"맘대로 해요."

두 사람 다 자기 주장을 내세우려 하지 않았고, 또 작은 일에는 별로 집착하지 않았다. 루벤이 운전을 했다. 차도를 빠져나오려는데 도로 양쪽으로 차들이 빽빽하게 주차되어 있어서 쉽지 않았다. 작은 길에 웬 차가 이렇게 많을까.

아를렌이 차에서 내려 지나가는 차를 막아 루벤이 차를 빼도록 도와주었다. 차는 카미노 거리를 향해 굼벵이 기듯 움직였다. 처음 몇 분 동안 두 사람은 복잡한 교통 사정에 대해 불평하지 않았다. 아를렌이 손목시계를 힐끗 보았다.

"도대체 무슨 일일까요? 허구한 날 다 두고 하필 오늘 왜 이렇게 복잡하죠? 이러다가 추모식에 늦겠어요."

루벤은 아랫입술을 질근질근 씹기만 할 뿐 대답하지 않았다.

그들이 카미노 거리에 접어든 것은 7시 10분 전이었다. 그런데 카미노 거리에서는 경찰관들이 도로를 막고 차들을 돌리고 있었다. 주요 도로는 진입이 통제되었다. 루벤은 경찰관이 차를 돌리라고 지시한 곳에서 차를 돌리는 대신 바리케이드 앞에 차를 세우고 창문을 내렸다. 저녁 해가 경찰관의 머리에 비스듬히 비춰들었다.

아를렌은 앞을 똑바로 바라보았다. 카미노 거리에는 사람들이 넘쳐났다. 인도만이 아니고 자동차 도로에도 사람들이 물결을 이루고 있었다. 교차로에만도 수백 명은 될 것 같았다.

"무슨 일 때문에 이렇게 복잡한지 모르겠지만 저희는 시청에서 열리는 추모식에 꼭 가야 하는데요."

루벤이 경관에게 말했다.

"여기 있는 사람 모두 다 그렇습니다."

"이 사람들이 모두 추모식에 참석하려고 왔단 말인가요?"

"그렇습니다. 선생의 문제만이 아닙니다."

경관이 대답했다. 아를렌이 루벤의 무릎 위로 몸을 기울이면서 경관을 똑바로 쳐다보았다.

"저는 아를렌 맥킨니인데요."

순간 경관의 표정이 바뀌었다.

"아, 부인이시군요. 차를 바리케이드 옆에 세워 두시고 저를 따라오십시오."

루벤이 시동을 껐다. 두 사람은 사람들의 물결 속에서 나와서 경관을 따라 카미노 거리로 들어섰다. 가까이 있는 사람들은 그들을 알아본 듯했다. 그들이 지나가자 사방이 고요해졌다. 사람들은 물결처럼 일렁거리며 아를렌과 루벤이 지나갈 수 있도록 길을 열어 주었다.

둘은 검정색과 흰색이 칠해진 순찰차 뒷좌석에 올라탔다. 경관은 사이렌을 울렸다. 불빛이 번쩍번쩍 돌아갔다. 경관은 자동차에 달린 스피커를 통해 유가족이 지나갈 수 있도록 길을 비켜 달라고 말했다.

아를렌은 루벤의 손을 잡고 뻣뻣하게 앉아서 창밖을 쳐다보았다. 사람들이 옆으로 비켜서자 좁은 길이 뚫렸다.

"이 사람들이 모두 시청으로 가고 있나요?"

마침내 아를렌이 침묵을 깨고 입을 열었다.

"온 지역이 다 그렇습니다. 저희는 로스앤젤레스에서 헬기까지 불렀습니다. 기마 경찰관도 동원했고요. 문제가 있어서가 아니라 인원이 더 필요해서요. 이 지역 대여 회사에서 스피커 장치를 지원해 주었습니다. 아마 추모식장에서 서너 블록 반경에 있는 사람들은 식이 진행되는 것을 오디오로 들을 수 있을 겁니다. 나머지 사람들은 신문에서 기사를 읽어야겠지요. 아니면 TV를 보거나요. 카메라 촬영팀이 준비하고 있습니다."

"사람들이 얼마나 모인 것 같습니까?"

루벤이 물었다.

"방금 집계한 바로는 2만 명이라고 합니다. 하지만 고속도로가 30마일 정도 꽉 막혀 있는 상황입니다. 주차장을 방불케 한답니다. 모두 이리로 오고 있는 중이지요."

순찰차가 '웨스트 몰' 앞에서 멈추자 루벤과 아를렌이 차에서 내렸다. 아를렌은 루벤의 손을 잡았다. 경관은 두 사람이 인파 속을 지날 수 있도록 안내했다. 그들이 지나갈 때마다 우레와 같은 박수 소리가 터져 나왔다.

잔디밭은 매스컴 장비들로 발디딜 틈이 없었다. 마이크, 카메라, 기자들…. 그들이 공간을 워낙 많이 차지해서, 언론 관계자가 아닌 사람들은 촬영할 수 있는 공간이 확보되도록 옆으로 물러서야 했다.

둘은 임시로 가설한 단상 위로 올라갔다. 음향 장비가 설치되어 있었다. 록 콘서트 때 쓰는 큰 스피커들이 한쪽에 마련된 3단 높이의 좁은 통로에 놓여 있었다. 아를렌과 루벤이 무대에 올라서자 사람들은 잠시 조용해지더니 긴 박수를 보냈다.

아를렌은 사람들을 향해 고개를 들었다. 저녁 어스름이 내리기 시작했다. 행사 시작이 늦어졌다. 아를렌은 카메라를 내려다보았고 카메라도 그들을 비췄다. 모든 카메라에 빨간 불이 들어오는 것을 보니 방송이 시작된 모양이었다.

사람들이 침묵 속에서 마이크 앞에 선 아를렌을 기다렸다. 아를렌이 말을 하려고 입을 여는데 가볍게 현기증이 일어났다. 주변 공기며 머릿속이 꼭 꿈속을 거니는 느낌이었다.

"저는 말을 잘 못합니다."

그녀가 말했다.

떨리고 갈라진 목소리였다. 마이크 소리가 워낙 커서 주변 건물에까지 울림이 전달될 정도였다. 그 소리에 아를렌은 깜짝 놀랐다. 머리 위의 나뭇잎이 떨렸다. 침묵 속에서 모든 눈이 아를렌을 향했다.

"저는 지금 여기서, 이 모든 사람들 앞에서 뭘 하고 있는지조차 모르겠습니다. 저는 그저 아들에게 작별인사를 하러 여기 왔을 뿐입니다."

그 말을 토해내자 눈물이 흘러 나왔다. 아를렌은 눈물이 흐르도록 내버려두었다. 그녀는 차분한 목소리로 말을 이어갔다.

"그 아이가 저 하늘에서 이 광경을 볼 수 있으면 좋겠습니다. 그러면 자랑스러워할 텐데…."

루벤은 아를렌의 어깨를 감싸안았다. 자전거를 타고 환하게 웃던 트레버의 모습을 떠올리며….

에필로그

크리스마스 며칠 전 늦은 밤, 리키가 루벤과 아를렌의 집 문을 두드렸다. 늘 그랬듯이 연락도 없이 불쑥 나타났다. 아를렌은 침대에 누워 있었고, 루벤이 가운을 걸치고 현관문을 열었다.

마주 선 두 남자는 잠시 말없이 서로 바라보기만 했다.

"아기를 보러 왔소."

리키가 말했다.

"누구 아기 말입니까?"

"이보쇼, 당신이 뭐라고 말하든 상관없어. 피는 못 속인다구. 자, 아기는 어디 있소?"

아를렌이 일어나서 거실로 나왔다. 그녀는 루벤의 큼직한 셔츠를 걸치고 그의 등 뒤에 섰다. 전혀 겁먹지 않은 얼굴이었다.

"아를렌, 아기를 보고 싶다는데."

"좋아요, 그러죠. 가서 아기를 보여 줘요."

그들은 나란히 아기 방으로 갔고, 루벤이 침대 위에 달린 촉

수 낮은 전등을 켰다.

아기는 무릎을 세운 채 모로 누워 손가락을 입에 물고 잠들어 있었다. 아기가 손가락을 빨자 입술과 뺨이 움직였다. 그 모습이 루벤의 마음에 감동을 주었다. 예전에도 그랬고 앞으로도 언제나 그럴 터였다. 아기를 보면 트레버가 떠올라 기쁨과 슬픔이 교차했다. 루벤은 손을 뻗어 아기의 보드라운 캐러멜 빛 뺨을 매만졌다. 고개를 드니 리키의 표정이 변해 있었다. 창백하고 무기력한 표정이었다.

"됐어요. 내가 잘못 알았던 것 같군요."

그 순간 리키는 그 말밖에 하지 못했다.

아를렌이 부드럽게 말했다.

"아기가 태어났을 때, 루벤의 부모님이 우리와 함께 있어 주시려고 시카고에서 오셨어요. 그렇게 배려해 주시니 감사하다는 생각이 들었지요. 어떤 아기가 나올지 아무도 몰랐거든요. 그분들이 루벤의 갓난아기 때 사진을 갖고 오셨어요. 지금의 저 아이만 할 때 찍은 사진이었을 거예요. 리키, 당신도 그걸 보면 놀랐을 거예요. 사진 속 루벤의 모습과 얼마나 똑같았는지 소름이 돋을 정도였다니까요."

그녀가 말을 마치기도 전에 리키는 양해를 구하고 아기 방을 나갔다. 루벤이 나가 보니 그는 거실의 소파에 앉아 있었다. 양손으로 머리를 감싼 모습이 절망적이고 초라해 보였다.

루벤은 깊이 숨을 쉬고는 리키 곁에 앉았다. 아를렌은 침실 문간에 서 있었다. 아주 오랫동안 침묵이 흘렀다. 그러다가 리키가 작은 목소리로 말하기 시작했다.

"데이온 샌더스가 애틀랜타를 떠난다는 얘기를 들었소. 자유 계약 선수로 나간다더군요. 그를 비난할 수는 없지요. 그도 슈퍼볼의 영웅이 되고 싶을 테니까. 그렇게 될 가능성이 가장 큰 팀과 계약을 하게 되겠지요. 사람들은 그 팀이 샌프란시스코가 될 거라고 생각하죠."

리키는 신경질적으로 웃더니 천장을 보며 말을 이었다.

"난 미신을 믿는 사람은 아니지만 이런 말은 할 수 있을 것 같군요. 데이온 샌더스가 포티나이너스와 계약하던 날, 난 하늘을 올려다보면서 그가 팀에 대단한 공헌을 할 거라고 예감했소."

그가 입을 다물자 어색한 침묵이 흘렀다.

"그때 그를 잘 몰랐는데도 그런 느낌이 오더라 이겁니다."

리키의 이마에 주름이 잡혔다. 그는 말을 이었다.

"나랑 관계가 있는 사람처럼 여겨지더군요. 피를 나눈 관계 같은… 내가 끌고 갈 인생을 보여 주는 것 같다고나 할까."

그들은 몇 분 동안 조용히 이야기를 나누었다. 루벤은 최악의 상황에서도 인생은 다시 시작할 수 있다고 말했다. 무슨 설교를 하려는 것은 아니라고, 다만 자기가 그 증거라고….

리키는 쉐릴에게 쫓겨났다고 했다.

"크리스마스 직전인데… 밖이 얼마나 추운데…."

리키는 직업도 없고, 머무를 곳도 없고, 새로 시작할 인생도 없다고 털어놓았다. 말은 안 했지만 아기가 자기 아이라면 인생의 닻을 새로이 내릴 수 있으리라는 희망을 품었음이 분명했다.

루벤은 가만히 듣다가 일어나서 거실 책상으로 다가가 서랍에서 수표책을 꺼냈다. 트레버가 했던 말이 기억났기 때문이다.

"누군가를 정말로 돕고 싶다면 그리 큰일이 아니어도 괜찮아요. 아세요? 엄마한테 몹시 화가 났는데 엄마를 돕는다면 그게 큰일이 되는 거라구요."